Un pas à ne pas franchir

Un mariage sous condition

JULES BENNETT

Un pas à ne pas franchir

Traduction française de
ANOUK

Passions

HARLEQUIN

Collection : PASSIONS

Titre original :
A TEXAN FOR CHRISTMAS

HARPERCOLLINS FRANCE
83-85, boulevard Vincent-Auriol, 75646 PARIS CEDEX 13
Service Lectrices — Tél. : 01 45 82 47 47

www.harlequin.fr

ISBN 978-2-2804-1667-2 — ISSN 1950-2761

- 1 -

Scarlett Patterson agrippa la poignée de sa petite valise et attendit…

Et attendit.

Elle avait déjà frappé deux fois à la porte mais, pour l'instant, personne ne répondait.

Pourtant, c'était la bonne adresse : un petit chalet niché au fond de l'immense et pittoresque ranch Pebblebrook, à Stone River, petite ville tranquille au fin fond du Texas rural.

On lui avait parfaitement expliqué pour qui elle travaillerait : Mike Elliott.

Le Mike Elliott, acteur connu dans le monde entier.

Le séducteur, bourreau des cœurs de Hollywood.

La presse *people* s'en donnait à cœur joie à propos de Mike Elliott…

Parce qu'il changeait régulièrement de petite amie.

Parce qu'il se moquait éperdument de ce qu'on pensait de lui.

Le comédien menait une existence de don Juan des écrans et dans la vraie vie, et il l'assumait. « Sexe, drogue et rock and roll » semblaient avoir été sa devise…

Jusqu'à ce que sa dernière conquête se retrouve enceinte.

Les journalistes avaient traqué le couple qui s'était

fait, refait et défait publiquement. La rupture avait été très médiatisée, d'autant qu'un bébé était né, une petite fille…

Depuis, bizarrement, Mike se cloîtrait dans la propriété familiale.

Le monde entier savait qu'il était un jeune papa célibataire, et le monde entier espérait en apprendre plus sur la nouvelle vie privée du beau Mike. Mais rien ne filtrait dans les journaux ou sur Internet, pas le moindre article, pas de photo, rien.

Mettant la main en visière pour se protéger du soleil éclatant, Scarlett contempla la campagne avoisinante. On était en décembre et, même en hiver, tout était vert, luxuriant, du moins dans cette partie du Texas.

Il n'y avait pas une âme en vue. Au loin, dans un pré, des chevaux broutaient à côté d'un champ où se trouvaient des vaches tachetées de brun et blanc. Le paysage, paradisiaque, évoquait une carte postale d'un autre siècle. L'image d'Épinal de terres paisibles où hommes et animaux cohabitaient avec respect.

Le territoire de la famille Elliott s'étendait de part et d'autre, spacieux et fertile, bordé par une forêt touffue. Scarlett avait entendu dire qu'il y avait plusieurs maisons, et certaines d'entre elles seraient intégrées à un projet de ranch éducatif.

Alors pourquoi Mike Elliott habitait-il ici, dans ce chalet éloigné, au lieu de partager l'une des demeures principales avec ses frères ? Mystère…

Et ça ne la concernait pas.

Elle venait s'occuper du bébé – une fillette de cinq mois – de l'homme le plus sexy de la planète, point final. Le reste ? Peu lui importait.

Sauf que, malgré tout, la situation titillait sa curiosité…

Scarlett s'apprêtait à frapper de nouveau quand la porte s'ouvrit à la volée.

Elle contempla l'homme grand, aux biceps tatoués, qui lui faisait face.

Une vraie gravure de mode…

En short, baskets et torse nu, dévoilant ainsi son ventre parfaitement plat, il la regardait fixement, comme s'il se demandait qui elle était. Il passa une main dans ses cheveux bruns en bataille, la mine perplexe.

En un instant, Scarlett remarqua son menton ombré d'une barbe naissante, la petite fossette à la commissure de ses lèvres sensuelles, la fatigue dans ses yeux d'un brun intense. Il était à la fois viril et doux en apparence. Le mélange qui faisait craquer toutes les femmes…

— Qu'est-ce que vous voulez ? demanda-t-il.

Le ton, presque désagréable, rappela Scarlett à la réalité.

Elle s'obligea à rester polie. Une telle entrée en matière aurait pourtant mérité qu'elle réplique sur le même ton.

Elle sourit, résistant à l'envie de s'incliner devant lui de façon moqueuse.

— Bonjour, monsieur Elliott. Je suis Scarlett Patterson, la nouvelle nounou de votre fille. Je viens remplacer Maggie pendant les trois prochaines semaines.

Maggie avait dû démissionner du jour au lendemain à cause de soucis familiaux, ce qui avait posé un sérieux problème à l'agence qui les employait toutes deux. Heureusement, Scarlett était disponible…

Et pour cause.

Ce serait sa dernière mission. Celle qui, quoi qu'il arrive, resterait gravée à son esprit.

Mike arqua un sourcil et croisa les bras, faisant involontairement saillir ses muscles sous sa peau hâlée.

— Nounou, vous ? Mais… Vous n'êtes ni vieille ni moche.

Scarlett réprima un éclat de rire.

« D'accord, message reçu », se dit-elle.

Travailler pour cet acteur célébrissime et milliardaire s'annonçait d'emblée… compliqué.

Mike Elliott devait être capricieux, autoritaire, habitué à obtenir ce qu'il voulait. « Comme mon horrible beau-père », songea-t-elle fugitivement, pensant à l'homme, devenu gouverneur, qu'elle fuyait comme la peste.

— Ni vieille ni moche, néanmoins nounou. Merci du compliment, monsieur Elliott. Si je ne vous conviens pas, essayez de trouver quelqu'un qui corresponde à vos critères d'âge et de physique ! Mais vous savez, les vacances de Noël approchent, poursuivit-elle, et je doute qu'il y ait beaucoup de nourrices disponibles en ce moment.

Mike la dévisagea d'un air irrité.

— Qu'est-ce que vous en savez ?

Pour le coup, Scarlett sentit une franche exaspération l'envahir.

— J'ai été appelée en urgence, et si je n'avais pas répondu présente, vous n'auriez sans doute personne. Même en payant très cher.

— OK… Il ne manquait plus que ça, marmonna-t-il, les yeux dans le vague.

Il garda le silence.

— Je réfléchis, lâcha-t-il. Excusez-moi…

« Moi aussi », pensa Scarlett, à la fois irritée et déconcertée.

Si l'agence Nanny Poppins n'avait pas souffert d'un sous-effectif de personnel qualifié dans son domaine, et si elle n'avait pas tellement besoin d'argent, elle aurait immédiatement tourné les talons…

Sauf qu'elle était engagée par Nanny Poppins, dont l'équipe lui faisait confiance depuis plusieurs années. Elle ne pouvait pas les trahir.

Et, de toute façon, le salaire était déjà budgété dans ses prévisions, il lui était impossible de changer dc plan.

« Trois semaines… », se répéta-t-elle, se raccrochant à cette échéance comme à une bouée de sauvetage.

Après tout, oui, elle ne devrait tenir que trois semaines. Vingt et un jours, ni plus ni moins.

Ensuite, elle quitterait définitivement Stone River et filerait vers Dallas. Elle entamerait sa nouvelle vie…

Elle serait libre. Une nouvelle Scarlett.

Seulement, vu l'accueil décourageant qu'elle recevait de la part de Mike Elliott, la perspective de rester au ranch Pebblebrook ne serait-ce que vingt-quatre heures la glaçait.

Le pire ? Elle devrait passer Noël sur place. C'était précisé dans le contrat.

Ses nerfs et son savoir-faire seraient mis à rude épreuve.

« Je n'ai qu'à imaginer qu'une carapace intérieure me protège et me rend invulnérable », s'intima-t-elle tout en se rendant compte que l'acteur continuait à la contempler.

— J'avais demandé quelqu'un comme Maggie, répéta-t-il, et…

Au même instant, le cri d'un bébé retentit dans la maison, perçant le silence.

Réprimant un juron, Mike s'engouffra à l'intérieur et disparut dans le chalet.

Scarlett hésita – il ne l'avait pas invitée à entrer –, s'avança lentement, puis franchit le seuil et, à contrecœur, referma la porte derrière elle.

La convention qu'elle avait signée avec Nanny Poppins exigeait qu'elle remplisse sa mission, n'est-ce pas ? Eh bien, voilà. Elle y allait. À moins que Mike Elliott la congédie, elle resterait.

En soupirant, Scarlett posa sa valise. De la chambre la plus proche, à sa gauche, provenaient les vagissements nerveux d'un nouveau-né et le son grave, mais inquiet, de la voix de Mike.

Une voix de basse au timbre argenté, si familière… Alors que ce n'était qu'illusion. Scarlett ne l'avait entendue qu'au cinéma.

Elle jeta un rapide coup d'œil autour d'elle et constata plusieurs faits en même temps.

Elle se trouvait dans une grande pièce à vivre au sol carrelé, dotée d'une kitchenette et d'une cheminée ancienne.

Peu de meubles à part deux fauteuils et un canapé de cuir marron clair ; peu d'objets hormis une pile de magazines dans un coin. L'endroit paraissait étonnamment vide.

Soit Mike était exceptionnellement ordonné, soit il ne possédait pas beaucoup d'affaires…

Des bottes de cow-boy visiblement neuves trônaient près de la porte, et un chapeau noir à larges bords était accroché au mur.

De nombreux biberons disposés en vrac séchaient sur la paillasse de l'évier.

À sa droite, Scarlett repéra une chambre, celle qui

serait sans doute la sienne. À l'autre bout de la salle, une double porte vitrée menait au jardin.

Il n'y avait strictement aucune décoration de Noël. Pas de guirlandes, pas de sapin, pas de figurines… À croire qu'on ne fêterait rien ici.

Pour sa part, elle adorait Noël. Même seule chez elle, Scarlett décorait tout ce qui pouvait l'être.

— Mademoiselle Pitterson…

Mike revenait. Il avait un bébé dans les bras, un ravissant bébé vêtu d'une grenouillère rose. La petite Madelyn, se dit Scarlett, se remémorant le dossier.

Madelyn chouinait.

— Patterson. Scarlett Patterson.

— Pardon, mademoiselle Patterson. Mais je peux vous appeler Scarlett ?

Elle sentit son pouls s'accélérer légèrement. Mike la regardait dans les yeux, souriait…

Oh ! cet homme était trop beau pour être vrai. Encore plus séduisant que sur les écrans.

Cette mission s'annonçait vraiment très compliquée…

— Bien sûr.

Elle ne demanda pas à l'appeler Mike. Cela se ferait peut-être.

— Merci d'être là, Scarlett. Et franchement, je manque à tous mes devoirs, déclara Mike, énonçant les mots comme s'il les avait appris par cœur.

— Ne vous inquiétez pas, je comprends, dit Scarlett avec politesse.

Mais son cœur se serra soudain.

La beauté virile de son hôte, si sûr de lui, presque arrogant, contrastait tellement avec la fragilité du nouveau-né qu'elle éprouva un tourbillon d'émotions presque incontrôlables.

En une fraction de seconde, elle songea qu'elle n'aurait pas dû accepter ce travail, aussi temporaire soit-il, pour deux raisons : Premièrement, Mike la séduirait forcément, qu'elle le veuille ou non. Il était irrésistible.

Naturellement irrésistible.

Bien entendu, ce serait une séduction qui se limiterait à des fantasmes inavoués… Mike Elliott avait toutes les femmes à ses pieds. Elle était seule, célibataire, et une simple nounou venue à la rescousse…

Deuxièmement, le joli bébé que Mike lui confierait lui rappellerait tout ce qu'elle essayait vainement d'oublier.

Pendant huit ans, elle avait été l'une des meilleures nounous de Nanny Poppins, mais apprenant l'épreuve que Scarlett traversait, la directrice avait compris qu'elle ait besoin de prendre du recul et changer de vie.

En une fraction de seconde, Scarlett se remémora le banal examen gynécologique qui avait bouleversé le cours de son existence pour toujours. Le médecin lui avait découvert des kystes aux ovaires, qu'il avait fallu opérer…

On avait alors posé le diagnostic d'infertilité potentielle. Mais des analyses avaient mis en lumière la présence de cellules cancéreuses, et il avait aussi fallu pratiquer l'opération la plus radicale : une hystérectomie.

Une fois le choc en partie surmonté – réussirait-elle jamais à se remettre ? –, Scarlett avait décidé de ne plus travailler auprès d'enfants.

Sauf cette fois-ci.

Elle avait trop besoin d'argent…

Oh ! elle aurait adoré s'acheter une petite maison

dans la banlieue de Dallas, mais cela resterait un rêve. Elle se contenterait de louer le logement qu'elle trouverait.

Pour l'instant, elle était sans domicile fixe.

Heureusement, elle avait déjà trouvé un travail administratif sur place : elle serait assistante de direction dans une agence qui proposait des prestations à domicile pour personnes âgées.

Comme le bébé continuait de pleurnicher dans les bras de Mike, Scarlett réagit d'instinct.

Elle prit l'enfant en évitant d'effleurer ne serait-ce qu'un demi-millimètre du torse nu de Mike. Pas facile…

— Oh ! allons, allons, ma petite puce, murmura-t-elle, humant avec émotion la douce odeur du nourrisson.

— Elle s'appelle Madelyn, dit Mike.

— Je sais. Je l'ai lu dans le dossier.

Scarlett serra tendrement Madelyn contre elle, envahie d'une étrange sensation mêlant bonheur et tristesse. Elle ne serait jamais mère, mais elle pouvait materner les enfants des autres…

Si elle poursuivait son métier.

Ce qu'elle ne ferait décidément pas.

La décision n'avait pas été simple, et Scarlett se doutait qu'elle se sentirait en conflit à de nombreuses reprises car elle aimait sa profession.

— Elle n'a presque pas dormi de la nuit… Et moi non plus, ajouta alors Mike d'un ton las. Je ne comprends pas ce qu'elle a. Elle pleure sans arrêt.

« Comme moi, alors… », songea Scarlett avec une pointe d'ironie.

Ça promettait. Il faudrait qu'elle assure…

Et pas qu'un peu.

Pendant trois semaines seulement…

Rien que trois semaines.

— Je suis là, maintenant, je vais m'occuper d'elle, répondit Scarlett. Même si vous vouliez Maggie, eh bien, vous avez quand même quelqu'un pour vous seconder…

Elle s'interrompit juste avant d'ajouter quelque chose comme « Estimez-vous heureux ». Il l'aurait bien mérité…

Mais Mike la dévisagea et ébaucha un sourire qui aurait fait fondre de la neige en un rien de temps.

— Oui, vous allez me seconder, et sans vous je serais sûrement perdu, Scarlett. J'ai besoin de vous. Merci d'être là et pardon d'avoir été si peu accueillant au début… Vous me pardonnez ?

— Évidemment, dit-elle en se détournant. Je n'ai pas le choix, et de toute façon c'est votre fille qui compte…

De Mme Doubtfire, il se retrouvait avec une nounou au look de Miss Texas et au tempérament de feu.

Cette jeune femme à la peau gorgée de soleil, aux yeux d'un brun intense et à la chevelure noire et soyeuse, avait l'allure d'une sirène. Ses courbes féminines, pourtant en partie dissimulées par le manteau qu'elle portait, évoquait un corps de rêve…

Et cette Scarlett avait un de ces caractères !

Mike refréna tant bien que mal son irritation tandis que la ravissante nounou tombée du ciel consolait sa fille.

Il aurait vraiment préféré que l'agence lui envoie une grand-mère.

Quelques mois plus tôt, la ravissante Scarlett aurait été son genre de femme.

Quelques mois plus tôt…

Aujourd'hui, il se consacrait uniquement à son bébé, la petite Madelyn de cinq mois arrachée au giron de sa mère droguée et fêtarde. Jennifer, son ex, avait été ravie d'encaisser le chèque qu'il lui avait signé pour qu'elle lui cède tous les droits sur l'enfant. Elle avait poursuivi son chemin de starlette, cherchant une autre célébrité potentiellement capable de catapulter la carrière dont elle rêvait.

Mike se moquait pas mal d'avoir servi de tremplin à Jennifer. Lui-même originaire de la campagne du Texas, il avait beaucoup travaillé pour se hisser sur les podiums. Il ne regrettait rien. Son succès était dû à la chance autant qu'à son talent… Mais dorénavant, la ligne de conduite qu'il s'imposait excluait les projecteurs de Hollywood. Il refusait que sa fille grandisse dans ce milieu superficiel où la majorité des relations étaient intéressées.

Mike avait donc renoué avec sa famille et ses frères, Colt, Hayes et Nolan. Non qu'il ait été bien accueilli… Il avait été absent trop longtemps, sans doute. On lui en voulait de s'être éloigné.

On lui en voulait même beaucoup.

Néanmoins, ses belles-sœurs, plus que Colt, Hayes et Nolan, étaient vite devenues gaga avec Madelyn. Il n'en demandait pas davantage. Si son bébé était entouré d'amour, tout irait bien.

Mike se sentait à un tournant de sa vie, il ignorait de quoi serait fait son avenir…

Et ça, c'était nouveau.

Résultat, il parvenait juste à se concentrer sur la journée en cours.

Il savait aussi que deux jours avant Noël, il aurait

une « première » et qu'il devrait quitter la maison impérativement, mais pour le reste, c'était flou.

Il avait atteint ses limites, c'était certain. Les limites du burn-out. Un véritable épuisement physique et mental total.

Maintenant, il avait besoin de calme, et Pebblebrook lui offrait exactement la tranquillité dont il avait besoin. Une tranquillité dont il profitait pleinement, et qui correspondait à ce qu'il aimait maintenant.

Avant, il aurait sûrement préféré se rendre dans l'une de ses nombreuses propriétés ou sur son yacht…

Mais il voulait le calme de Pebblebrook. Lorsque le futur ranch éducatif serait en activité, l'ambiance serait sans doute différente.

— Monsieur Elliott ?

Mike revint à l'instant présent. Scarlett l'observait avec une pointe d'étonnement mêlée de gentillesse.

— Votre fille fait ses dents, tout simplement.

— C'est pour ça qu'elle ne dort pas ?

— Oui. Elle a mal.

— Qu'est-ce qu'il faut faire ?

— La soulager. Vous auriez un de ces anneaux qu'on laisse au réfrigérateur, et que le bébé peut sucer ?

— Je ne sais même pas ce que c'est. J'ai juste des biberons, des couches, et une appli sur mon portable pour vérifier certaines choses au cas où…

— Une appli ?

Tout en câlinant le bébé, Scarlett lui sourit, visiblement amusée.

— Vous êtes un papa moderne. C'est bien. Mais il nous faut quelque chose de plus efficace. Du gel spécifique à appliquer sur les gencives, un peu d'antalgique par voie orale si besoin… Et un anneau de dentition. Plusieurs anneaux, ajouta-t-elle. On va en acheter.

Mike la regarda et, à son tour, ébaucha un sourire lui aussi. Cette jolie nounou lui serait sûrement très utile…

Et tout se passerait bien s'il réussissait à refréner l'attirance qu'il éprouvait déjà malgré lui.

Il avait toujours aimé les jolies femmes.

Scarlett était plus que jolie. Elle avait du charme et était intelligente. Sans parler de son caractère dont il venait d'avoir un léger aperçu…

— Au fait, je ne me suis pas présenté. Je suis Mike Elliott et…

— Je sais très bien qui vous êtes, coupa Scarlett. Sinon, je ne serais pas ici.

Une sensation étrange s'empara de Mike. Un trouble teinté de légère irritation.

Un fichu caractère…

— Vous êtes toujours aussi directe avec vos clients ?

— Toujours. J'aime la franchise, dit Scarlett en soutenant le regard de Mike.

— Tant mieux. Moi aussi. Je vais reprendre ma fille le temps que vous vous installiez, là-bas, répondit Mike en désignant la chambre qu'il avait réservée à la jeune femme. Vous devriez y trouver tout ce dont vous avez besoin…

Mais Madelyn se remit à pleurer dès qu'il l'eut dans ses bras.

Mike soupira.

Décidément, apprendre le métier de parent, c'était plus difficile qu'il ne l'avait imaginé…

- 2 -

Madelyn s'était enfin calmée, et elle dormait à présent dans son berceau – un petit lit à l'ancienne, avec des voilages blancs de part et d'autre. Il y en avait un dans chacune des deux chambres – Mike les avait fièrement montrés à Scarlett qui avait aussitôt préféré utiliser celui qui serait dans sa chambre à elle. Naturellement. Il n'était pas question qu'elle aille dans la chambre de son employeur…

Tout en portant Madelyn dans ses bras, Mike lui avait rapidement fait visiter la maison, plus spacieuse qu'elle n'en avait l'air.

— Faites comme chez vous, avait-il insisté. Je ne serai pas toujours là, j'ai du travail au ranch avec mes frères, donc je compte sur vous pour vous occuper comme il faut de ma petite fille.

— Je suis ici pour ça, avait-elle répondu, soulagée que la situation prenne bonne tournure.

Assise sur le bord du lit, grand, trop grand pour une personne seule, Scarlett jeta un coup d'œil à la pièce. Murs blancs, mobilier en rotin clair, sol dallé noir et blanc, salle de bains privative. C'était simple mais confortable. La double-fenêtre donnait sur le jardin. Dans un coin, protégé par une moustiquaire, se trouvait le berceau du bébé. Il était en bois de rose, délicatement sculpté d'animaux et de fleurs. Vraiment très joli.

Regardant le nourrisson endormi, Scarlett sentit son cœur se serrer. Encore une fois.

Cela arriverait souvent, elle s'y préparait.

Avant son opération de l'utérus, elle s'était autorisé tous les rêves possibles et imaginables. Aimer un homme et être aimée en retour, devenir maman, vivre avec sa famille dans une maison ou en appartement, peu lui importait du moment qu'elle était avec ceux qui lui étaient chers…

C'était *avant*.

Aujourd'hui, elle devait emprunter seule un chemin, car elle ne pouvait pas envisager, ne serait-ce qu'un court instant, une existence où elle partagerait son quotidien, ses souhaits, ses goûts…

Et son passé.

Elle n'était plus une femme comme les autres. À trente-cinq ans, elle restait célibataire, et le resterait sans doute encore longtemps. Quel homme l'accepterait ?

Refoulant ses idées noires, Scarlett se leva. Si elle n'oubliait pas son objectif – aller vivre à Dallas, changer de travail, de vie… –, tout irait bien. Elle repartirait de zéro, s'inventerait une nouvelle existence…

Autre impératif : il ne fallait surtout pas qu'elle s'attache à la petite Madelyn.

Déterminée, Scarlett sortit de la chambre et gagna la pièce principale.

Debout au centre, Mike lui tournait le dos. Au moins avait-il revêtu un T-shirt… Un simple débardeur qui mettait ses épaules musclées en valeur.

— Votre fille dort à poings fermés. Elle était sûrement épuisée.

— J'imagine, oui, dit Mike en se retournant vers elle.

Son regard enveloppa Scarlett.

Malgré elle, elle ressentit un trouble intense, mélange d'admiration, de perplexité et de désir.

Oui, du désir. Carrément.

Cet homme était si séduisant… Elle l'avait vu sur les écrans de télévision, au cinéma, il faisait rêver tant de femmes…

Et voilà qu'elle travaillait pour lui. Elle, Scarlett Patterson, nounou chez Nanny Poppins !

Revenant à l'instant présent, elle sourit.

— J'ai une question directe : je vais habiter sous votre toit pendant trois semaines. Ça va aller ?

Mike la dévisagea franchement, l'air amusé.

— Bien sûr. Pourquoi me posez-vous cette question ? Vous avez des doutes ?

Scarlett hocha la tête.

— Disons que vous n'aviez pas l'air enchanté de me voir, tout à l'heure.

— J'ai surtout été surpris.

— Surpris ?

Elle garda les yeux fixés sur Mike, consciente que son cœur battait un peu trop vite.

Il la perturbait. Sa carrure, sa célébrité, son physique de don Juan, tout cela était vraiment trop troublant.

En une fraction de seconde, Scarlett eut deux pensées contradictoires : cette dernière mission ne la laisserait pas indemne, mais elle était heureuse d'être chez Mike Elliott, en face de lui…

Avec lui.

Même pour peu de temps, ce serait humainement intéressant.

Il faudrait juste qu'elle veille à ne pas tomber bêtement amoureuse de Mike, comme les milliers de fans qu'il avait.

— Oui, je suis surpris. Je m'attendais à ce que votre agence m'envoie quelqu'un comme Maggie.

— Je sais, j'ai compris. Désolée que vous ne soyez pas satisfait, répondit Scarlett. Si ma présence vous pose vraiment problème, je…

— Pas du tout.

Mike esquissa son fameux sourire craquant.

— Vous êtes juste trop jolie pour ce métier.

Scarlett se sentit rougir jusqu'à la racine des cheveux. Pire qu'une lycéenne !

— Bientôt, je vais changer de profession.

— Ah bon ? Et pourquoi, si ce n'est pas trop indiscret ?

— C'est une longue histoire, répondit Scarlett, étonnée qu'il s'intéresse à elle. Mais c'est décidé, je ferai une autre carrière que celle que j'exerce depuis huit ans. Plutôt dans les bureaux, l'administration… Quelque chose de plus calme, se contenta-t-elle de préciser.

Et avec des seniors. Loin des enfants si c'est possible.

Mike hocha la tête et, enfilant ses bottes de cow-boy, il esquissa un sourire un peu désabusé.

— Je vous comprends par rapport à la recherche de calme. Pour moi, c'est pareil. Sauf qu'avec un bébé ce n'est pas évident… Je suis redevenu célibataire, et ma fille aurait besoin de ses deux parents.

Scarlett hésita avant de reprendre, restant discrète sur ce qu'il venait d'évoquer :

— Je suis là, maintenant.

— Oui. Vous êtes là.

Mike sourit de nouveau et se dirigea vers la porte.

Au même instant, on frappa. Il parut surpris mais n'ouvrit pas.

— Je reviens dans une heure. Je vais travailler avec mon frère et…

Leur visiteur toqua de nouveau, avec plus de force cette fois.

— Oh ! ça va, j'arrive, marmonna Mike en ouvrant.

Un autre homme se tenait sur le seuil.

Un sosie de Mike.

Sidérée, Scarlett s'avança d'un pas.

— Bonjour ! lança l'inconnu en l'observant avec curiosité. C'est vous, la nouvelle nounou ?

— Oui, c'est elle, répondit Mike à la place de Scarlett. Pourquoi es-tu là ? On devait se retrouver au chantier.

— Je sais. Ton ancienne nounou n'est plus là ?

— Maggie est partie, je te signale. Scarlett, je vous présente Colt, mon frère jumeau, poursuivit Mike.

— Enchantée, dit-elle. Franchement, votre ressemblance est frappante.

— Ce n'est que l'apparence, reprit Mike. On n'a pas beaucoup de points communs à part ça…

— Je confirme, dit Colt. Bon, frangin, on y va ? Les chevaux nous attendent…

— J'arrive.

Et sans un regard pour Scarlett, Mike sortit de la maison.

En laissant échapper un soupir de soulagement, Scarlett s'assit sur le canapé installé près d'une cheminée au large conduit serti de cuivre. Des bûches étaient disposées à côté, à même le sol. Non qu'il fasse froid au Texas en décembre, mais le climat pouvait fraîchir suffisamment pour qu'une flambée soit appréciable.

Scarlett renversa la tête contre le dossier et ferma les yeux. Tout était silencieux autour d'elle. La petite Madelyn continuait à dormir profondément, et tant mieux. Elle irait la voir dans quelques instants.

Finalement, sa mission ne s'annonçait pas compliquée… Non, pas du tout. Logement correct, plus que correct même, salaire important – comme elle intervenait dans le cadre d'un remplacement urgent, l'indemnité avait été réévaluée à la hausse –, bébé agréable…

Ambiance également agréable ? Oui sauf quand, subitement, Scarlett perçut des éclats de voix en provenance du jardin.

Intriguée, elle se leva et s'approcha d'une des fenêtres.

Mike et Colt étaient en train de se disputer à quelques mètres à peine…

Ils s'agrippaient l'un et l'autre par les épaules avec une évidente agressivité.

Scarlett éprouva un profond malaise tout à coup. Elle détestait ce genre de situation. Ça lui faisait penser à son beau-père, si arrogant, si autoritaire, homme politique ambitieux et prêt à tout pour arriver à ses fins… Elle avait fui le climat familial devenu hostile à cause de lui. Tandis que sa mère s'y était résignée.

Scarlett reporta son attention sur Mike et Colt. Ils s'éloignaient en continuant leurs invectives.

La mésentente devait être sérieuse.

À ce moment, Madelyn se réveilla en pleurant, Scarlett ne fut pas vraiment surprise : les enfants sentaient toujours les tensions de leurs parents.

Toujours.

Elle en savait quelque chose.

Elle se précipita dans la chambre pour prendre le bébé dans ses bras et l'apaiser.

Ce serait long et délicat.

Colt lui en voulait encore tellement d'être parti si longtemps sans donner de nouvelles…

Et sans se préoccuper de l'état de santé de leur père.

En regagnant le chalet, Mike se sentit soudain accablé par les regrets et la culpabilité.

S'il n'était pas revenu au ranch plus tôt, ce n'était pas parce qu'il se refusait à voir leur père, qui souffrait d'une maladie d'Alzheimer précoce et très invalidante. Grant Elliott avait été admis dans un établissement spécialisé, et les frères de Mike se relayaient pour lui rendre visite.

De toute façon, son père et lui ne s'entendaient plus du tout avant qu'il tombe malade.

Non, s'il était resté loin de la famille, c'était à cause de son métier à Hollywood, sa carrière fulgurante et difficile à gérer – qui savait à quel point le succès était parfois lourd à supporter ? –, et des histoires sentimentales dans lesquelles il s'était empêtré…

Jusqu'à Jennifer, la mère de Madelyn, qui lui avait mis le grappin dessus.

Très belle, mais très instable psychologiquement tout en étant déterminée à se faire connaître en tant que comédienne, Jennifer avait complètement chamboulé la vie de Mike.

Résultat, il s'était retrouvé happé dans un tourbillon tumultueux dont il s'était extrait *in extremis*, sauvant sa peau et celle de sa fille. Car Jennifer usait et abusait de toutes sortes de stupéfiants, ce qui avait aggravé les déséquilibres dont elle souffrait déjà.

Voilà pourquoi il n'avait pas donné signe de vie à ses frères et à son père. Il était mal en point et, en vérité, honteux d'en être arrivé là, alors qu'il leur avait promis d'être couvert de gloire…

Non qu'il ait raté sa carrière. Au contraire, de ce côté-là, tout allait même fort bien. Mais, d'un point de vue personnel, quel fiasco !

Mike était revenu au ranch depuis peu. Avec Maggie, une nounou trouvée par annonce, presque miraculeusement car il avait consulté un site sur Internet sans trop y croire. L'agence Nanny Poppins possédait un bel encart publicitaire et, quand il avait appelé, on lui avait dit qu'on pouvait lui envoyer quelqu'un, « une excellente professionnelle », lui avait-on assuré.

Sauf que, quelques jours plus tard, celle-ci avait dû démissionner. Un problème familial, avait-il compris. Bref, Maggie était partie, ce qui ne l'avait pas du tout arrangé.

Se débrouiller seul, Mike savait le faire, mais pas pour s'occuper d'un bébé de quelques mois…

Ses belles-sœurs lui avaient offert leur aide ponctuelle, mais elles avaient aussi des enfants, leur vie… Et un sens de la solidarité peut-être limité ! Certainement à cause de ses frères, songea Mike avec une pointe d'amertume. Ils ne faisaient rien pour lui faciliter les choses.

« Pas terrible, le retour du fils prodigue… », songea-t-il en se dirigeant vers la porte du chalet.

L'allée était bordée de petits buissons encore verdoyants, et des sapins entouraient la maisonnette, lui offrant un écrin rassurant. C'était beau.

Bientôt, le lieu serait totalement intégré au futur ranch éducatif. Un endroit où des touristes et des colonies de vacances pourraient résider afin de se familiariser avec les chevaux, l'équitation naturelle et l'environnement encore sauvage de cette région du Texas.

Ce ranch, c'était la mission que ses frères avaient entamée, et qu'il ralliait tant bien que mal, avec plus d'enthousiasme que prévu. Reprendre la pelle, la pioche, les rênes des chevaux, travailler dehors, au grand air, il ne l'avait pas fait depuis son enfance… Et il adorait.

Le projet représentait aussi le rêve de leur père. Mis en place, le programme pédagogique et touristique de Pebblebrook permettrait de faire vivre la propriété en rapportant, de façon régulière, des revenus importants.

C'était positif…

Très positif.

Ça le serait encore plus si Mike était de nouveau accepté dans la famille, ce qui n'était pas gagné…

Pas du tout.

Il avait du pain sur la planche pour se faire pardonner sa longue absence.

Dès qu'il eut ouvert la porte du chalet, Mike entendit Madelyn pleurnicher. Scarlett lui fredonnait une chanson douce.

Inquiet, il s'avança.

— Elle est déjà réveillée ?

Scarlett lui lança un regard incrédule où perçait une pointe d'irritation.

— Malheureusement. J'ai bien peur qu'elle ne vous ait entendus, tout à l'heure.

— Entendus ? répéta Mike. Je ne comprends pas.

— Votre frère et vous, vous vous êtes disputés. Vos éclats de voix sont parvenus jusqu'ici.

Scarlett ajouta sur un ton de reproche :

— C'est typiquement le genre de situation qu'on doit éviter. Ce n'est pas bon.

Pris de court par cette critique franche, Mike resta silencieux quelques instants.

— Je sais, mais je n'y suis pour rien.

Quelle excuse ridicule… Bien sûr qu'il y était pour quelque chose, lui assena une petite voix moqueuse. Colt lui avait dit ses quatre vérités, et ça ne lui avait pas plu.

Agacé, Mike s'assit sur le canapé et contempla la jeune femme qui allait et venait dans la pièce en portant le bébé dans ses bras.

— Les enfants ressentent tout…

— Vous ne m'apprenez rien, répliqua Mike, admirant malgré lui la fine silhouette de la jeune femme.

Elle était dynamique… Souple. Sensuelle.

Elle avait aussi le caractère d'une tigresse.

— Je ne cherche pas à vous apprendre quoi que ce soit, vous savez, rétorqua Scarlett. Je connais bien les enfants, et je partage avec les parents ce qui me semble pertinent, mais en toute modestie. Là, Madelyn dormait, et, à cause de votre dispute, elle s'est réveillée en pleurant. Le problème, continua Scarlett, c'est que vous parliez très fort non loin des fenêtres de sa chambre. Comme, de plus, elle a mal aux gencives…

— J'imagine que ça la rend plus sensible.

Scarlett lança un bref coup d'œil à Mike, et l'éclat qu'il y perçut était si intense qu'il se sentit penaud comme un enfant pris en faute.

Intense et provocateur.

C'était aussi un regard velouté terriblement troublant.

— Madelyn est plus sensible et fragile, oui… Car, pour ne rien arranger, elle manque de sommeil.

— J'ai fait de mon mieux avant que vous arriviez, se défendit Mike.

Il soupira, maudissant sa propre fatigue qui lui donnait l'impression de réagir à fleur de peau.

— Si Madelyn pleure cette nuit, c'est moi qui me lèverai, ajouta-t-il.

— Tout dépend si elle dort dans votre chambre ou dans la mienne.

— Effectivement.

L'image incongrue de leurs deux corps mêlés surgit à l'esprit de Mike. Il chassa vite cette vision érotique qu'il mit également sur le compte de son éreintement.

— Dans la mienne.

Scarlett caressa doucement les cheveux du bébé, qui commençait enfin à s'apaiser.

— De toute façon, je risque aussi d'être réveillée. Le moindre gémissement, et je serai sur pied.

— Waouh. Vous êtes motivée… Ou habituée ? Vous avez des enfants en bas âge, peut-être ?

Une émotion indéchiffrable se refléta sur le joli visage de Scarlett.

— Même pas. Le métier suffit.

Mike perçut toutefois autre chose dans cette simple déclaration.

— Vous n'avez pas envie d'en avoir ? demanda-t-il, cédant à la curiosité.

Scarlett marqua un temps d'arrêt.

— Je préfère ne pas vous répondre, désolée… Et pardonnez ma franchise, mais c'est une règle importante de la profession.

Vexé, mais s'efforçant de ne pas trop s'attarder sur

ce qu'il ressentait, Mike garda le silence un court instant. Pourquoi avait-il la sensation d'avoir effleuré un sujet tabou ?

OK, il devrait respecter le souhait de discrétion que Scarlett lui imposait. Même si ça l'énervait.

Même si ça le frustrait.

Le problème était qu'il n'avait pas l'habitude qu'on lui résiste ou qu'on n'accède pas à ses désirs. Mike en était parfaitement conscient.

— Scarlett, c'est moi qui suis désolé. Je ne vous ennuierai plus avec d'autres questions de ce genre, promit-il. Je veux que tout se passe bien entre nous pendant ces trois semaines.

— Moi aussi.

Comme Scarlett détournait le regard, reportant son attention sur le nourrisson, il comprit qu'elle ne semblait ni impressionnée par sa carrière cinématographique ni par sa célébrité. Tant mieux. Ça le changeait ô combien des relations intéressées…

Pour la jeune femme, il était juste un père comme un autre, celui de Madelyn.

Oui, c'était très bien ainsi.

— Échangeons nos numéros de portable, proposa-t-il. On restera en contact permanent dans la journée. Ici, j'ai du travail à accomplir avec mes frères, puisque c'est un ranch et on met tous la main à la pâte… C'est d'ailleurs une des raisons pour lesquelles je vous ai embauchée. Pour être auprès de ma fille chérie…

Il contempla le bébé, soudain submergé par la tendresse.

Les cinq derniers mois avaient été difficiles, parce qu'il avait été en conflit avec la mère de l'enfant. Maintenant, une certaine sérénité s'annonçait enfin.

Surtout depuis que Scarlett était là... Une tranquillité différente de celle à laquelle il avait aspiré du temps de la dénommée Maggie, l'ancienne nounou, femme mûre d'expérience.

— Vous pouvez compter sur moi, dit-elle alors, en écho des pensées de Mike. Faites ce que vous avez à faire et, de mon côté, j'assurerai aussi ma mission, pas de souci.

Elle lui sourit.

— Appelez-moi. Comme ça, j'aurai votre numéro... Vous avez le mien sur ma fiche, là, ajouta-t-elle en indiquant la feuille qu'elle avait disposée sur la table.

Mike répondit à son sourire et, de nouveau, se sentit curieusement troublé par le regard de la jeune femme. *Des yeux de biche...*

Pourtant, elle ne se maquillait pas, il l'aurait parié. Elle était naturellement belle et séduisante.

Oui, il était très troublé...

Attiré ?

Oui, mais pas seulement. Quelque chose en elle le titillait et, contre toute attente, lui donnait envie de la protéger. Quoi donc ? Quel mystère cachait Scarlett ? Et pourquoi ressentait-il cela pour elle ? C'était incompréhensible...

Et insensé.

- 3 -

Scarlett appliqua une deuxième couche de vernis rouge cerise sur les ongles de ses pieds.

Autour d'elle, tout était calme. Trop calme.

Mike avait dû rejoindre son frère Colt, et il avait décidé d'emmener Madelyn avec lui. Il mangerait sans doute là-bas, mais reviendrait avec de quoi dîner, au moins pour elle, avait-il précisé, puisque le réfrigérateur du chalet était vide.

— Désolé, je n'avais pas prévu ce qu'il faut pour votre arrivée… J'ai encore du mal à tout gérer, avait-il admis, faisant preuve d'une franchise déconcertante.

Elle lui avait assuré qu'elle le comprenait, ce qui était vrai. Quelles qu'aient pu être les raisons ayant poussé Mike à venir vivre à Stone River, dans le ranch familial, cela n'avait pas dû être facile. Elle avait remarqué que le visage du comédien exprimait régulièrement de l'inquiétude. Il semblait en plein questionnement, ou bouleversement. Sans doute à cause de la naissance de sa fille…

Scarlett se concentra sur son geste, le fin pinceau trempé dans le flacon, mais ses pensées dérivaient.

Une fois seule, elle s'était installée dans sa chambre, avait défait sa valise et rangé ses vêtements. Après quoi, pour passer le temps d'une manière peu habituelle pour elle, elle avait eu envie de se vernir les orteils.

En général, elle ne portait pas de rouge, mais sa vie changeait du tout au tout, alors pourquoi ne pas oser cette teinte festive ?

De toute façon, à part son vernis, elle ne possédait strictement rien de festif…

Son projet de partir vivre à Dallas n'était pas spécialement joyeux. Son futur travail ne le serait pas plus. Elle deviendrait une spécialiste de l'organisation, d'animations ludiques et pédagogiques pour personnes âgées… Elle qui aimait tant le contact avec les enfants ! Mais comment faire autrement ?

Elle ne voulait pas souffrir…

Les enfants des autres ne cessaient de lui rappeler qu'elle ne serait jamais mère.

Ce serait insupportable…

Invivable.

Comme un aiguillon dans une plaie à vif, de façon permanente et lancinante.

Elle ne voulait pas vivre ça. Surtout pas.

Scarlett venait de poser le flacon de vernis sur sa table de chevet quand elle entendit la porte du chalet s'ouvrir et se refermer.

Mike était déjà de retour.

Elle se leva et, pieds nus, gagna la pièce principale.

En l'apercevant, il posa un index sur ses lèvres. Le bébé aux joues rebondies dormait dans ses bras…

Ses bras parfaitement musclés.

Il avait un demi-sourire parfaitement dessiné…

Et une fossette tout aussi parfaite.

Scarlett avait vu Mike à l'écran plusieurs fois, mais se retrouver en face de lui, pour de bon, c'était bien sûr très différent.

Il avait un impact physique à couper le souffle, même si la fatigue se lisait sur ses traits.

Chassant les idées confuses qui la troublaient, elle esquissa un sourire et s'avança doucement, pour ne pas réveiller la petite Madelyn.

— Laissons-la dormir dans ma chambre, chuchota-t-elle. Et si je puis me permettre, je crois que vous aussi, vous avez besoin de vous reposer cette nuit, autant que votre fille.

Mike arqua un sourcil, prêt à discuter, probablement pour refuser, mais d'un regard qu'elle savait autoritaire – même s'il était un acteur connu et milliardaire, elle ne se laisserait pas intimider –, Scarlett lui intima d'accepter. Être une bonne nounou, c'était s'occuper de l'enfant autant que veiller sur les besoins des parents.

— Très bien, mademoiselle…

Tandis qu'il installait le bébé dans le joli berceau, Scarlett baissa les stores afin que l'ambiance soit plus propice au sommeil. Dans le ciel, une belle lune brillait, créant des reflets argentés, mais elle voulait une pénombre apaisante.

Ensuite, discrètement, elle retourna dans la grande pièce du chalet et s'installa sur le canapé.

Madelyn n'avait pas besoin d'elle puisque son père était là. Elle ne voulait pas le gêner pendant qu'il s'occupait du nouveau-né. Ces moments de contact étaient essentiels.

Quelques instants plus tard, Mike la rejoignit, laissant la porte entrebâillée.

— Elle tombe de sommeil…

— Comme vous, je suppose.

Mike l'observa en silence quelques secondes, l'air

interrogateur, ou surpris. Scarlett se sentit obligée de justifier sa remarque :

— Cela fait partie de mon travail, vous savez. Je suis avec les enfants, et j'aide les parents autant que possible. Parfois, je leur permets de constater des faits importants, ou des détails tout aussi importants mais bien cachés ; bref, des choses dont ils ne s'apercevaient pas. Et c'est bénéfique.

— J'imagine…

Hochant la tête, Mike s'approcha du comptoir et ouvrit deux boîtes de plastique qu'il avait déposées à côté d'une corbeille de fruits.

— Voilà de quoi manger… J'espère que vous avez faim ?

Troublée, Scarlett ne répondit pas tout de suite.

Mike portait un jean usé et un simple T-shirt noir, mais avec son corps parfait, il aurait été séduisant même vêtu de haillons, songea-t-elle fugitivement.

Une fois de plus, elle s'obligea à se ressaisir. Ce genre de pensées ne devait plus surgir à son esprit… C'était absurde ! Ridicule ! Digne des fantasmes d'une midinette inexpérimentée !

Mais inexpérimentée, elle était, oui, d'une certaine manière.

Célibataire depuis deux ans, après une histoire d'amour qui s'était soldée par un échec cuisant, Scarlett n'avait pas connu beaucoup d'hommes.

— Pepper, la femme de Nolan, l'un de mes frères, m'a donné de quoi dîner, et franchement, ça sent bon…, expliquait Mike, sans se rendre compte du trouble de Scarlett. Du poulet aux légumes, avec du riz. Elle aurait aimé que vous veniez avec moi.

— Oh ! j'aurai l'occasion de la rencontrer, j'en suis

sûre, pendant ces prochaines trois semaines. Ça sent bon, oui, confirma Scarlett.

Mike lui lança un bref coup d'œil.

— Alors, vous avez faim ?

— Très. Je n'ai mangé qu'une barre de céréales depuis que j'ai quitté Dallas, avoua Scarlett.

— Rien d'autre ? Ne me dites pas que vous faites partie de ces femmes qui surveillent leur ligne au point de devenir anorexiques…

— Pas du tout ! Ce serait même tout le contraire… Franchement, là, je meurs de faim, dit-elle en riant doucement.

— Tant mieux. Parce qu'il y en a pour deux. Je n'ai pas dîné non plus. J'ai eu envie de partager mon repas avec vous, ajouta Mike en souriant.

— Vous plaisantez ?

Mike parut étonné.

— Et pourquoi je plaisanterais ? En fait, j'aimerais connaître un peu mieux la nounou de ma fille. C'est légitime. Qu'est-ce que vous voulez boire ?

Il alla ouvrir le réfrigérateur et énuméra le contenu qu'il semblait découvrir :

— J'ai du lait en poudre, du jus de fruits bio pour bébé, ou de l'eau…

Scarlett ne put s'empêcher de rire, presque attendrie tout à coup.

— De l'eau, ce sera parfait, merci. Il faudrait faire des courses, vous ne croyez pas ? Je peux m'en charger demain. J'emmènerai Madelyn.

Mike lui versa un verre puis servit deux assiettes. Il lui en tendit une et s'assit sur l'un des tabourets devant le comptoir. Elle fit de même.

— Pas question, dit-il. Vous n'êtes pas payée pour effectuer le travail d'une gouvernante.

Scarlett avala quelques bouchées avant de répondre :

— C'est très bon. Vous remercierez votre belle-sœur pour ce repas. En ce qui concerne ce que je peux faire ou non, c'est moi qui choisis…

— Mais c'est moi qui vous emploie, rétorqua Mike. Donc c'est moi qui décide.

Avant qu'elle ait pu répondre, il ajouta :

— Vous êtes toujours aussi directe ?

Oh ! il n'aimait pas qu'elle se comporte ainsi. S'il savait à quel point, déjà, elle s'était refrénée de lui faire des remarques…

Scarlett sourit.

— Je crains que oui. Ça vous gêne ? demanda-t-elle en posant son assiette. Personnellement, j'ai besoin de relations franches dans mon travail, précisa-t-elle, comme il la regardait avec une certaine incrédulité. Ça facilite les choses… D'ailleurs, ce que je veux, là, maintenant, c'est vous faciliter les choses.

Mike continua de l'observer avec une telle insistance qu'un court instant Scarlett se demanda si elle n'avait pas de la sauce au coin des lèvres.

— Je vous remercie, lâcha-t-il finalement. Et j'apprécie votre aide. Sincèrement, vous savez, pour les courses, je peux solliciter l'une de mes belles-sœurs.

Son ton, toutefois, n'était pas très convaincu, et Scarlett sentit qu'il s'efforçait d'être poli. Il n'avait pas de relations faciles avec sa famille, elle le devinait.

— C'est gentil, mais je crois qu'on aurait tout intérêt à procéder autrement. Les achats de provisions font partie de mes attributions, je vous assure. Là où j'habite, j'ai souvent dépanné des clients.

Mike finit de manger avant de parler :

— Je vois. Tant mieux pour eux. Et où habitez-vous ?

Scarlett sentit sa gorge se nouer. Cette simple question la mettait mal à l'aise, et pour cause…

— Pour l'instant, ici, chez vous.

— OK. Mais avant de venir chez moi ?

Troublée par l'intensité du regard qu'il gardait fixé sur elle, Scarlett se laissa glisser du tabouret et resta debout.

— Je n'ai plus de domicile fixe, en ce moment, avoua-t-elle, mettant ses mains dans les poches de son jean. Je suis en train de chercher un logement.

Les yeux de Mike l'enveloppèrent de la tête aux pieds, une expression douce et séductrice, si familière – parce que Scarlett l'avait vue dans des films ! –, au fond des prunelles. Elle sentit son pouls s'accélérer, consciente que c'était elle, et seulement elle, que le célèbre acteur regardait de la sorte à cet instant-là.

Ça, c'était surréaliste.

— Vous n'êtes ici que pour trois semaines, rappela-t-il, comme si elle l'avait oublié.

Scarlett prit son assiette, recouvrit les restes du repas avec une feuille d'essuie-tout qu'elle trouva sur le comptoir, et la glissa dans le réfrigérateur.

Elle n'avait plus faim.

Elle avait besoin de s'activer pour ignorer le fait que, non seulement elle se trouvait sous le même toit que Mike Elliott mais, en plus, elle n'était qu'à quelques mètres de lui, et il l'observait comme s'il voulait lire en elle.

Non, pas tout à fait. Il la contemplait comme si elle se tenait devant lui… nue.

Elle réprima un frisson.

— Je sais bien, dit-elle, gardant tant bien que mal le fil de la conversation. Quand j'aurai fini ma mission chez vous, je déménagerai à Dallas. C'est mon dernier contrat pour l'agence Nanny Poppins.

En prononçant ces mots, Scarlett mesura de nouveau tout ce que cela impliquait pour elle. Un bouleversement total… Au moins terminerait-elle sa carrière de nourrice de façon exceptionnelle ! S'occuper de la petite fille du comédien Mike Elliott, ce n'était quand même pas rien.

— Pourquoi voulez-vous arrêter ce métier ? Visiblement, vous l'aimez, ajouta Mike.

La gorge nouée, Scarlett hésita.

— La vie… La vie est ainsi faite, pas vrai ? Il y a des étapes, dit-elle, volontairement évasive. En tout cas, je vais tout mettre en œuvre pour que ma dernière mission soit réussie ! Votre fille est adorable, et on va la gâter. Je vous demanderai juste de bien vouloir me préparer une liste de courses, et demain matin je m'en chargerai.

Sur ces mots, Scarlett pivota sur ses talons, décidée à gagner sa chambre et à ne plus discuter. Mais une main vigoureuse lui saisit le bras. Le contact sur sa peau fut… brûlant. Électrique.

Ce n'était pas n'importe quelle personne qui la touchait. C'était Mike Elliott, acteur, play-boy, rancher… Et père.

Quand il l'obligea à faire volte-face, Scarlett se retrouva à quelques centimètres de lui.

Mike la contemplait intensément.

Elle sentit son cœur s'affoler.

— Avec moi, dit-il, aucune femme ne s'en va comme ça.

Scarlett soutint son regard. Même si le sang pulsait à ses tempes, elle ne se laisserait pas impressionner… Jamais.

— Je ne m'en vais pas… Je coupe court à cette conversation.

— Pourquoi ?

Mike la lâcha. Un petit sourire amusé flottait sur ses lèvres sensuelles.

— Vous me fuyez ?

— Pas du tout. J'ai besoin d'être seule. Je suis un peu fatiguée.

— Je comprends. Le voyage, l'installation ici… Bon sang, Scarlett, vous ne ressemblez pas du tout à une nourrice, poursuivit Mike en s'écartant de quelques pas. Maggie, elle, avait l'air d'une nourrice.

— Ah… Et moi ?

— Vous ?

Il se mit à rire.

— Vous êtes trop jolie. Très jolie.

— Merci, dit Scarlett en bénissant la semi-obscurité dans laquelle baignait la pièce.

Au moins Mike ne verrait-il pas qu'elle rougissait une fois de plus.

Elle le regarda et fut frappée par la manière dont il l'observait. Regard de braise. Léger sourire mi-amusé mi-perplexe. Irrésistible.

Magnétique.

Normal que toutes les femmes le convoitent… Si elle avait été plus superficielle, ou plus libre dans sa tête, peut-être se serait-elle laissé séduire. Ce devait être si bon de tomber dans les bras de Mike Elliott…

Délicieux.

Envoûtant.

Scarlett se ressaisit. Elle n'était pas une femme facile et elle avait des objectifs à remplir. Succomber au charme de Mike Elliott n'en faisait pas partie.

— Préparez-moi une liste de courses et envoyez-la moi par SMS, proposa-t-elle, recouvrant son sang-froid. Je m'en chargerai et j'emmènerai Madelyn. Fin de la discussion !

Elle n'attendit pas de réponse et fila vers sa chambre. Elle n'accéléra pas l'allure, espérant marcher tranquillement… En apparence.

Mike gardait l'œil rivé sur elle, c'était évident ; presque palpable.

Cet homme connaissait parfaitement son pouvoir de séduction. Il avait obtenu deux importants trophées grâce à son jeu d'acteur. Dès lors, comment ne pas se demander s'il était sincère quand il paraissait attentif ou concerné ?

Scarlett referma doucement la porte et s'appuya contre le battant. Nichée dans son berceau, Madelyn dormait toujours. Heureusement.

Ce bébé était la seule raison pour laquelle elle se trouvait là. Il lui fallait oublier tout le reste, et surtout le trouble profond provoqué en elle par le simple contact des doigts de Mike sur sa peau.

Mais il lui suffirait de fermer les yeux pour s'en souvenir et le ressentir encore…

Et encore…

Scarlett se dirigea vers la salle de bains et se prépara pour la nuit.

« Et un jour de moins, un… », se dit-elle. Plus que vingt.

- 4 -

Scarlett tendit à Madelyn une deuxième cuillerée de compote de pommes. Le bébé se tenait, le dos bien droit, dans sa chaise haute, et ses yeux pétillaient. Des yeux d'un bleu intense, comme ceux de son père.

C'était l'heure du dîner, et Mike n'était pas là, ce qui ne la surprenait pas.

Depuis son arrivée au ranch déjà une semaine plus tôt, Scarlett avait pu constater que moins Mike se trouvait à la maison, mieux c'était…

Pour elle, en tout cas.

Mike se levait tôt le matin, embrassait sa fille, regardait Scarlett lui donner le biberon, puis s'en allait après avoir bu un café et avalé une tartine.

Il avait du travail, elle le savait. Curer les box, s'occuper des chevaux avec ses frères et participer au chantier en cours pour créer un accueil touristique de qualité, labellisé « éducation » : le fameux ranch pédagogique dont la presse avait parlé.

L'objectif de la famille Elliott était de favoriser la visite d'un public amateur d'équitation naturelle, une manière de monter qui respectait le cheval.

Scarlett se doutait que Mike avait radicalement changé de vie…

Pour le moment, du moins.

Ce jour-là, elle avait fait les courses une fois de

plus. Cela ne l'ennuyait pas, bien au contraire, ainsi qu'elle l'avait expliqué à son laconique employeur – il lui parlait si peu, presque comme s'il l'évitait.

Elle allait donc en voiture – la sienne –, avec Madelyn, dans le centre-ville de Stone River, situé à environ deux kilomètres du ranch.

Une fois sur place, elle se garait sur un parking à proximité des commerces, glissait le bébé dans sa poussette, et s'occupait des achats pour lesquels Mike n'établissait même plus de liste. Il savait que Scarlett se chargerait de tout.

Seule différence, aujourd'hui ? Elle avait acheté de quoi créer un décor de Noël pour le chalet qu'elle trouvait décidément trop triste en cette saison de fête.

Face aux rayons de guirlandes lumineuses, de boules chatoyantes et autres figurines scintillantes, elle avait craqué. Elle en avait acheté de toutes les couleurs, avec son propre argent de surcroît.

De retour chez Mike, Scarlett avait posé ses emplettes sur la table, espérant juste que son hôte ne s'offusquerait pas.

Elle ne lui avait rien demandé, prenant la liberté de choisir elle-même les décorations.

— C'est bon, hein ? dit-elle à Madelyn, revenant à l'instant présent.

Le bébé, qui mangeait sa compote avec appétit, lui adressa un grand sourire, tellement spontané, tellement ravissant que Scarlett sentit son cœur s'emplir de joie.

Un moment comme celui-ci, en face à face avec l'enfant, la comblait et compensait tout ce qui, potentiellement, n'allait pas dans sa propre vie. Elle se prenait au jeu, se laissait à rire…

Et à rêver.

Comme si elle-même était maman et mère de famille.

Ces rêves ne duraient jamais bien longtemps mais ils lui permettaient de tenir le coup… En secret.

Scarlett finit de nourrir Madelyn, puis la garda tendrement contre elle quelques minutes avant de l'installer sur son tapis de jeux.

Alors qu'elle s'apprêtait à préparer le dîner – ce soir, elle avait prévu des tagliatelles au saumon frais –, la porte s'ouvrit et Mike s'engouffra dans la pièce.

— Tout va bien ? demanda-t-il, direct comme toujours, en enlevant aussitôt ses bottes.

C'était une habitude hygiénique, vu qu'il revenait du chantier ou des écuries. Ensuite, décontracté, il restait en chaussettes ou pieds nus.

Scarlett sourit poliment.

— Parfaitement bien. Et vous ? Comment allez-vous ?

Madelyn poussa un petit cri joyeux, sans doute pour attirer l'attention de son père qui réagit aussitôt, prenant le bébé dans ses bras.

Il l'embrassa avec une évidente affection, déposant des baisers sonores sur les joues rebondies de Madelyn.

— Très bien. Heureusement que vous êtes là, dit-il en s'asseyant sur le canapé. J'ai tellement de choses à faire et à régler en peu de temps que je n'aurais pas pu veiller sur mon petit trésor d'amour…

En parlant, il serrait sa fille contre lui.

C'était si touchant de les voir ainsi…

Chaque jour, quand il revenait, Mike retrouvait la petite fille avec un enthousiasme grandissant. Scarlett s'en rendait compte, et cela l'émouvait plus que de raison.

— Vous avez beaucoup de travail ? interrogea-t-elle, sincèrement intéressée.

Trop, peut-être. Mais elle ne voulait pas que cela se remarque.

— Oui, énormément.

Mike sourit.

— Je suis né ici, j'ai grandi ici… Donc je suis un ancien rancher devenu star des écrans, vous savez ? Je connais bien les chevaux et j'aime cette terre… Je l'aime beaucoup.

— Je vous comprends. C'est un lieu attachant.

Mike parut surpris par les mots de Scarlett.

— Vous croyez ? Mon frère Hayes et ma belle-sœur Alexa m'ont dit la même chose, tout à l'heure.

Il ébaucha un autre sourire, comme s'il était gêné par ce qu'il s'apprêtait à dire.

— Hayes, qui souffrait de stress post-traumatique, va tellement mieux depuis qu'il vit à Pebblebrook… C'est un ancien soldat. Il a été envoyé en Afghanistan. Son retour a été très difficile pour lui et son entourage.

— J'imagine. Ils sont si nombreux à subir ce même trouble, murmura Scarlett, se remémorant un ami de son ex-compagnon. Et très peu retrouvent leur équilibre, ou une vie normale.

— C'est tristement vrai.

Mike contempla son bébé et, pendant quelques secondes, parut rêveur, et même émerveillé.

Quel contraste entre cet homme simple et la vedette du cinéma traquée par les médias…

— Ma source de joie et de guérison, c'est toi, dit-il à l'enfant qui gazouillait. Je suis aux anges grâce à toi, Madelyn chérie d'amour… Tiens, qu'est-ce que c'est ? demanda-t-il, avisant les sacs colorés sur la table.

— Des décorations de Noël.

Mike fronça les sourcils.

— Des décorations de Noël ? Pour ici ?

— Je sais, vous ne m'avez rien demandé, et vous ne m'avez pas autorisée à le faire…

Scarlett hocha la tête, priant intérieurement pour qu'il ne le prenne pas mal.

— J'ai eu envie de le faire parce que c'est bientôt Noël, et ça me paraît normal. Le chalet était trop vide, et pour Madelyn, je trouve que ce n'est pas drôle… J'ai payé avec mon argent personnel, précisa-t-elle.

Une absurdité compte tenu de l'état de son compte en banque… C'était typique d'elle, ça. Dépenser pour autrui sans penser d'abord à soi.

Mike garda le silence quelques secondes, visiblement perplexe. Puis il soupira.

— OK. Je vois.

Il se racla la gorge et, lui jetant un bref coup d'œil, esquissa un sourire un peu forcé.

— C'est une bonne idée, je vous l'accorde, d'autant que je n'avais pas eu le temps de m'en charger… Et je n'aurais pas forcément agi comme il se doit. Noël, pour moi, en ce moment, c'est compliqué…

Il la regarda sans rien dire puis sourit plus franchement.

— Je vous remercie. Ce sera remboursé sur vos indemnités.

— Merci. J'apprécie, fit Scarlett, soulagée malgré tout.

Mike esquissa un geste qui signifiait quelque chose comme « je vous en prie, tout va bien ».

— Bon, montrez-moi donc ce que vous avez déniché, reprit-il, désignant les paquets sur la table.

Scarlett obtempéra.

Bientôt, une dizaine de guirlandes de différentes couleurs ainsi que des boules brillantes s'étalèrent devant Mike et petite Madelyn…

L'enfant ouvrait de grands yeux émerveillés.

Remarquant la mine réjouie de sa fille, Mike se mit à rire.

— Ah, la magie de Noël…

— Oui, la magie, renchérit Scarlett. Noël, c'est avant tout une fête pour les enfants… Ils ont besoin de merveilleux.

— Le merveilleux qui est essentiel aux yeux et à l'esprit, que nous oublions trop, nous, adultes…

Mike ébaucha un sourire différent, plus tendre.

— Merci de me l'avoir rappelé, Scarlett. Merci infiniment…

— De rien.

Scarlett sentait toutefois une étrange émotion la gagner peu à peu, et l'envelopper tout entière.

— D'ailleurs, il faudra que je trouve un sapin. Avec tout ce qui se passe dans ma vie, j'allais oublier ça, ajouta-t-il en câlinant Madelyn.

Un silence s'établit quelques secondes.

— Quand on était petits, mes frères et moi, on trépignait d'impatience la veille de Noël… mais aussi les jours précédents, confia-t-il, les yeux brillants. Ma mère ne nous disait rien quand on allait piquer des cookies en cachette dans la cuisine ! La pauvre, elle était si fatiguée à cause de nous… Quatre garçons, vous imaginez ? Mes parents s'adoraient. Ils étaient joyeux… Et nous aussi.

Il marqua une pause, perdu dans ses souvenirs.

— Maman se surpassait pendant les fêtes, précisa-t-il.

Elle cuisinait très bien, cherchait des idées nouvelles pour les menus, s'habillait différemment, de façon plus coquette... Noël, c'était en quelque sorte son heure de gloire.

— Vous l'aimiez beaucoup, conclut Scarlett, touchée par ces confidences inattendues.

— Oui, de tout mon cœur. Elle est morte trop jeune d'un cancer, dit-il d'une voix soudain assourdie.

— Quel genre de cancer ?

— Utérus. J'avais quinze ans quand c'est arrivé.

Attristée, Scarlett garda un silence respectueux. Ce genre de situation l'affectait particulièrement, et pour cause. Elle-même avait tellement craint pour sa santé...

— Sur ce, je vais aller coucher mon petit trésor, décida Mike en se levant. Je crois qu'elle s'endort carrément dans mes bras !

Scarlett sourit. De fait, Madelyn fermait maintenant les yeux, bercée par son papa.

— Ça prouve qu'elle est bien et en sécurité.

— Oui...

Mike sourit.

— Merci encore pour tout ce que vous faites. Vous êtes jeune, jolie, et une super nounou. Je ne regrette plus Maggie ! Plus du tout...

Et, sa fille nichée dans ses bras, il se dirigea vers sa chambre.

— Oh... merci, murmura Scarlett plus pour elle-même, agréablement surprise.

Et flattée.

Un tel compliment lui allait droit au cœur, forcément. Mais venant de la part d'une star comme Mike, cela revêtait encore plus de poids.

Ragaillardie, Scarlett reprit ce qu'elle avait entamé avant l'arrivée de Mike.

Elle prépara à dîner, pour elle mais aussi pour Mike au cas où il voudrait manger à la maison – il était là un soir sur deux mais dînait après elle, ce qui évitait toute situation potentiellement gênante entre eux. Tant mieux ! Elle préférait nettement qu'ils soient poliment distants, même si ce qu'il venait de lui dire annonçait peut-être un léger changement… Selon les familles pour lesquelles elle travaillait, Scarlett devenait comme une amie.

Avait-elle envie d'être amie avec Mike ? Pas sûr.

Une fois le repas prêt, elle décora la pièce, disposant des guirlandes et des boules çà et là. Il n'y avait pas de sapin, mais bientôt, Mike en installerait un…

Elle avait bien fait de prendre l'initiative. Certes, elle outrepassait sa mission, mais comment agir autrement ? L'indifférence n'était pas dans ses habitudes. Et elle adorait Noël.

En réalité, elle n'avait pas supporté que la maison ne soit pas du tout décorée, à moins de trois semaines des fêtes de fin d'année…

Tout en disposant les figurines sur la cheminée – de petits personnages naïfs, sculptés dans du bois clair –, Scarlett songea alors à tout ce qui s'était déjà déroulé depuis son arrivée à Pebblebrook.

Ou plutôt à ce qui ne s'était pas passé…

Elle avait craint que, imbu de son pouvoir sur les femmes, son célèbre employeur tente de la séduire mais, finalement, Mike et elle s'étaient à peine parlé. Elle avait presque tout géré seule pour la petite Madelyn. Mike n'y connaissait pas grand-chose, naturellement, et il s'appuyait sur elle. Il l'avait embauchée à bon escient !

Leurs relations, qui n'avaient pas vraiment démarré de manière positive, étaient à présent fluides, dans un cadre bien organisé. Professionnel. Exactement comme elle avait souhaité.

Et maintenant, entre eux, c'était agréable.

Poli… Cordial, en somme.

Parfait.

Regardant la pièce décorée, Scarlett sourit. Au fond, maintenant, même sans sapin, c'était gai et joli.

— Waouh, ça change tout ! dit Mike quelques instants plus tard, en la rejoignant.

— C'est ce que je me disais. Il suffit de si peu pour qu'un intérieur devienne chaleureux et accueillant.

Mike la regarda, et Scarlett sentit les battements de son cœur s'accélérer.

Non, non, elle ne voulait pas du tout ressentir cette émotion-là…

— C'est grâce à vous. J'étais loin de tout ça… Très loin, ajouta Mike.

Il jeta un coup d'œil circulaire et un sourire rêveur flotta sur ses lèvres.

— La vie est étonnante. Il y a quelques semaines, j'étais à Hollywood, dans un lieu où tout brille, où tout éclate vite, les scandales, les histoires entre les gens… Noël, là-bas, est avant tout une fête commerciale. Il y a des guirlandes par centaines, mais elles ne signifient pas grand-chose. On paraît joyeux… On ne l'est pas forcément.

Surprise par de tels propos, Scarlett hocha la tête.

— Quand on lit la presse, nous, le public, votre

public, on a plutôt l'impression que c'est très festif, et que tout le monde s'amuse beaucoup !

— Il y a de ça, oui, bien sûr. Mais…

Mike sourit de nouveau à Scarlett. Son sourire était si différent.

Il avait l'air plus heureux. Plus sincère.

— Dites, on pourrait dîner ensemble, ce soir, si vous voulez ? Pour une fois…

— Pourquoi pas, répondit Scarlett, après une brève hésitation. Le repas est prêt. Il suffit de mettre la table et…

— Ne bougez pas, je m'en occupe.

Sidérée par ce revirement inattendu, Scarlett le regarda s'affairer.

Mike disposait des assiettes et des verres rien que pour eux deux… C'était incroyable…

Mais vrai.

D'ailleurs, il venait même de faire tomber une cuillère qui fit un petit bruit métallique sur le sol, comme pour rappeler à Scarlett qu'elle avait intérêt à rester prudente…

Et à garder ses distances.

Mike était un bourreau des cœurs professionnel, et il avait probablement très envie de s'amuser un peu…

- 5 -

La jeune femme était assise le dos droit, genoux serrés sous sa longue jupe de laine mauve, moulante, sexy et décontractée en même temps…

Mike adorait la façon dont Scarlett s'habillait. Chandails de maille fine, couleurs vives, décolletés discrets mais si féminins, jeans ou pantalons de velours, bottes hautes en daim…

Il adorait aussi sa longue chevelure qu'elle nouait au sommet de son crâne, laissant des mèches onduler sur le pourtour de son visage aux traits ravissants.

Scarlett ne se maquillait pas, ou peu. Mike n'avait pas l'habitude qu'une femme n'essaie pas de se mettre en valeur. Mais la nounou de sa fille n'avait pas besoin d'artifices. Elle était d'une beauté naturelle, franche…

Franche comme son caractère. Un fichu caractère, songea-t-il de nouveau, remarquant qu'elle restait distante sans pour autant se départir de sa politesse.

Madelyn dormait à poings fermés, ce qui était une bonne chose. L'anneau dentaire et le léger antalgique administré par Scarlett avaient produit leur effet : le bébé ne souffrait plus, et il se reposait enfin.

— C'était très bon, dit-il en désignant le plat de tagliatelles au saumon, presque vide maintenant. Vous êtes une cuisinière experte.

Scarlett sourit.

— Merci. Je suis juste gourmande, et comme toute personne gourmande qui se respecte, j'aime bien manger. Donc je prépare des plats goûteux !

— Moi aussi, je suis gourmand.

« Et pas seulement par rapport à la nourriture », ajouta une petite voix intérieure quelque peu moqueuse.

Mike réprima un sourire. De fait, oui, il aimait la bonne chère, les jolies femmes, la fête, la musique, les plaisirs de la vie…

Autant dire tout ce qui lui était refusé maintenant qu'il résidait à Pebblebrook.

Ici, il menait une existence sérieuse au possible, quasi monacale. Il se levait, partait travailler sur le chantier du ranch éducatif, s'occupait des chevaux, rentrait, mangeait et se couchait.

Entre deux, il câlinait sa petite fille adorée qui, enfin, dormait profondément.

Lui aussi passait de bonnes nuits.

Merci Scarlett… C'était grâce à elle. Grâce à sa présence.

Mike se leva pour débarrasser la table. Scarlett fit aussitôt de même pour l'aider. En silence, ils mirent les assiettes dans le lave-vaisselle. Leurs mains s'effleurèrent à ce moment-là, et Mike croisa le regard interrogateur de la jeune femme. Elle devait penser qu'il essayait de la séduire…

Ce qui était vrai…

En partie.

Involontairement. Elle était juste si jolie…

Trop jolie.

— Ça ne vous dérange pas trop de travailler pendant les fêtes de Noël ? demanda-t-il tandis qu'ils s'asseyaient l'un à côté de l'autre sur le canapé.

— Si, un peu, admit Scarlett. J'adore Noël. Les décorations, les traîneaux tirés par des rennes, les cadeaux, la neige… Bref, tout ce qui représente Noël ! J'aime quand on est tous réunis, qu'on savoure un bon repas et…

Elle s'interrompit, une lueur de nostalgie dans ses yeux brillants.

— Mais ça n'aura pas lieu. Pas cette année, je crois.

— Vous le regrettez ?

Pendant quelques instants, la jeune femme sembla perdue dans ses pensées.

— Par moments, oui.

— Votre famille est loin d'ici ? Vous n'êtes pas obligée de répondre, ajouta rapidement Mike, conscient d'enfreindre la règle tacite mise en place entre eux.

Pas d'informations personnelles. Ou le moins possible. Mais il en avait franchement assez de ce fossé entre eux. Un fossé compréhensible, d'accord, mais compte tenu des circonstances, inutile. Il la respectait, bon sang !

Contre toute attente, Scarlett ébaucha un sourire.

— Ma famille est loin, oui. Dans le Nevada. Mon beau-père en est le gouverneur.

— Vraiment ? fit Mike, surpris. Gouverneur… C'est donc un homme important !

— Oui, mais pas très sympathique, déclara Scarlett. Quand ma mère s'est remariée, j'avais huit ans, et j'étais plutôt contente qu'elle soit heureuse. Elle s'entendait si mal avec mon père… Mais très vite, cet homme-là est devenu insupportable. Du moins pour moi.

— Vous ne l'aimez pas beaucoup, remarqua Mike.

Scarlett détourna la tête. De profil, elle paraissait

encore plus jeune. Elle avait un petit nez fin et une bouche délicatement ourlée, qui appelait les baisers.

— Non, vraiment pas, admit-elle en lui jetant un coup d'œil perçant, comme si elle voulait lire en lui. Ma mère et lui espéraient que je me lancerais dans la politique… Je les ai bien déçus ! Et ça m'est égal, poursuivit-elle d'un ton animé. Je ne suis pas destinée à ce genre de carrière. Pas du tout.

— Je comprends. La politique est un milieu souvent corrompu, ou intéressé, un peu comme celui du cinéma.

Mike marqua une pause, songeur. Des images de son passé hollywoodien tourbillonnaient dans son esprit.

— Hector, mon agent artistique, est décédé d'une tumeur au cerveau. Pauvre homme, soupira-t-il. Je le regrette. Il avait une moralité à toute épreuve, contrairement à celui qui le remplace et qui voudrait que je pose pour des photos avec ma fille… Parce que ce serait médiatique.

Scarlett esquissa une moue.

— Exploiter l'image d'un enfant, c'est moche.

— Bien d'accord avec vous. Il n'en est absolument pas question.

Un silence s'établit pendant quelques secondes.

Trop longtemps.

Mike voulait briser la glace et, cette fois, il y parviendrait, se promit-il.

Il se leva et alla voir de plus près les figurines de Noël posées sur le manteau de la cheminée, les guirlandes, les boules disposées çà et là, et le ruban adhésif de lumières scintillantes que Scarlett avait placé le long d'un mur. L'atmosphère de ce chalet inhabité pendant des années devenait, soudain, si douce et si chaleureuse.

— Ça vous plaît ? demanda la jeune femme.

Il la regarda, étrangement ému.

— Oui… Et vous me plaisez.

Les mots étaient sortis tout seuls, exprimant exactement ce qu'il ressentait.

Les yeux de Scarlett se fixèrent sur lui, emplis d'étonnement et d'incertitude.

— Ah mais… non, murmura-t-elle. Je ne veux pas de ça… Pas de séduction entre nous.

— Excusez-moi, dit-il, pris au dépourvu. Je sais, vous êtes ici pour ma fille…

— Et je refuse de faire partie de ces femmes qui sont dingues de vous ! compléta-t-elle, un peu moqueuse, en se redressant à son tour. Vous avez un fan-club mondial. C'est pas mal.

Mike ne put s'empêcher de rire.

— Mondial, quand même… Vous exagérez.

— Oh ! là, j'en doute. Vous êtes sur tous les écrans, dans la presse, sur Internet… On montre vos différentes conquêtes et…

— Il ne faut pas écouter ce que racontent les journalistes, répliqua Mike, un peu irrité. Ils adorent les commérages, ils en rajoutent et, au final, ça me cause du tort.

Scarlett arqua un sourcil.

— Du tort ?

— Parce que je ne maîtrise pas ce qui est écrit sur moi, vous comprenez ? Je ne suis pas celui que vous croyez, ajouta Mike.

Cette phrase-là lui faisait l'effet d'une mauvaise réplique de scénario et, pourtant, il était sincère.

L'air perplexe, Scarlett se dirigeait lentement vers sa chambre.

De toute évidence, elle s'éloignait de lui.

Elle le fuyait.

Il n'avait pas réussi à briser la glace…

— Je ne crois rien, vous savez, lança-t-elle. Seulement voilà, votre vie s'étale dans ces magazines qu'on trouve chez le dentiste ou chez le médecin, et franchement, comment dire…

Elle hocha la tête, visiblement gênée.

— Peu importe, de toute façon. Moi, je suis juste la nounou… D'ailleurs, si jamais Madelyn se réveillait dans la nuit, n'hésitez pas à me l'amener. Je suis là pour m'occuper d'elle.

— OK, faisons ainsi, dit Mike, comprenant qu'il ne devait surtout pas essayer de la convaincre de rester davantage avec lui.

Il aurait aimé mieux la connaître… Parler encore avec elle.

C'était décidément raté.

Au fond, il se sentait seul… Et incompris. Pourquoi avait-il l'intuition que Scarlett saurait l'écouter, le conseiller… Et peut-être plus encore ?

Sauf que, manifestement, elle refusait de jouer ce rôle-là.

— Merci encore d'avoir préparé un bon repas, ajouta-t-il, refrénant tant bien que mal sa déception.

Elle sourit avec politesse, et il eut la sensation qu'elle était en train d'ériger une paroi invisible entre eux.

De quoi se protégeait-elle ainsi ? De qui ?

— De rien. Ça fait partie de mon travail, affirma-t-elle. Croyez-moi…

Sur ce, elle disparut dans sa chambre, refermant silencieusement la porte derrière elle.

Mike demeura immobile un instant, déconcerté par la tournure qu'avait prise la soirée.

L'attitude de Scarlett le troublait… Et l'intriguait.

Il n'avait pas l'habitude qu'une femme lui résiste. En vérité, cela ne lui était jamais arrivé…

Jamais.

Scarlett, à qui il confiait la petite Madelyn si précieuse, la chair de sa chair, lui plaisait soudain encore plus… Tellement que cela le stupéfiait.

Mais la ravissante nounou de sa fille était une femme interdite, et loin de lui.

À des années-lumière.

Même si elle se trouvait dans la chambre à côté de la sienne.

Le lendemain matin, au réveil, Scarlett eut l'impression de ne pas avoir dormi de la nuit.

Et pour cause…

Elle n'avait cessé de penser à Mike.

Son cœur s'affolait dès qu'elle se remémorait ce qui s'était passé entre eux…

Ou plutôt ce qui aurait pu se passer si elle s'était laissé aller.

Elle en brûlait d'envie, au fond…

Envie de s'abandonner entre les bras musclés de cet homme si séduisant, riche, célèbre, créateur de rêves…

Envie de goûter au plaisir d'être ainsi séduite, sans se poser de questions.

Mais ce genre de situation, ce n'était pas pour elle. Son projet de vie était déjà tracé. Elle partirait bientôt, referait sa vie ailleurs, loin de cette région, loin de cette petite ville où elle avait travaillé auparavant, loin de la maison où elle avait espéré vivre avec celui qu'elle pensait épouser, mais qui l'avait finalement déçue.

Cette nuit-là, craignant l'insomnie, Scarlett avait surfé sur Internet et cherché un logement à Dallas.

Elle avait sélectionné une dizaine de villas et autant d'appartements.

Pour l'instant, ses recherches demeuraient vaines.

Après quoi, elle avait fait du yoga, inspirant et expirant lentement pour tenter de retrouver un semblant de tranquillité.

Elle avait fini par s'endormir, l'esprit en ébullition, vers 5 heures du matin. Et si son réveil n'avait pas sonné, elle aurait dormi au moins jusqu'à midi.

Entrouvrant les yeux, elle laissa ses pensées se clarifier lentement. Les rêves de sa nuit agitée devaient décanter…

Son rêve, se souvint-elle brusquement. Un seul rêve, vif, intense… et érotique. L'homme de ses fantasmes inconscients n'était autre que Mike. Évidemment.

Il était aussi celui de ses fantasmes conscients, se dit-elle avec une pointe d'ironie. Si elle n'avait pas été aussi sage et déterminée, elle aurait vraiment adoré se lover contre lui… Vraiment.

Scarlett s'étira et se leva d'un bond. Il était temps qu'elle remette les pieds sur terre, au sens propre comme au sens figuré ! D'ici peu, la petite Madelyn s'éveillerait, il fallait qu'elle lui prépare son biberon… Elle n'avait plus une minute à perdre, se dit-elle en enfilant son peignoir.

Parfait. Plus elle s'activerait, mieux ce serait.

- 6 -

Regardant le ciel bleu illuminé par un doux soleil hivernal, Mike inspira profondément, avec bonheur. Le paysage vallonné, encore verdoyant, était paisible. Idyllique.

Sauf qu'il ne vivait aucune idylle…

Rien.

Le désert total, sentimentalement parlant…

L'image de Scarlett surgit de nouveau à son esprit.

Il pensait souvent à elle.

Très souvent.

Et ce n'était pas seulement parce qu'elle était jolie. Non, pas du tout. Elle l'intriguait, l'intéressait…

Et se détournait totalement de lui.

Il ne l'avait pas revue depuis leur bref dîner la veille au soir. Ce matin-là, il s'était levé très tôt, après une nuit agitée, et était vite allé chercher un sapin. Au lieu d'en couper un dans le parc, il avait préféré en acheter un petit de taille, doté de racines, afin de le replanter ensuite.

Il l'avait discrètement déposé dans la grande pièce du chalet, puis avait gagné la partie de l'écurie principale qui abritait le bureau de la propriété.

C'était dans cette pièce vaste et claire, ornée de vieilles poutres au plafond, que ses frères et lui se réunissaient pour travailler sur le projet du ranch éducatif.

Là, Mike était seul, et cela lui faisait du bien. Il avait besoin de réfléchir calmement.

Il reporta son attention sur les croquis qui représentaient le fameux projet. Les chalets, dont celui où il vivait actuellement, étaient parfaitement situés par rapport à la rivière qui traversait les terres, le ruisseau, les écuries. Ses frères n'auraient pas pu trouver meilleur emplacement pour leurs futurs visiteurs, les touristes qu'ils espéraient recevoir en nombre.

Les documents imprimés étaient encadrés de bois brut, et accrochés au mur.

Le bâtiment jouxtait la maison de Colt. Son frère et sa belle-sœur Annabelle vivaient, heureux en famille, à des années-lumière de ce que Mike avait connu à Hollywood.

Forcément. Ici, personne ne comprenait vraiment ni la vie qu'il avait expérimentée sous les projecteurs, ni les raisons qui l'avaient poussé à revenir à Pebblebrook.

Mike contempla de nouveau les quatre croquis. Les dessins montraient la propriété achetée par leur grand-père, divisée en parcelles.

Tout était pareil et, pourtant, si différent de ce qu'il avait connu avant…

La culpabilité l'envahit soudain, une fois de plus. Ses frères avaient conçu le ranch éducatif et entamé le chantier de construction pendant qu'il se trouvait à Los Angeles. Il s'enferrait alors dans ses problèmes avec Jennifer et la grossesse de cette dernière tout en menant sa carrière d'acteur du mieux possible.

Leur père avait rêvé d'accueillir des touristes, ou de simples voyageurs s'intéressant aux animaux, à l'élevage, à la biodiversité… Il avait voulu que Pebblebrook détienne un label écologique. Son rêve deviendrait bientôt réalité. Malheureusement, il ne pouvait pas s'en rendre compte. Même si on l'amenait sur place, la maladie l'enfermait dans un étau. Il serait incapable de mesurer à quel point ses fils avaient bien travaillé…

Incapable, aussi, de savoir à quel point il avait eu un impact positif sur eux. Finalement, malgré les brouilles d'autrefois, les jalousies inhérentes à toute fratrie, les distances prises entre les uns et les autres, ils se retrouvaient à Pebblebrook et travaillaient ensemble à la réalisation du rêve paternel…

— J'espérais te trouver ici, lança une voix féminine.

Mike se retourna.

Annabelle, la femme de Colt, se tenait sur le seuil, un sourire aux lèvres. Ses longs cheveux roux ondulaient sur ses épaules, et elle portait une petite fille dans ses bras, calée sur ses hanches.

— Bonjour, Annabelle… Bonjour… Oh ! comment tu t'appelles, déjà ? demanda-t-il, souriant à l'enfant.

Il s'en voulut simultanément de ne pas pouvoir discerner les deux fillettes… Quel oncle lamentable il était ! En même temps, Annabelle et Colt avaient des jumelles, et sans les voir souvent, comment les reconnaître ?

— C'est Emily, indiqua Annabelle. Lucy fait une sieste, en ce moment. Elle a mal aux dents donc elle dort mal.

— Je comprends ça ! Pareil avec ma petite Madelyn… Je peux ? demanda Mike, comme Emily tendait les bras vers lui pour qu'il la porte.

— Bien sûr.

Soulevant l'enfant, il fut surpris de la différence de poids entre Emily et sa propre fille. Mais c'était normal ! Toutes deux avaient presque un an d'écart.

— Ce n'est pas évident, des jumelles, j'imagine… Tu arrives à te reposer ?

Annabelle se mit à rire.

— Ça dépend des moments. Dans l'ensemble, tout se passe très bien. On se relaie, avec Colt. On partage les temps de surveillance, de jeux… Et de corvées.

— Vous vous entendez si bien… C'est une chance, dit Mike.

Au même instant, Emily lui tapota les joues et éclata de rire. Quel joli son…

— Qu'est ce qui t'amène aux écuries ? Si tu cherches Colt, il n'est pas là, et je ne l'ai pas encore vu.

Son frère devait l'éviter, songea Mike. Depuis leur dispute, ils se voyaient à peine.

Une dispute provoquée par quoi, exactement ? Du ressentiment… De la colère…

Peu importait, au fond. Ce qui comptait aujourd'hui, c'était la réconciliation. Mike essaierait de tout son cœur de réparer ce qui pouvait l'être.

Annabelle lui sourit.

— En fait, c'est toi que je suis venue voir. J'aimerais que tu viennes dîner ce soir. Avec Madelyn, bien entendu, et Scarlett.

Mike resta silencieux un instant, surpris et mal à l'aise. Il n'avait aucune envie de se retrouver à table avec son rancunier de frère, en présence de sa fille et de sa nounou !

Lorsqu'ils pourraient enfin évoquer leur passé, Mike préférait franchement que ce soit en privé. Face à face.

De plus, il ne se voyait pas du tout arriver chez

Colt et Annabelle avec Scarlett. La jeune femme refuserait tout autant. Elle avait bien marqué le fait qu'ils devaient être distants…

Et c'était très bien ainsi.

Il la désirait trop pour qu'il en soit autrement.

Il aurait adoré goûter la pulpe de ses lèvres, la douceur de sa peau et…

Revenant brutalement à la réalité, Mike s'efforça de sourire, mais le cœur n'y était plus.

— C'est gentil, Annabelle…

— Hum… Mon invitation ne t'enchante pas vraiment, je le sens bien.

Sa belle-sœur hocha la tête, l'air indulgente.

— Je vais le formuler autrement. Je veux que tu viennes avec ta fille et ta nounou. Ce soir.

— Pourquoi ?

À ce moment-là, Emily tendit les bras vers sa mère qui la reprit contre elle.

— Parce que Colt et toi devez réussir à parler calmement. Mon mari s'en veut, je le sais, il a envie que vous vous entendiez bien, sauf qu'il garde tout en lui. Les tensions s'accumulent. Donc je pense que plus vous passerez du temps ensemble, mieux ce sera.

Mike acquiesça. Pas tellement pour approuver que pour admettre la vérité de ce qu'elle venait d'énoncer.

— Et pourquoi Scarlett devrait-elle se joindre à nous ? demanda-t-il en tirant légèrement son chapeau de cow-boy vers l'arrière.

Ce geste machinal était un réflexe de rancher qu'il retrouvait peu à peu avec un plaisir grandissant. Cela lui rappelait son adolescence…

Annabelle leva les yeux au ciel, comme si la question de Mike l'horripilait.

— Franchement, ce serait grossier de ne pas l'inviter. Elle resterait encore seule au chalet ? Depuis le temps qu'elle est là… J'imagine qu'elle doit avoir envie d'un peu de compagnie féminine.

Mike resta silencieux, perplexe. Égoïstement, il n'avait pas pensé une seule seconde aux besoins de Scarlett. Il était trop préoccupé par les siens…

Il s'apprêtait à refuser malgré tout mais le regard perçant, presque sévère, d'Annabelle l'en empêcha.

— OK, Annabelle. Dis, je parie que tu gagnes toujours quand vous n'êtes pas d'accord, Colt et toi.

Un grand sourire éclaira le visage de sa belle-sœur.

— Toujours. On vous attend à 18 heures.

Sur ces mots, elle se détourna et sortit du bureau.

Mike la regarda partir jusqu'à ce qu'il se rende compte qu'il contemplait l'encadrement vide de la porte. Annabelle était une forte tête, exactement ce dont Colt avait besoin.

Les hommes de la famille Elliott étaient têtus, volontaires, parfois trop autoritaires. C'était un trait de caractère qui se transmettait de père en fils, comme leurs cheveux et yeux noirs. Il leur fallait des femmes de la même trempe. Par conséquent, pour lui, le célibat s'annonçait pour longtemps, se dit Mike dans un élan d'humour ironique. Tant pis… Ou tant mieux. Il consacrerait tout son temps libre à Madelyn !

Il regarda par la fenêtre, admirant l'étendue de pelouses plantées de hauts arbres centenaires.

L'endroit était magnifique. Les nouveaux chalets, qui seraient bientôt proposés pour l'accueil du public, étaient disséminés çà et là, entourés de buissons joliment taillés, et bientôt terminés. Leurs façades de bois clair avaient été lambrissées, et les volets peints en bleu ciel. Le sien, situé tout au fond, était le seul à avoir gardé des volets couleur bois. Il se détachait, plus grand, plus spacieux, destiné à loger une famille de quatre personnes.

Scarlett s'y trouvait encore, en train de s'occuper de Madelyn. Comme chaque jour, elle irait faire des courses en voiture, emmenant le bébé.

Comme chaque jour, il se forcerait à ne pas aller les retrouver, craignant de gêner la jeune femme…

Il voulait impérativement respecter le cadre professionnel qu'elle avait fixé.

Mike reporta son attention sur les plans et croquis du futur ranch éducatif. Peut-être devrait-il en faire une copie pour les montrer à son père ? Peut-être qu'en voyant quelque chose qui avait beaucoup compté dans sa vie, Grant Elliott retrouverait un peu de mémoire…

Si seulement il avait pu faire quelque chose pour atténuer les effets de la maladie ! songea Mike, la gorge nouée. Son père ne le reconnaîtrait peut-être pas.

Malgré tout, il ne pouvait plus reculer l'échéance.

Mike prit son portable dans sa poche.

Oui, il était temps qu'il aille rendre visite au patriarche de la famille.

- 7 -

Scarlett s'efforça une nouvelle fois de stabiliser le sapin qu'elle avait découvert, simplement posé contre un mur dans la grande pièce principale du chalet.

Un sapin d'un vert tendre, jeune, pas très haut, à peine un mètre, mais bien large à sa base, avec des racines bien plantées dans un pot de terre…

Qui basculait encore et encore.

C'était très énervant.

Assise dans sa chaise haute, Madelyn semblait observer la scène avec amusement. Ses yeux bleus brillaient tandis qu'elle tétait son pouce.

Scarlett laissa échapper un gémissement irrité lorsque, une fois de plus, le sapin pencha vers la droite. Il devait être trop lourd pour le récipient dans lequel il avait été rempoté…

— Tout va bien ? demanda une voix masculine.

Le cœur battant, elle se retourna.

Mike se tenait dans l'embrasure de la porte. En jean et blouson de cuir brun, les cheveux décoiffés, il était plus séduisant que jamais.

Il paraissait détendu et souriait gentiment, différent de la veille au soir.

Qu'est-ce qui avait donc changé en lui ?

Ils ne s'étaient pas vus de la journée, qui avait filé vite. Scarlett avait fait des courses, un peu de rangement, écrit des e-mails pour sa recherche de logements, toujours en vain… Et elle s'était promenée avec Madelyn. Elle avait aussi contacté l'agence Nanny Poppins pour l'informer que sa mission se déroulait bien.

Très bien, même. Compte tenu du contexte, les choses auraient pu se passer autrement.

— J'avoue que j'ai un souci avec ce joli sapin qui refuse de rester droit, dit-elle, revenant à l'instant présent.

Croisant le regard de Mike, elle chassa tant bien que mal les images qui surgissaient à son esprit. Lèvres viriles, décidées, mains chaudes, audacieuses, corps puissant…

Ses fantasmes devenaient entêtants.

Absurde.

— Je vais vous aider, proposa Mike. Mais avant…

Il se dirigea vers son bébé et l'embrassa sur ses joues rebondies. Madelyn gazouilla joyeusement.

— Alors, voyons ce coquin de sapin qui ne se tient pas bien. Ce n'est pas possible, ça !

Ah, oui, il avait changé, songea Scarlett, troublée. Il osait l'humour…

— Ça n'arrive jamais au cinéma, ce genre de situation, lança-t-elle en se détendant, elle aussi. Dans les scènes que vous tournez, tout est toujours parfait : les décorations, les tenues, les coiffures…

— Justement parce que c'est du cinéma, compléta Mike en improvisant un système de cale avec des livres et des magazines qui étaient posés en vrac dans un coin de la pièce.

Et miraculeusement, l'arbre demeura bien stable.

— Ah, voilà, il fallait qu'un homme s'en occupe, s'efforça de plaisanter Scarlett.

— Exactement. Je me sens utile…

Elle soutint le regard un peu malicieux qu'il dardait sur elle.

— Et vous l'êtes.

Mike ébaucha un sourire en prenant sa fille dans ses bras. Il la câlina tendrement pendant un instant. L'observant, Scarlett éprouva une étrange émotion. Cet homme la surprenait vraiment de plus en plus…

De manière positive.

— Ce soir, ma belle-sœur Annabelle veut qu'on mange chez elle, annonça alors Mike en replaçant doucement la petite fille dans son siège. Vous seriez d'accord pour venir avec moi ?

Prise de court, Scarlett ne répondit pas tout de suite.

Cette invitation inattendue ne l'enchantait pas du tout. Elle se retrouverait dans la famille de Mike, au cœur des tensions qu'elle avait perçues et qu'elle redoutait.

De manière générale, elle fuyait les atmosphères potentiellement désagréables, et elle craignait que, chez les Elliott, ce ne soit pas très paisible.

De plus, être en présence de Mike…

Oh ! c'était à éviter.

L'attirance qu'elle éprouvait devenait gênante, et elle avait conscience d'avoir de plus en plus de mal à dissimuler son trouble.

— Je ne sais pas. Je ne suis que la nounou et…

— Justement, on sera tous les trois chez Colt et Annabelle. Pour dîner. Un dîner simple, entre nous, ajouta Mike d'un air un peu embarrassé. J'ai besoin de vous... Vous vous occuperez de ma fille pendant que j'essaie de renouer les liens familiaux. C'est important.

— Je comprends, dit Scarlett.

— Colt et moi sommes jumeaux, et on s'entendait très bien à une époque, contrairement à ce qu'on pourrait croire, reprit Mike. Mais les choses ont changé. On a un ranch éducatif à créer, le chantier est quasiment terminé, et on a pas mal de problèmes à régler, avoua-t-il en s'asseyant sur le canapé.

Il esquissa une moue navrée.

— C'est une évidence : il existe un fossé infranchissable entre Hollywood et Pebblebrook. Un fossé gigantesque. Pas sûr que mes frères l'acceptent. On était très unis quand on était enfants. Mais la vie nous a séparés...

— Et vous essayez de vous réunir, compléta Scarlett, sincèrement compréhensive.

— Oui. Au moins pour notre père.

Le visage de Mike exprima soudain tout autre chose. De l'angoisse ? De l'inquiétude ?

— Il souffre de la maladie d'Alzheimer et vit dans une maison de retraite médicalisée depuis un bon moment déjà.

— Oh... c'est triste, dit Scarlett.

Elle ne s'était donc pas trompée dans ce qu'elle avait perçu.

En tout cas, cette confidence prouvait que Mike lui faisait confiance.

— Très triste, confirma Mike.

Il garda les yeux dans le vague avant de reporter son attention sur Scarlett.

— Ça me ferait plaisir que vous m'accompagniez chez Colt et Annabelle, insista-t-il, se forçant visiblement à sourire. Ça me ferait plaisir et ce serait pratique vu qu'on y va – si vous le voulez bien –, avec Madelyn. Je sais que vous voulez qu'on garde des distances tout à fait professionnelles, et je respecte ce souhait, poursuivit-il. Vous vous en êtes rendu compte, au moins ?

Comme Scarlett gardait le silence, perplexe, il ajouta :

— Sinon, je vous assure que j'essaierai de tout faire pour vous embrasser à pleine bouche, avec beaucoup de gourmandise…

Ces mots eurent un tel impact sur Scarlett qu'elle se sentit rougir.

— Là, vous exagérez, lâcha-t-elle.

— Je sais. Et je vous ai gênée, dit Mike, les yeux brillants. J'ai peut-être de nombreux défauts mais, au moins, je suis franc. Je ne peux pas cacher que vous me plaisez beaucoup. C'est comme ça.

Scarlett sentit son cœur battre précipitamment. Que répondre ? Qu'elle était flattée ? Touchée ? Qu'elle risquait fort de vite craquer pour lui, comme des milliers d'autres femmes ?

Non, mieux valait ne rien dire.

Afin de se ressaisir au plus vite, elle regarda la petite Madelyn qui contemplait le sapin avec curiosité.

— Je vais le décorer… Dès que possible, ce soir ou demain, murmura-t-elle, plus pour elle-même. Et… je viens avec vous ce soir, poursuivit-elle à l'adresse de Mike. Puisque ça fait partie de ma mission, oui, je serai là.

— Ça a l'air de vous ennuyer profondément.

— Non… Non, quand même pas.

Scarlett réprima un soupir.

— C'est très gentil de la part de votre belle-sœur de m'inviter. Je serai heureuse de faire sa connaissance. À quelle heure doit-on y aller ?

— Maintenant, annonça Mike sans détour.

— Bon, eh bien…

Elle avait à peine le temps de se préparer.

— Je vais couvrir Madelyn, la température a baissé…

Mike avait du mal à se concentrer sur le repas, les plats joliment disposés, la nourriture choisie avec soin par Annabelle. Rôti de dinde tendre à souhait, petits légumes rissolés à point, riz au safran tout juste relevé… C'était délicieux, mais il avait l'impression de manger du carton-pâte.

En fait, il n'avait pas faim du tout, et pour cause… Colt le contemplait d'un air irrité, une lueur de défi au fond des prunelles, les trois enfants faisaient du bruit, et Scarlett se tenait juste en face de lui, évitant clairement de croiser son regard.

Résultat, Mike n'éprouvait qu'une seule envie : retourner chez lui au plus vite.

Oui, rentrer au chalet avec sa petite fille chérie, et emmener Scarlett avec lui. Parler avec la jeune femme, encore. Mieux la connaître, si elle acceptait de s'ouvrir à lui et d'être plus détendue. Elle était tellement sur la défensive. Pourquoi ?

Impossible de ne pas imaginer qu'elle avait dû vivre des choses difficiles…

Oui, sûrement.

Elle semblait si fragile sous son attitude distante et sa franche détermination. Mike le sentait.

Il aurait tant aimé l'aider…

Mais elle ne l'accepterait sans doute pas. Elle n'essayait pas d'attirer son attention… Et paradoxalement, aux yeux de Mike, cela la rendait encore plus attirante.

— … Et vous vous installerez à Dallas, Scarlett ? Qu'est-ce que vous y ferez, si ce n'est pas trop indiscret ?

La question que venait de poser Annabelle d'une voix joviale interrompit brutalement les réflexions de Mike.

Tiens, la réponse de Scarlett l'intéressait beaucoup.

— Je vais travailler pour une agence qui propose diverses prestations à domicile pour personnes âgées ou dépendantes, comme le portage de repas, le ménage… Je serai assistante de direction, ou animatrice, et peut-être les deux…, expliqua Scarlett. Je devrai, par exemple, proposer des jeux de mémoire, des temps créatifs, ce genre de choses. Comme j'ai une solide expérience de l'encadrement avec les enfants, ça me servira.

Elle souriait mais Mike ne fut pas dupe : il n'y avait aucune joie dans ce sourire. Plutôt de la résignation.

— Je serai triste de partir de Stone River, ajouta-t-elle, comme en écho des pensées de Mike. Mais Dallas m'offre beaucoup d'opportunités, et j'avoue que j'ai hâte d'y être. Plus le temps passe, plus je suis impatiente de passer à cette nouvelle étape de ma vie.

— Et qu'est-ce qui vous a incitée à choisir Dallas ? lui demanda Colt. Vous avez de la famille là-bas ?

Mike fut surpris que son frère s'intéresse à la jeune femme.

Dans un sens, tant mieux… La question de Colt lui permettrait de mieux connaître Scarlett, lui aussi.

— Non, je n'ai pas de famille sur place, répondit-elle. Je veux juste repartir de zéro.

— Ah, je vois, fit Colt en s'appuyant au dossier de sa chaise.

Il sourit à Scarlett.

— Parce que, franchement, voyez-vous, j'ai bien cru que mon séducteur de frère essaierait de vous convaincre de rester avec lui.

Mike sentit l'indignation l'envahir.

— Tu exagères, marmonna-t-il.

Pourquoi fallait-il que Colt cherche les règlements de compte ? Encore ?

Colt se contenta de sourire d'un air triomphant, et reporta son attention sur Scarlett.

La jeune femme les observait avec une légère incrédulité.

— Ne vous inquiétez pas, je partirai bientôt, déclara-t-elle. Ma route est toute tracée. J'ai commencé à chercher un logement à Dallas, et même si je n'ai encore rien trouvé, je suis optimiste.

— Vous avez bien raison, intervint Annabelle en se levant. Ici, à Stone River, il n'y a pas d'avenir. Pas de travail, pas d'ouvertures… Nous, nous générons notre propre activité au ranch, et c'est une chance, mais ce n'est pas donné à tout le monde. On a hérité d'une affaire familiale qu'on continue de faire fructifier.

Elle s'avança vers les trois chaises hautes disposées près de la grande table et souleva l'une des filles jumelles. Mike ne parvenait toujours pas à les distinguer.

— Oh ! Emily s'est beaucoup salie, dit Annabelle en nettoyant les mains de l'enfant. Je vais la changer et je reviens.

Scarlett finit sa tasse de thé et se leva à son tour.

— Je peux débarrasser, proposa-t-elle. Merci pour ce repas… C'était très bon.

— Tant mieux si vous avez apprécié, dit Colt. Mais je vous en prie, asseyez-vous. Annabelle a voulu faire bonne impression, donc elle a cuisiné elle-même, mais on a une domestique qui se chargera de la vaisselle et du reste.

Scarlett acquiesça poliment et, au lieu de s'asseoir, s'approcha de la petite Madelyn qui s'amusait à agiter son gobelet d'eau. Du liquide avait giclé partout.

— Oh ! toi, tu t'ennuies, on dirait, murmura-t-elle en épongeant avec une feuille d'essuie-tout.

Elle s'apprêtait à prendre le bébé dans ses bras mais, spontanément, Mike se redressa. Même si Scarlett était là pour s'occuper de Madelyn, il avait soudain très envie de le faire.

— Je sais que vous êtes ici pour elle, mais j'aimerais serrer ma petite fille contre mon cœur…

En parlant, il la souleva pour l'extraire de la chaise haute.

— Le temps file. Lorsqu'on retournera au chalet, il sera déjà l'heure de la coucher…, ajouta-t-il.

Et il pourrait rester seul avec Scarlett.

Il le désirait ardemment… Mais doutait que ce soit possible.

Encore une fois, elle le fuirait.

— Si j'avais su qu'un jour tu reviendrais ici avec un enfant…, commenta alors Colt d'un ton un peu narquois.

Mike installa le bébé contre son épaule.

— Comme quoi l'avenir n'est jamais ce qu'on imagine, pas vrai ? Personnellement, je savais que je reviendrais un jour. Ce que je n'aurais jamais envisagé, c'est que je serais père…

— Ah, ça, c'est certain, renchérit Colt. Tu n'avais pas du tout la fibre paternelle. On a tous été très surpris. Très. Heureusement que Scarlett est là pour t'aider !

Un silence s'établit soudain.

La gorge sèche, Mike se rendit compte que tous les regards étaient braqués sur lui.

— Eh oui, heureusement, confirma-t-il en regardant sa fille, empli de tendresse tout à coup. J'ai tellement à apprendre, et Scarlett est une merveilleuse nounou…

— Sauf qu'elle partira bientôt, rappela Colt. Comment tu vas faire sans elle ?

- 8 -

Scarlett sentait un malaise croissant l'envahir. Entre Mike et son frère, la tension était à présent palpable.

Tous deux avaient des comptes à régler, c'était évident. À croire qu'ils profitaient de l'absence d'Annabelle, partie s'occuper de sa fille, pour se dire certaines choses plutôt désagréables. Les sous-entendus abondaient.

C'était exactement ce qu'elle avait redouté. Elle qui détestait les ambiances familiales à couteaux tirés…

Elle n'osa toutefois pas quitter la pièce, ne sachant pas où se rendre, mais elle mourait d'envie de partir. Admirer les décorations de Noël de la maisonnée, ainsi que le beau sapin illuminé par Annabelle, ne la distrayait plus. Elle l'avait assez fait pendant le repas…

Dissimulant tant bien que mal sa gêne, elle s'approcha de Mike et resta debout près de lui.

Dans les bras de son père, la petite Madelyn gazouillait, inconsciente des enjeux à l'œuvre.

Car c'était bien de cela qu'il s'agissait. Quoi de plus évident ? Mike et Colt, ainsi que leurs deux autres frères Hayes et Nolan, étaient copropriétaires de ce ranch magnifique, et Scarlett se doutait qu'ils devaient batailler pour trouver un terrain d'entente : la gestion, les intérêts des projets, l'argent… Tout était partagé, d'une manière ou d'une autre, et ce n'était sûrement pas simple. D'ailleurs, la presse s'en était fait l'écho, se remémora-t-elle. À cause du ranch éducatif, ce beau projet écologique, solidaire et touristique.

— Comment je ferai sans Scarlett ? Eh bien, je me débrouillerai, répondit Mike après un long silence, le regard fixé sur Colt. Quand Scarlett partira, je me débrouillerai. Comme toujours.

— On s'est tous débrouillés, répliqua Colt un peu sèchement. Il le fallait. En ce qui me concerne, j'aurais juste aimé que tu reviennes plus tôt.

— J'ai fait de mon mieux, dit Mike en se tournant vers Scarlett pour lui confier Madelyn.

Elle la prit aussitôt contre elle et la serra tendrement. Sentir le bébé sur son cœur, se laisser imprégner par sa douce odeur… Quel bonheur.

Refoulant l'émotion qui menaçait de la submerger, elle retourna s'asseoir en portant Madelyn.

L'air irrité, Mike se plaça à côté de Colt.

— J'ai pourtant souvent pensé au ranch, affirma-t-il. Mais j'avais du travail.

— Sans blague, frérot. C'était ta carrière avant tout, je suis au courant. D'ailleurs, tu as réussi brillamment, ajouta Colt en jetant un bref coup d'œil à Scarlett. Bravo… Tu peux être fier de toi.

Scarlett se sentit soudain désolée pour Mike qui allait devoir se justifier.

Elle-même était fille unique, si bien qu'elle ne connaîtrait jamais ce genre de situation compliquée. Les histoires de fratrie, d'intérêts, de rêves nourris ou brisés, ne feraient pas partie de son quotidien. Parfois, elle le regrettait. Elle se sentait souvent seule, au fond.

Elle reporta son attention sur Mike. Sa ressemblance avec Colt était si frappante et troublante… Il était aussi beau. Mais Colt n'avait pas le même genre de regard.

Il semblait plus fatigué… Une fatigue différente de celle de Mike. Il n'avait pas le même style non plus, ni la même prestance.

— Oui, ma carrière a beaucoup compté, c'est sûr, admit Mike. J'ai dû faire mes preuves, et j'ai été récompensé. Aujourd'hui…

Il écarta les deux mains, pour accentuer ses propos.

— Je suis à Pebblebrook, avec Madelyn, et sans Jennifer… Qui n'avait rien d'une maman.

Colt arqua un sourcil, sans doute aussi surpris que Scarlett par cette révélation. C'était la première fois que Mike mentionnait la mère de son bébé.

— Pourquoi elle n'avait rien d'une maman ?

Mike haussa les épaules.

— Le milieu de Hollywood est ce qu'il est… On n'a pas le temps d'avoir une vraie vie de famille. Et Jennifer était surtout intéressée par les étoiles. Dans tous les sens du terme, précisa-t-il.

— La presse en a parlé, répliqua son frère. *Sex, drug and rock and roll.*

— Exactement. Ce n'est pas du tout compatible avec l'éducation d'un enfant, déclara Mike en adressant un bref regard à Scarlett. En tout cas, moi, je refuse ce genre de dérives. Donc je suis parti et j'ai officiellement demandé la garde de Madelyn. Garde accordée. Et me voilà.

À ce moment-là, Annabelle revint. Elle souriait.

— Emily s'est endormie comme une masse. Oui, Mike, garde accordée…, répéta-t-elle. Heureusement ! Mike, tu as bien fait de quitter, même provisoirement, Hollywood. Ta petite fille a besoin de calme et de grand air ! Vous ne croyez pas, Scarlett ?

Scarlett acquiesça.

— On souhaite toujours que les enfants évoluent dans une ambiance tranquille, dit-elle, berçant doucement Madelyn qui commençait à s'assoupir. Ce n'est pas toujours possible, malheureusement.

— Ici, ça l'est, affirma Mike.

Il la regarda et sourit, l'air soulagé.

— Vous serez une très bonne mère, le jour où vous franchirez le pas.

Scarlett sentit sa gorge se nouer. Ce jour-là n'arriverait jamais…

Mike l'ignorait, forcément.

Un bref instant, voyant le regard curieux que posaient sur elle Colt et Annabelle, elle eut envie de leur révéler la vérité à son sujet, de partager son lourd secret.

Mais elle se ravisa vite.

Personne n'avait à savoir…

Pas même ses propres parents, qui n'étaient pas au courant et ne le seraient sans doute jamais. De toute manière, ce qu'elle vivait leur importait peu. Sa mère avait eu connaissance de ses problèmes de santé, mais elle n'avait pas semblé s'en alarmer. Typique d'une égoïste si peu maternelle…

— Je crois que votre fille s'endort, dit Scarlett, changeant de sujet. Je vais peut-être retourner au chalet, la coucher dans ma chambre, et rester auprès d'elle. Comme ça, vous pouvez rester plus longtemps avec votre frère et votre belle-sœur, ajouta-t-elle en souriant à Mike.

— Ça nous ferait très plaisir, renchérit Colt. On a des choses à se dire, tous les deux.

Mike hocha la tête.

— C'est sûr.

— Alors j'y vais.

Scarlett se leva. Croisant le regard de Mike, elle sentit son cœur s'accélérer. Vite, elle chassa le trouble qui, de nouveau, l'envahissait. Elle devenait plus douée à ce petit jeu intérieur…

Oui, bien plus forte, maintenant. En quelques jours, elle avait réussi à ériger une carapace invisible qui l'empêcherait de fondre comme neige au soleil face à Mike Elliott.

Du moins l'espérait-elle.

— Bonsoir, lança-t-elle à la cantonade, échangeant un sourire avec Annabelle et Colt. Merci encore de m'avoir invitée. À plus tard, ajouta-t-elle à l'attention de Mike. Prenez tout votre temps, je veille sur Madelyn…

Après le départ de Scarlett, Mike se sentit soudain très seul.

Parce que sa fille n'était plus là, dans la pièce, auprès d'eux.

Et parce qu'il aurait aimé rester avec la jeune femme.

Réaliser cette évidence le stupéfia. Comment, en si peu de temps, Scarlett pouvait-elle avoir à ce point atteint son cœur ?

Car c'était simple, clair comme de l'eau de roche en vérité : ce n'était pas uniquement une attirance physique qu'il éprouvait. Non, la personnalité tout entière de Scarlett le séduisait.

Elle était déterminée, silencieuse, active, efficace. Et elle cachait un secret, quelque chose de douloureux, Mike l'aurait parié.

— Tu as de la chance d'avoir déniché cette perle

rare, dit alors Colt, comme en écho des pensées de son frère.

Mike acquiesça. Croisant le regard amical d'Annabelle, qui s'esquivait pour aller coucher la sœur jumelle d'Emily, il devina que l'heure de la conversation sérieuse avec Colt avait sonné.

Tant mieux. Il ne serait pas venu pour rien…

— C'est une chance exceptionnelle, oui, et un bel hasard, admit-il. Même si, au début, quand j'ai rencontré Scarlett, j'ai cru que ce ne serait pas positif du tout. Elle est trop jolie pour exercer ce métier.

— Et toi, tu as du mal à rester de marbre face à une jolie femme, on le sait bien.

Mike regarda son frère. Tous deux étaient assis face à face, de part et d'autre de la grande table de vieux chêne ciré. Autrefois, toute la famille Elliott mangeait à cette table. Mike eut soudain le souvenir de leur père qui, en parfait chef de famille, interdisait qu'ils parlent la bouche pleine… Et sévissait si on lui désobéissait.

— J'ai changé, dit-il finalement.

— Blasé ?

— Non. Fatigué, lâcha Mike. Jennifer m'a en quelque sorte vacciné contre les femmes de son acabit, simplement intéressées.

Colt hocha la tête, l'air provocateur.

— Scarlett est ravissante, et sûrement pas du tout intéressée. En apparence, du moins.

— Non, en vrai. Scarlett est la nounou de Madelyn, et dans quinze jours elle partira à Dallas poursuivre sa vie. Elle me l'a annoncé. Pas de possibilité de prolonger son contrat, hélas, soupira Mike. J'aurais bien aimé qu'elle reste plus longtemps. Ça se passe merveilleusement bien entre nous et avec Madelyn.

Un silence s'établit.

— Bon, revenons à nos moutons, déclara-t-il. Tu ne m'as pas invité ce soir pour parler de Scarlett.

— Bien sûr que non. On doit réussir à s'entendre, toi et moi, puisque Hayes et Nolan sont d'accord pour tout, précisa Colt.

— Tu ne leur as pas demandé de passer nous voir ce soir… Pourquoi ?

— On a déjà tout vu ensemble. Les plans, les projets pour le ranch éducatif, le chantier en cours, les assurances à prendre… Tout est fait. Et ils étaient occupés ce soir. De toute façon, c'est avec toi, Mike, qu'il reste à organiser les choses. Si tu es encore avec nous pendant quelques semaines, voire plus, bien sûr, conclut Colt d'un air perplexe.

Mike réfléchit quelques instants. Il n'avait aucun projet précis à Hollywood pour le moment. Volontairement, il avait tenu à marquer le coup après la naissance de Madelyn. Il avait dit à tout le monde qu'il avait besoin de calme, de se mettre au vert, de se ressourcer… Bref, à part les « premières » prévues à la sortie de son prochain film, il serait libre comme l'air.

— Je serai là, promit-il. Je veux voir notre père, discuter avec lui…

— Il ne te reconnaîtra sans doute pas, prévint Colt. Sa maladie s'est beaucoup aggravée.

— Oui, Hayes me l'a dit.

— Je confirme. Papa va mal. Mais on espère que les photos du ranch lui redonneront le moral, ajouta Colt. Sa mémoire est tellement affectée. Il a presque tout oublié… C'est terrible.

Mike sentit sa gorge se nouer.

— Je veux le voir au plus vite.

— Bonne nouvelle. Je t'emmènerai, proposa aussitôt Colt. Ce serait bien que Hayes et Nolan soient aussi avec nous.

— Les quatre frères…

— Oui. Nous quatre, et papa. Ça lui fera le plus grand bien, dit Colt. Même s'il ne nous reconnaît plus.

— Bien sûr.

Mike garda le silence un instant. Malgré lui, ses pensées bifurquèrent vers Scarlett, qui devait avoir couché Madelyn et veillait gentiment, patiemment, en attendant la nuit complète, peut-être…

Il s'obligea à se concentrer sur la conversation qu'il avait commencée avec Colt. Il fallait encore qu'ils abordent le délicat sujet de la répartition des responsabilités par rapport au ranch dans sa totalité. Ils étaient tous les quatre héritiers de la propriété, leur père ayant déjà procédé à la transmission du patrimoine.

— On va y venir, dit alors Colt, en écho des pensées de Mike. C'est simple si on se met vite d'accord…

— Ce sera simple. Je n'ai pas l'intention de compliquer les choses, promit Mike. Ici, c'est chez nous, et comme Hayes, Nolan et toi, je veux que les affaires prospèrent… J'ai confiance en vous deux. Vous avez tout géré en mon absence, et c'était inévitable. Merci…

— Merci ? répéta Colt, visiblement surpris par l'humilité dont Mike faisait preuve. Je n'ai pas l'habitude de te voir si conciliant…

— J'ai changé, affirma Mike pour la deuxième fois depuis le début de leur entretien. La naissance de ma fille n'y est sans doute pas pour rien… Aujourd'hui, Madelyn passe avant tout le reste.

Colt sourit.

— Bienvenu au club, mon frère. Avoir des enfants, ça nous transforme…

- 9 -

Debout au milieu de la pièce plongée dans une douce obscurité, Scarlett jeta un nouveau coup d'œil au sapin, un peu penché, qui semblait se moquer d'elle.

Celui qui se trouvait chez Colt et Annabelle était juste parfait. Joliment décoré, tout à fait stable… Magnifique. Ils avaient même ajouté un petit ruban doré, noué à une branche, portant l'inscription « Le premier Noël de nos anges ».

Elle avait sincèrement apprécié ce dîner chez le frère et la belle-sœur de Mike. Mais ce moment en famille lui avait fait sentir à quel point elle-même était seule.

Elle n'avait même pas envie de contacter ses parents. Oh ! sa mère serait sûrement ravie… Mais Scarlett n'était pas prête à lui confier le douloureux secret de sa vie, tellement triste, au fond, qu'elle n'en parlerait sans doute à personne. Dire qu'elle n'aurait jamais d'enfant, qu'elle ne serait jamais mère… Non, c'était trop dur.

La gorge nouée, Scarlett écouta le silence. Dans la chambre voisine, la petite Madelyn dormait à poings fermés, après avoir bu son biberon du soir. Elle avait bon appétit… Et une belle santé, songea-t-elle. Malgré ses gencives malmenées par la pousse des dents, elle s'endormait facilement grâce à l'anneau de dentition. Même plus besoin d'antalgique, du moins pour l'instant.

Avisant la boîte de guirlandes qu'elle avait achetée, et posée dans un coin, Scarlett décida de décorer le sapin. Ainsi, elle s'occuperait de manière utile, en attendant le retour de Mike.

Non, en fait, elle ne *l'attendait* pas. Elle l'espérait.

C'était absurde.

Mike était son employeur… Une star de cinéma de retour dans sa famille après un long moment d'absence, père d'un bébé, apparemment célibataire, séduisant en diable… Tellement séduisant !

Chassant les images troublantes qui l'assaillaient de nouveau, Scarlett alla dans sa chambre pour jeter un œil à Madelyn. Elle dormait paisiblement, son petit souffle à peine audible.

Doucement, Scarlett ouvrit la porte de la double armoire et prit le long chandail de coton violet qu'elle aimait revêtir quand elle était seule. Et se changea rapidement, enfilant en plus un legging noir. Puis elle noua ses cheveux en queue-de-cheval et, pieds nus, regagna la pièce principale.

Concentrée sur les boules de Noël, les figurines et les guirlandes qu'elle disposait sur le sapin, elle ne vit pas le temps passer. Elle adorait décorer. Les lumières éclatantes, les couleurs chatoyantes créaient un effet merveilleux, magique, dont elle ne se lassait pas…

Alors qu'elle venait d'allumer l'un des fils scintillants enroulés autour des branches, la porte du chalet s'ouvrit.

Pénétrant dans la pièce, Mike sourit en découvrant l'ambiance, si différente tout à coup.

— Quel travail féerique ! Merci… Merci beaucoup,

Scarlett, dit-il en s'avançant vers elle. Grâce à vous, ici, ça ressemble enfin à quelque chose… L'atmosphère de Noël est là.

— Un peu plus que tout à l'heure, c'est sûr, admit Scarlett, heureuse d'avoir réussi à tout transformer en si peu de temps.

Son cœur battait plus vite, mais c'était toujours ainsi quand Mike était là. Impossible de se contrôler.

— Merci, répéta-t-il.

Il s'approcha, les yeux rivés sur ceux de Scarlett.

— J'ai pu parler à mon frère, et je pense que votre présence l'a adouci. Votre présence à toutes les deux, Madelyn et toi, ajouta Mike.

Scarlett sourit, touchée.

— Tant mieux.

— Il ne m'en veut plus autant… Et je crois qu'il a compris que j'avais évolué !

— C'est-à-dire ?

Elle se sentait troublée par la soudaine proximité de Mike. Pourquoi se tenait-il si près d'elle ? Elle pouvait humer les effluves légers de son eau de toilette citronnée.

— Je ne suis plus le don Juan dont parlaient les journaux. Je suis un papa, maintenant. Et ça change tout.

— Vous êtes plus sérieux, j'imagine… Du moins, je vous le souhaite, dit Scarlett, résistant au réflexe de reculer d'un pas ou deux.

Ce faisant, elle aurait toutefois manifesté de l'impolitesse… Et elle ne voulait pas vexer Mike. Il ne le méritait pas. Il s'efforçait sincèrement d'être correct, et de respecter le cadre professionnel qu'elle avait fixé…

Sauf maintenant.

Il était vraiment très proche.

— Je suis sérieux, murmura-t-il. Et c'est un homme très sérieux, Scarlett, qui va vous poser la question suivante… Accepteriez-vous que je vous embrasse ?

En prononçant ces mots, Mike devina instantanément qu'il venait de commettre une erreur.

Il avait promis de rester distant…

Il était en train de faire exactement le contraire.

Sa main venait de se poser sur l'épaule de la jeune femme. Il la sentait frissonner.

— Je ne crois pas que ce soit une bonne idée, dit-elle en s'écartant de lui. On en a déjà parlé.

— Je sais.

Dépité, Mike lui prit la main et l'attira vers le canapé, où il l'invita à s'asseoir à côté de lui.

— Pourtant, il se passe quelque chose que je ne maîtrise pas, avoua-t-il, décidé à jouer carte sur table. Vous me plaisez vraiment… Et ce n'est pas parce que je suis célibataire en ce moment, se hâta-t-il de préciser, voyant une lueur incrédule traverser le regard de Scarlett.

Elle sourit, l'air indulgent. Les reflets de la guirlande lumineuse argentée qui courait le long de la cheminée ombraient le velouté de ses joues.

— Je suis ici pour m'occuper de votre fille, rappela-t-elle. Je repars dans moins de quinze jours, et nous ne nous reverrons plus.

— Qu'est-ce que vous en savez ? répliqua Mike. Certaines destinées se répondent…

Comme Scarlett fronçait les sourcils, il ajouta :

— Et si on était faits pour se trouver l'un et l'autre, ici, à Pebblebrook ?

Un silence s'établit. Scarlett le contemplait.

Irrésistiblement belle et sexy.

Mais terriblement distante.

Impulsivement, Mike se décida.

Il lui saisit la main et la serra tendrement. Puis il la porta à ses lèvres et, du bout de la langue, traça un sillon dans le creux de la paume de la jeune femme.

Elle ferma brièvement les paupières.

— Vous essayez de me convaincre, là ?

Elle se leva souplement et poussa un soupir.

— Vous avez de la suite dans les idées… Mais je ne veux pas être la nounou que vous aurez séduite pour une nuit ou deux. Non… Désolée. Même si vous me plaisez énormément, ajouta-t-elle.

Sur ces mots, elle se dirigea vers sa chambre.

Resté seul, Mike s'efforça de contenir sa frustration. Quel imbécile il était…

Bon sang, qu'est-ce qui lui avait pris d'oser ce geste déplacé ? Il savait bien que Scarlett ne voulait pas…

Avait-il vraiment changé, ainsi qu'il l'avait affirmé à son frère ?

Furieux contre lui-même, Mike se leva et sortit du chalet. Il savait qu'il ne parviendrait pas à dormir.

La nuit fraîche lui caressa le visage, comme pour le consoler.

Mais cela ne suffirait pas.

D'un pas vif, il prit la direction des écuries. L'endroit était silencieux, paisible. Forcément, à cette heure, les chevaux sommeillaient.

Starlight, sa jument préférée, fut surprise de le voir. Encore plus surprise qu'il l'attire en dehors de son box. Mike ne la sella même pas, se contentant de lui glisser un licol. Il aimait monter à cru. Sans rien.

En guise d'aide pour diriger sa monture, il avait ses jambes et sa voix.

Il enfourcha Starlight et partit au trot vers la forêt qui bordait le ranch. Tout était sombre, mais il connaissait le lieu par cœur. Il venait y jouer quand il était enfant, avec ses frères. C'était leur refuge idéal… Un environnement qui les faisait rêver d'une vie d'aventuriers.

Finalement, il était le seul à avoir tenté l'aventure… En allant à Hollywood, après avoir suivi des cours d'art dramatique, il ne pensait pas attirer l'attention des producteurs ou réalisateurs. Il avait juste… essayé. Et ça avait marché. Contre toute attente, il avait vite connu un réel succès, qui ne se démentait pas dorénavant.

Mike ferma les yeux quelques instants, et se pencha en avant pour se plaquer contre l'encolure de son cheval.

Starlight réagissait à chacun de ses mouvements. Un court instant, il rêva de se laisser porter au hasard…

Mais l'image de Madelyn le traversa alors, et il se redressa. Quoi qu'il arrive maintenant, il devait assurer. Il était père… Lui ! Père ! Qui l'eût cru ? Colt le lui avait bien fait comprendre, c'était incroyable…

Il chevaucha à travers la forêt jusqu'à ce qu'il ressente l'envie de faire demi-tour. Le désir qu'il avait éprouvé pour Scarlett s'apaisait enfin peu à peu.

Mais pas la culpabilité. Il s'en voulait tellement d'avoir osé enfreindre la limite qu'il s'imposait depuis qu'elle était arrivée. Qu'est-ce qui lui avait pris ? À croire qu'il essayait de tout gâcher…

Agrippant la crinière de Starlight, Mike se dirigea alors vers la maison de Hayes et d'Alexa.

Se retrouver en famille, voilà ce dont il avait besoin.

Ça lui permettrait d'affermir ses décisions. Avec un peu de chance, son frère serait encore debout. Il n'était pas si tard que ça, à peine 22 heures, constata-t-il en jetant un œil à sa montre.

De la lumière brillait encore à l'une des fenêtres du vieux corps de ferme où vivaient Hayes et Alexa. Celle du salon.

Mike mena Starlight jusqu'au terrain devant la maison, sauta à terre et attacha la jument à un arbre. Des lampes solaires éclairaient le jardin, créant une ambiance douce et rassurante, égayée par quelques lampions multicolores. Alexa aimait les décorations de Noël… Comme Scarlett.

La dernière fois, il était passé rapidement. Il n'avait pas réellement revu la vieille demeure qu'il connaissait enfant. La première bâtisse du ranch, presque un siècle plus tôt.

La dernière fois, il avait à peine échangé quelques mots avec Hayes, trop préoccupé par sa propre situation et ses problèmes personnels : Jennifer qu'il voulait oublier, sa nouvelle vie à Pebblebrook, le virage qu'il devrait négocier à Hollywood…

Oui, il était temps qu'il renoue avec son autre frère. Il avait fait une promesse à Hector, et il avait bien l'intention de l'honorer.

Quand Hector avait appris qu'il souffrait d'une tumeur au cerveau inopérable, Mike avait su que sa propre vie changerait définitivement. Hector avait été tellement plus qu'un simple agent artistique. Tel un père, il avait aidé Mike à s'extraire de tourbillons dangereux dans lesquels il s'était embourbé en arrivant à Los Angeles.

Pendant des années, Hector avait représenté comme un socle solide, rassurant, pour Mike.

Mais Hector lui avait fait jurer de retourner au ranch, dans sa famille, et de réparer ses relations avec ses frères et son père.

Voilà ce qu'il était en train d'entreprendre : un délicat travail relationnel. Là, maintenant. La présence de la ravissante Scarlett sous son toit était peut-être un aiguillon pour qu'il fasse pénitence… Qu'il se pardonne à lui-même, autant que possible, ses frasques passées. Ses erreurs.

Oui, la ferme indifférence de Scarlett à son égard était une forme de punition…

Il n'aurait pas dû lui prendre la main et essayer de séduire la jeune femme. Il l'avait gênée. Ce n'était pas professionnel. Il serait obligé de lui présenter des excuses…

Mais au fond, il ne se sentait pas vraiment désolé. Il avait pu, un bref instant, effleurer la douceur de la peau de la jeune femme, et deviner son parfum.

Pensant à Scarlett, Mike éprouva de nouveau une bouffée de désir qu'il s'empressa de chasser. Décidément, il était incorrigible…

Inspirant profondément, il s'avança vers la porte de la maison, et hésita avant de frapper.

Instinctivement, il songea à tout ce qui se jouait en ce moment, réalisant à quel point il avait vraiment envie de renouer avec ses deux frères. Colt s'était déridé. Quel soulagement… Maintenant, il lui fallait se rapprocher de Hayes.

Bientôt, ce serait Noël. Une opportunité de réunion, de communion symbolique, de pardon…

Mike avait une « première » juste deux jours avant

Noël, mais il n'était pas question qu'il parte plus de quarante-huit heures. Il rêvait d'une fête familiale chaleureuse, avec Madelyn…

Et peut-être Scarlett si elle était encore là.

Il toqua, espérant que Hayes serait non loin. Il ne voulait pas sonner à cette heure.

La porte s'ouvrit peu de temps après, laissant paraître la haute silhouette de Hayes.

— Toi ? Qu'est-ce que tu fais ici ?

— Je viens te voir. S'il n'est pas trop tard, ajouta Mike. Si je ne te dérange pas.

Hayes marqua une légère hésitation, puis il lui sourit.

— Entre… Ça me fait plaisir que tu viennes, même en pleine nuit…

- 10 -

Mike suivit Hayes et pénétra dans le salon.

Il remarqua que le vieux tapis avait été remplacé par du parquet clair. L'imposante cheminée avait été rénovée. La pièce entière, en réalité, avait été refaite.

Des décorations de Noël scintillaient un peu partout, et des chaussettes tricotées, trois, disposées autour du manteau de la cheminée, semblaient attendre patiemment la visite du Père Noël. Un sapin magnifique trônait devant la baie vitrée, et un grand nombre de paquets s'amoncelaient déjà en dessous. Mike imagina sans peine que Hayes et Alexa avaient acheté beaucoup de cadeaux pour leur fils Mason… Trop, sans nul doute.

Devant ses yeux, tout prouvait que son frère avait entamé un nouveau chapitre de sa vie.

Mike en avait envie, lui aussi. Mais comment ? Avec qui ?

— Tu veux que je te fasse visiter la maison ? proposa Hayes.

— Mais Alexa dort, non ?

— Oui, et Mason aussi. On évitera leurs chambres, c'est tout. Ça se passe bien avec ta super nounou ? demanda Hayes en empruntant l'escalier qui menait à l'étage.

— Ma super nounou ?

Pris au dépourvu, Mike s'immobilisa quelques secondes.

— Oui, très bien, pourquoi ?

— Parce qu'elle est belle.

— Oui, très belle. Les fausses beautés de Hollywood ne lui arrivent pas à la cheville, dit Mike, songeant à la jeune femme. Elle est intouchable, pour moi, ajouta-t-il alors, malgré lui.

— Vraiment ? Toi, le play-boy, tu ne vas pas réussir à…

— Je ne suis pas play-boy… Plus du tout. Je ne veux plus.

— Comment ça ? Tu n'assumes plus ton succès international auprès de la gent féminine ? se moqua Hayes. Tiens, voici la salle de bains réservée aux invités, dit-il, changeant de sujet, en ouvrant une porte. On a complètement refait la pièce, du sol au plafond. En tout cas, Scarlett a remplacé Maggie, et en mieux alors, j'imagine ?

— On peut dire ça. Et… Je ne vois pas le rapport avec ta salle de bains, ironisa Mike.

— Ah, ah, très drôle.

Hayes s'appuya contre le mur, attendant que Mike exprime quelque chose en découvrant la pièce.

Mike jeta un coup d'œil circulaire, reconnaissant à peine l'ancienne salle de bains familiale. Double vasque en verre couleur jade clair, grande baignoire en faïence blanche étincelante de propreté, miroirs ovales au mur…

— Superbe. Bravo.

Mais il avait du mal à focaliser son attention sur le décor. Une fois de plus, il pensait à Scarlett, et tout son corps réagissait…

Il était célibataire depuis trop longtemps, voilà la vérité. Ce n'était pas Scarlett Patterson qui éveillait ainsi son désir et sa convoitise… Bon sang, il était Mike Elliott ! Il pouvait séduire toutes les femmes qu'il voulait, n'est-ce pas ?

— Merci, dit Hayes. Tu veux voir la suite ?

— Bien sûr. Offre-moi le tour du propriétaire.

Ils allèrent de pièce en pièce. Mike ne put s'empêcher d'admirer la façon dont Hayes et Alexa avaient restauré les lieux. C'était moderne, fonctionnel, et en même temps la maison conservait le cachet d'une construction ancienne.

Alors qu'ils redescendaient au rez-de-chaussée, le téléphone de Mike vibra. Il prit son portable dans sa poche et, jetant un coup d'œil sur l'écran, soupira.

— Un problème ? s'inquiéta Hayes.

— J'ai quatre messages de mon nouvel agent… qui vient encore de m'appeler.

Il lut les textos, et ne consulta pas sa boîte vocale.

— Mon dernier film risque de m'empêcher d'être tranquille ici, marmonna-t-il.

— Comment ça ?

Hayes le précéda dans le salon, où ils s'installèrent.

— Je ne sais pas… Je ne sais plus trop où j'en suis, avoua Mike en s'appuyant au dossier du canapé. Depuis que je suis parti de Hollywood, j'ai l'impression de revivre. Mais mon agent et le responsable de la communication ont programmé un nombre incroyable d'interviews et de promotions… Je leur ai demandé de tout annuler, sauf les entretiens téléphoniques. Je refuse d'aller à L.A. ou à New York pour participer à des talk-shows.

Il n'aurait pas la force de faire face à ce genre de

prestations. D'abord, il n'envisageait absolument pas d'emmener Madelyn, chaque rendez-vous médiatique s'éternisant du matin au soir – tard, en plus. Ensuite, il avait vraiment besoin d'une pause par rapport aux exigences de son métier d'acteur.

Hayes lui sourit.

— Tu es un bon père.

— Merci. Mon nouvel agent aimerait que je fasse de la publicité accompagné de ma fille, pour utiliser sa présence comme outil de marketing de ma propre personne, conclut-il d'un ton ironique. Il n'en est pas question. Jennifer a essayé d'agir de la même façon, et j'ai aussi refusé. Je veux éloigner Madelyn des projecteurs, autant que possible en tout cas.

Hayes acquiesça. Comprenait-il Mike ou était-il d'accord ? Impossible de le savoir. Peut-être était-ce un peu des deux.

— Papa apprécierait ton attitude, commenta-t-il finalement.

Mike ébaucha un sourire, reconnaissant.

Il respectait ses frères et leur père. Ils avaient tous choisi leur propre chemin, et en étaient heureux. Même si leur père était aujourd'hui souffrant, il avait été heureux… avant que la maladie le frappe.

Lui-même avait cru être sur la bonne voie, songea Mike. Mais tout avait changé à la naissance de Madelyn, quand son ex avait continué de faire la fête et à abuser des drogues.

— J'espère, murmura-t-il. Pour être franc, je ne sais plus trop où j'en suis. Je suis revenu à Pebblebrook parce que j'avais envie d'être en famille… Je voulais que ma fille connaisse ses oncles et tantes. Dans le calme. Dans une ambiance tranquille et saine. Mais moi, tu vois, je suis encore mal à l'aise… J'ai peur de ne pas être un bon père… Peur de ne pas être à la hauteur. Et mon bébé n'a plus vraiment de mère.

— Tu as définitivement rompu avec Jennifer ? demanda Hayes.

— Oui. Elle m'a accordé les droits parentaux complets. Elle a démissionné de son rôle maternel.

Hayes hocha la tête.

— C'est peut-être préférable, puisqu'elle n'a pas la capacité mentale pour s'occuper de Madelyn.

— Entièrement d'accord. Elle n'avait pas envie de ça. Elle est surtout intéressée par la gloire éphémère, les conquêtes et les étoiles illusoires qu'on voit tous, plus ou moins, à Hollywood…

Hayes l'observa avec attention.

— Un jour, toi aussi tu sauras ce que c'est que de vivre en famille, dans un environnement aimant. Après la mort de maman, on a perdu confiance en nous, rappela Hayes. On s'est serré les coudes comme on a pu, mais on a beaucoup souffert. Papa est tombé malade… Et ça a été le couperet quand on a appris qu'il souffrait d'Alzheimer. Je suis parti à la guerre… Et tu connais la suite.

— Tu es revenu traumatisé… Et je n'étais pas là pour te seconder.

— Non, mais Colt était là, heureusement. Aujourd'hui, on peut être de nouveau réunis, et soudés. J'en suis heureux.

— Moi aussi, affirma Mike, regardant son frère dans les yeux. Je serai peut-être obligé de faire des allers-retours à Los Angeles, mais peu à peu, je crois bien que je vais recentrer ma vie ici.

— Et ton métier ?

— Mon métier, je peux l'exercer n'importe où. Je n'ai pas besoin de vivre à Hollywood. J'ai fait mes preuves, ajouta Mike. Maintenant, où que je sois, je peux travailler. Et si jamais ça ne plaît pas à mes producteurs… Tant pis. C'est la famille qui compte avant tout. Ma famille.

Quelques jours plus tard, Scarlett reçut un appel téléphonique de sa mère, qui s'inquiétait de ne plus avoir de ses nouvelles. Scarlett la rassura poliment, mais se refusa à toute confidence. Elle se contenta de dire qu'elle espérait vivre bientôt à Dallas, où elle exercerait un tout autre métier.

— Mais quelle idée ! s'exclama sa mère à l'autre bout du fil. À ton âge, on ne change pas de vie comme ça ! On se stabilise, on fonde une famille, on…

— Maman, je t'en prie, garde tes conseils ou recommandations pour toi, avait sèchement interrompu Scarlett.

Puis elle avait raccroché, les larmes aux yeux. Elle s'était ensuite concentrée sur Madelyn, l'avait habillée, promenée, baignée en ayant l'impression d'agir comme un automate. Puis elle était allée s'asseoir dans le jardin sur le petit banc de bois devant le chalet, l'écoute-bébé à côté d'elle, et s'était perdue dans ses pensées.

Comme en ce moment.

Il était presque 20 heures, peut-être plus, et Madelyn dormait.

Scarlett n'avait presque pas revu Mike depuis le soir où il lui avait fait des avances plus que claires. Un exploit vu qu'ils partageaient un petit chalet… Mais il partait tôt et revenait tard. Il ne mangeait même plus là.

De toute évidence, il l'évitait.

Il lui laissait des mots brefs lui indiquant d'acheter ce qu'elle voulait pour les repas, de ne pas l'attendre, de bien veiller sur Madelyn, il l'en remerciait, il était très occupé par le chantier du ranch éducatif.

Résultat paradoxal, elle pensait encore plus souvent à lui.

Regardant le ciel, d'un bleu couleur d'encre, Scarlett songea qu'aucun homme ne l'avait ainsi attirée… Et taquinée. Pour la séduire.

Aucun homme ne l'avait plongée dans une telle confusion.

Oh ! pas une seule seconde elle ne regrettait d'avoir réagi comme elle l'avait fait, non, elle avait une ligne de conduite à respecter, des objectifs à tenir…

Sauf qu'au fond d'elle-même, qu'elle le veuille ou non, elle éprouvait un désir sourd, une envie de plus en plus forte, vive, insistante, terriblement troublante.

L'envie d'être dans les bras de Mike, tout simplement.

Bien entendu, elle n'était que la nounou provisoire de Madelyn, et ils avaient chacun leur vie. Bien entendu, ils menaient des existences radicalement différentes…

Et, bien entendu, Mike avait l'habitude d'obtenir ce qu'il voulait.

Mais pas avec elle.

Les yeux rivés sur le ciel, Scarlett se dit alors que, si elle était restée plus longtemps à Pebblebrook, elle aurait sans doute plus facilement cédé aux avances flatteuses de Mike.

Puis elle réalisa subitement, alors qu'une légère brise soufflait dans les arbres, que ce n'était qu'une piètre excuse. Ne partait-elle pas du ranch dans moins de quinze jours ? Par conséquent, elle était libre comme l'air…

Libre de s'amuser !

Libre d'avoir une aventure d'un soir tout en sachant qu'elle s'en irait prochainement sans se retourner…

Rien que de penser à Mike lui procurait des frissons. Il l'attirait follement, et ce n'était pas seulement parce qu'il était séduisant, riche et célèbre. Non, vraiment pas. Elle aimait la lueur hésitante qu'elle avait perçue dans ses yeux l'autre soir… Une lueur qui prouvait qu'il se remettait probablement en question.

Ou peut-être pas. Peut-être imaginait-elle ce qui lui faisait plaisir…

En soupirant, Scarlett reporta son attention sur l'instant présent. La nuit était tombée, et une douce pénombre l'enveloppait.

Elle se leva et se dirigea vers la porte du chalet, et manqua de sursauter : une haute silhouette masculine venait de s'encadrer dans l'embrasure.

— Je ne vous ai pas entendu arriver !

Mike lui sourit, le regard intense comme toujours.

— Je marche comme un sioux… Ma fille dort ?

— À poings fermés.

— Vous êtes une nounou merveilleuse.

— C'est une enfant facile.

Le cœur battant, Scarlett s'avança.

Plus elle se rapprochait de lui, plus elle sentait que ses réticences n'avaient décidément plus lieu d'être.

Après tout, oui, elle quitterait le ranch. Pourquoi ne pas s'amuser un peu ? Pourquoi ne pas se laisser aller au désir dévorant qui l'habitait depuis le premier jour ?

— Pardon pour l'autre fois, dit alors Mike.

— Pardon ? Pourquoi ?

— Je vous ai manqué de respect.

— Mais non…

Scarlett esquissa encore quelques pas et s'immobilisa devant Mike, tout près. D'un geste doux, elle lui effleura la joue, devinant la rugosité excitante d'une barbe naissante.

— On est seuls ici, vous et moi, et on n'est pas de marbre.

— Non… Certainement pas. Et vous me plaisez beaucoup.

— Vous aussi, murmura-t-elle. Je suis désolée…

— Désolée de quoi ?

Mais Mike dut deviner les pensées et envies de Scarlett car, sans rien ajouter, il lui prit la main et l'attira doucement vers lui.

— Cessons ces excuses inutiles et vivons plutôt ce qui nous attend depuis le premier jour de notre rencontre, jolie Scarlett…

Le cœur battant, elle sourit.

— Très bonne idée. J'en ai assez d'essayer d'être sage comme une image…

Et c'était exactement ça.

- 11 -

Ce fut comme dans les films que Scarlett avait vus au cinéma. Un tourbillon ardent, sensuel, irrésistible. Une succession de séquences qui, peu à peu, les menaient vers une merveilleuse apothéose…

Les lèvres de Mike étaient douces, tièdes, délicieusement tentatrices. Il l'embrassa avec autant de tendresse que de passion, comme s'ils étaient ensemble, unis, pour la vie entière.

Comme si c'était la première… Et la dernière fois.

Par la suite, Scarlett n'aurait su dire comment tout s'était enchaîné entre le moment où ils s'étaient enlacés sur le seuil de la porte, et celui où elle s'était retrouvée nue, dans les bras de Mike…

Ils se caressèrent mutuellement avec la même frénésie, un appétit l'un de l'autre qui n'avait cessé de croître depuis leur rencontre. Leurs bouches se cherchèrent, leurs souffles se mêlèrent, leurs corps s'entrelacèrent sur le lit défait, dans la chambre de Mike.

Enivrée de plaisir, Scarlett oublia tout… Ou presque tout. Par moments, regardant son amant d'un soir, elle réalisait qui il était… Mike Elliott, la star ! Et son désir décuplait avant de s'amenuiser subitement, étouffé par une soudaine timidité. Comment cet homme, qui avait connu les plus jolies femmes de

Hollywood, s'intéressait-il à elle ? Comment pouvait-il avoir envie d'elle ?

Et pourtant, là, elle se blottissait contre lui, elle humait son eau de toilette, elle goûtait au grain de sa peau.

Ce ne fut que lorsque Mike déchira la pochette d'un préservatif que Scarlett revint à la réalité.

— Inutile, murmura-t-elle en lui caressant le ventre. Je suis tranquille de ce côté-là.

Mike la contempla d'un air incrédule. Il l'embrassa au coin des lèvres, avec tendresse, puis la regarda de nouveau.

— Qu'est-ce que tu veux dire ?

— C'est simple…

Elle sentit sa gorge se nouer. Ce qu'elle allait lui révéler, elle ne l'avait encore dit à personne. Mais il fallait bien qu'elle l'annonce… Faire semblant, mentir, cacher, ce n'était pas possible, pour elle.

— Je ne peux pas avoir d'enfant. Donc on n'a pas besoin de préservatif… Du moins pas pour la contraception, ajouta-t-elle en souriant pour dissimuler la mélancolie qui l'envahissait. De mon côté, je suis célibataire depuis longtemps…

Mike s'efforça de ne pas montrer ce qu'il éprouvait, et qu'il n'aurait d'ailleurs pas pu définir. Un choc ? Oui, certainement. Un choc réel, et de la compassion, de la tristesse…

Ainsi, son pressentiment s'avérait. Scarlett avait un douloureux secret.

Il aurait toutefois préféré s'être trompé, ne pas avoir senti cela, car il voyait maintenant à quel point la jeune femme était affectée. La lueur triste dans son regard, le timbre de sa voix…

Cela le bouleversa tellement qu'il l'enlaça doucement, comme pour la bercer.

— Je suis, moi aussi, célibataire depuis longtemps. Je n'avais plus de relations avec Jennifer… Que je n'aimais plus, expliqua-t-il, voyant la perplexité se refléter dans les yeux de la jeune femme. J'ai la réputation d'être un Casanova, je le sais bien, mais ce n'est pas la vérité… Je suis plutôt du genre… romantiquc, en fait.

Il la serra de nouveau contre lui, et Scarlett laissa échapper un léger gémissement. De plaisir ? De protestation ?

— N'essaie pas de me consoler, s'il te plaît, dit-elle. Et ne me regarde pas comme ça.

Mike garda le silence. Que voyait-elle dans ses yeux qui ne lui plaisait pas ?

Ce qu'il lui avait confié était la vérité. Il avait certes la réputation d'un play-boy, et peut-être n'agissait-il pas auprès des médias pour rectifier cette image qu'on avait de lui, mais au fond, ça l'énervait fort.

Même s'il ne connaissait Scarlett que depuis peu de temps, il lui était impossible d'ignorer dorénavant ce qu'il ressentait pour elle. De l'attirance, oui, bien sûr. Mais il y avait autre chose, un sentiment plus complexe…

Un sentiment plus délicat, tendre, merveilleux, qu'il n'avait encore jamais éprouvé.

Mike contempla la jeune femme. Allongée près de lui, nue, les yeux mi-clos, elle semblait rêveuse et si calme, soudain. Leur étreinte s'était subitement apaisée. Pour mieux s'embraser ensuite, il le savait… Mais c'était un instant de pause, un reflux nécessaire dans la passion qui venait de les animer. Le temps qu'ils s'accordent ; qu'ils se comprennent profondément, peut-être…

Si seulement il avait pu se laisser aller complètement à ce qu'il ressentait !

Si seulement le doute qui le narguait disparaissait.

Sa liaison houleuse avec Jennifer, et les conséquences de leurs relations, avaient décidément un impact durable sur lui. Il devait penser à son avenir, à celui de Madelyn, et éviter de tout gâcher une fois de plus.

— Scarlett…

Elle lui sourit.

— Tu es une femme extraordinaire, murmura-t-il en lui caressant la joue.

Sa peau était si douce, veloutée comme de la soie.

— Je n'essayais pas de te consoler, mais de te dire, par mes mains, que je suis avec toi, et que tu n'as rien à craindre…

— Je ne crains rien, dit-elle, un léger sourire aux lèvres. Le pire est déjà passé. J'aime mon métier, tu sais… Mais ma vie a radicalement changé il y a un an… Quand j'ai appris que je ne pourrais jamais avoir d'enfant.

— J'imagine. Et j'imagine aussi que c'est pour cette raison que tu vas partir à Dallas.

Elle fit signe que oui.

Mike se redressa et attira de nouveau la jeune femme contre lui. Il l'enlaça avec toute la tendresse dont il était capable, espérant l'inciter à se confier davantage. Il doutait qu'elle parle facilement à quiconque. Qu'elle ait consenti à lui expliquer ce qu'elle vivait, endurait, c'était si émouvant… Il fallait qu'il soit digne de la confiance qu'elle lui témoignait.

L'écouter, la soutenir, voilà ce qu'il voulait à cet instant. Peut-être l'aiderait-il à oublier un peu ?

— Oui, c'est pour cette raison, confirma-t-elle. Je ne peux plus vivre ici, à Stone River. Par ici, il y a trop de souvenirs, trop d'espoirs, trop de rêves… Je veux, j'ai besoin d'un nouvel environnement où je pourrai tout recommencer. Ce sera le meilleur moyen de me guérir de ma tristesse, avoua-t-elle. Le meilleur moyen d'avancer coûte que coûte, malgré tout.

Il lui sourit.

Il ne comprenait que trop bien ce besoin de reprendre du début. Cette nécessité de trouver un endroit qui serait réconfortant, où l'on pouvait remonter la pente et se reconstruire peu à peu. Les raisons que Scarlett exprimaient étaient quasiment les mêmes que celles qui l'avaient poussé, lui, à quitter Los Angeles.

Tous deux, ils avaient besoin de repartir de zéro et de croire en l'avenir.

— Ça n'a pas dû être facile, pour toi, de décider d'abandonner ton métier.

Scarlett le regarda et haussa légèrement une épaule, faussement nonchalante.

Il remarqua alors à quel point son buste était fin, fragile, même si sa poitrine, ronde, pleine, paraissait singulièrement épanouie. Plus que jamais, il eut envie d'enlacer la jeune femme afin de lui communiquer sa force, mais il préféra rester réservé, l'invitant à poursuivre.

— Je ne pouvais pas vraiment choisir une autre option. Après mon opération, j'ai d'abord pris un poste de secrétariat pour l'agence Nanny Poppins. J'ai aimé l'équipe avec laquelle j'ai travaillé. Je savais que je ne pouvais plus être au quotidien en présence d'enfants et m'occuper d'eux.

Elle garda le silence un court instant, l'air hésitant, puis reprit :

— Je croyais que travailler dans un bureau, ce serait simple, mais ça n'a pas été le cas. Parce que j'avais affaire aux familles, et j'écoutais aussi les histoires familiales de mes collègues… Bref, c'était compliqué. Puis Maggie m'a demandé de la remplacer au pied levé, et je n'ai pas pu refuser.

— Tant mieux.

Scarlett lui jeta un coup d'œil et sourit. La lampe de chevet, sur la table à côté du lit, parait sa peau mate d'un reflet doré.

Sa peau… Qu'il mourait d'envie de caresser de nouveau.

Scarlett était une femme sensuelle et passionnée. Peut-être la plus sensuelle et la plus passionnée que Mike eût jamais connue.

Après avoir entendu son histoire personnelle, il sut qu'elle était l'une des plus fortes.

— Moi aussi, je suis heureuse d'avoir accepté cette mission. Ça m'a permis de te rencontrer.

Mike l'enveloppa de ses bras et la serra tendrement contre lui. Souplement, Scarlett s'appuya sur le torse de Mike. Elle demeura immobile quelques secondes, proche, si proche, dans un peau-à-peau frémissant, puis sc tourna sur le côté et le regarda.

— Heureuse de t'avoir rencontré, oui…

— Un bonheur, Scarlett. Merci d'exister. Dis-moi…

Mike lui effleura la lèvre supérieure, légèrement gonflée, appelant les baisers.

— Quelle opération as-tu eue ? Si tu veux bien m'en parler…

Elle laissa échapper un soupir.

Pour lui insuffler de la force, Mike posa une main sur le ventre de la jeune femme.

— J'ai eu une hystérectomie, expliqua-t-elle. Ça a commencé par un banal examen de routine. Analyses… Et résultats peu rassurants. Il a fallu que les médecins procèdent à une intervention radicale, ce qui a permis d'écarter tout risque de cancer utérin. Je suis sauvée. Mais mon rêve de fonder une grande famille est définitivement tombé à l'eau.

Mike sentit sa gorge se nouer. C'était si dur de ne pas pouvoir concrétiser ses aspirations les plus profondes. Pour sa part, il pouvait tout se permettre, tout réaliser… Du moins grâce à l'argent ou à son réseau d'influences. Il avait d'ailleurs été élevé ainsi. Par la suite, son métier d'acteur et la réussite qu'il connaissait lui ouvraient encore plus de portes.

Oui, ses parents lui avaient instillé le goût du travail et de la compétition, si bien qu'il était confiant : quoi qu'il veuille, il parviendrait à ses fins.

Sauf que la fortune et la célébrité ne parviendraient jamais à lui acheter la stabilité à laquelle il aspirait, surtout depuis qu'il était père.

— Si seulement je pouvais t'aider, murmura-t-il.

— Personne ne peut m'aider, je l'ai appris à mes dépens. J'apprends également qu'on est responsable de son bonheur quelles que soient les circonstances. Par conséquent, je cherche à vivre le positif de chaque situation, poursuivit Scarlett. Même quand les choses sont tristes, noires, voire désespérées, il y a du rose, du violet et du soleil caché.

— C'est une belle philosophie…

— Oui. La seule possible pour bien vivre, et pas se contenter de survivre.

Ému, Mike attira la jeune femme contre lui et l'invita à se glisser au-dessus de lui. Alors qu'elle le regardait dans les yeux, il comprit qu'une seule femme au monde détenait le pouvoir de le faire chavirer : elle, Scarlett.

Il était sur le point de tomber fou amoureux.

C'était absurde…

Dangereusement absurde.

Comment s'autorisait-il ce genre de pensées ? La dernière fois qu'il avait laissé son cœur s'emballer, il l'avait payé cher. Il existait un fossé insondable entre désirer une femme physiquement, et laisser ses émotions enfler, croître et s'intensifier comme un fleuve l'emportant vers des océans… incontrôlables.

Tout en regardant Scarlett, Mike s'efforça de se ressaisir. Oui, il devait concentrer son attention sur l'essentiel, là, maintenant : Madelyn, qui dormait dans la chambre voisine, ses frères, le ranch, l'avenir proche. Scarlett était la nourrice de Madelyn, et bientôt elle quitterait Pebblebrook. Il ne devait pas l'oublier.

C'était cela, la réalité.

— Bien vivre, et non survivre, c'est aussi laisser de côté nos problèmes liés au passé, et nous concentrer sur l'instant présent, dit-il finalement.

Il l'embrassa au coin des lèvres.

— Tant que tu seras au ranch, reste avec moi, près de moi. On sera ensemble.

L'incrédulité dilata légèrement les pupilles de la jeune femme. Elle s'écarta un peu de Mike, pour mieux l'observer.

— Tu veux qu'on continue cette amourette ?

— Amourette ? Ce mot n'est pas à la hauteur de ce qu'on partage…

Il lui caressa la nuque, apprécia l'épaisseur de sa chevelure soyeuse.

— D'ailleurs, on n'a pas besoin de mot spécifique pour ce qu'on vit, ajouta-t-il. J'ai juste envie de toi, de ta présence, tant que tu le voudras bien et que tu seras là.

Scarlett posa le front sur celui de Mike.

— D'accord, murmura-t-elle. Mais, crois-moi, je ne voulais pas en arriver là.

— Et pourtant, on y est.

Elle se mit à rire, et Mike sentit son cœur se dilater. Il aimait son rire.

— Et si on reprenait notre conversation de tout à l'heure ?

— Notre conversation ?

Il lui caressa les seins, doucement, en faisant saillir les pointes. Elle laissa échapper un petit gémissement.

— Celle de nos corps, jolie Scarlett… Tu veux bien ?

— Oh ! oui. J'ai envie de toi… Très envie, avoua Scarlett, le cœur battant.

« J'espère juste que je ne le regretterai pas », poursuivit-elle en son for intérieur.

Mais l'heure n'était plus aux questions. Elle verrait bien plus tard…

- 12 -

Deux jours plus tard, Scarlett se répétait la même chose en boucle.

Elle ne regrettait rien, non, pas du tout.

Au contraire…

Elle avait adoré faire l'amour avec Mike. Tout s'était déroulé comme dans un rêve…

Ou dans un film.

Poussant Madelyn sur la balançoire du patio, derrière le chalet, Scarlett s'efforçait vainement de ne plus trop penser à son étreinte torride avec Mike.

La petite fille était installée dans une sorte de harnais-cocon très doux et agréable. Visiblement aux anges, elle gazouillait.

Bien que ce soit l'hiver, le soleil brillait et l'air était doux. On n'avait pas besoin de se couvrir beaucoup, une petite veste suffisait.

Madelyn souriait et souriait…

Et quand elle la regardait, Scarlett se sentait profondément heureuse.

Impossible d'éprouver de la tristesse ou d'être déprimée en présence de la petite fille ! Même quand Madelyn râlait à cause de ses gencives douloureuses, Scarlett adorait ces moments en sa compagnie. Madelyn était une enfant très spéciale, adorable, et très aimée tant par son père que par les autres membres de la famille Elliott.

Oui, deux journées s'étaient déjà écoulées depuis la nuit merveilleuse qu'elle avait passée avec Mike. Une nuit de plaisirs fous, délicieux, une nuit emplie de sensualité et de tendresse. Dans les bras de Mike, elle s'était sentie femme comme jamais.

Mais elle savait qu'elle ne devait rien attendre d'autre, ni espérer quoi que ce soit. Ils avaient été très clairs : ce serait une aventure sans lendemain.

Mike lui avait confié qu'il avait pris une difficile décision en quittant Hollywood afin de mener une vie différente ici, au ranch de Pebblebrook. Pour sa fille. Pour lui.

Peut-être retournerait-il un jour à Los Angeles, mais, dans l'immédiat, il ne semblait pas pressé de s'y rendre.

« Et moi non plus, je n'ai pas trop envie de quitter cet endroit », réalisa Scarlett.

En vérité, au fil des jours, elle se sentait de mieux en mieux à Pebblebrook. Pourtant, elle devrait en partir, elle le savait. Pour Dallas.

Ce moment-là approchait.

Par conséquent, il n'y aurait pas de fin heureuse à sa rencontre avec Mike. Rien de féerique. Leurs chemins se sépareraient, voilà tout.

Peut-être qu'un jour, plus tard, ailleurs, elle rencontrerait un homme qui aurait déjà un enfant, ou peut-être qu'ensemble ils adopteraient… Elle ne pouvait pas gommer son rêve de fonder une famille, d'une manière ou d'une autre…

Soudain, des bras vigoureux l'enlacèrent, l'arrachant

à ses réflexions. Surprise, Scarlett laissa échapper un petit cri.

— Ce n'est que moi, murmura Mike à son oreille. Sauf si tu attendais quelqu'un d'autre…

Elle lui lança un coup d'œil par-dessus son épaule.

— Tu as deviné ? Hum… Mon autre amoureux devait passer, justement parce que tu étais absent.

Mike lui tapota les fesses.

— Aucun autre amoureux tant que je suis avec toi ! affirma-t-il avec un sourire coquin.

« Donc pendant encore une dizaine de jours… », pensa-t-elle, consciente de n'avoir plus du tout envie de terminer son séjour.

Quelle ironie du sort. Peu de temps auparavant, elle cochait chaque journée écoulée, et voilà que maintenant, c'était l'inverse…

Forcément. Laisser Mike devenir son amant, accepter ce jeu-là entre eux, cela changeait tout. Radicalement.

— Je croyais que tu étais avec Colt et Hayes. Je sais que vous avez beaucoup de travail… Et pas qu'un peu, d'après ce que j'ai compris !

La nouvelle aventure des frères Elliott, avec la création d'un ranch éducatif, commencerait au début du printemps prochain. Scarlett avait entendu Mike en parler avec Hayes et Annabelle. Elle avait lu la présentation du projet sur Internet : plusieurs articles avaient été publiés à ce sujet, car ce qu'ils ambitionnaient de mettre en place était grandiose. Comme le lieu : Pebblebrook était vaste, luxuriant, et les animaux y prospéraient, chevaux comme vaches et veaux. Des centaines de personnes viendraient donc admirer la propriété chaque année.

Scarlett se demanda si Mike et ses frères avaient

confié à leur père ce qu'ils étaient en train de bâtir. N'allaient-ils pas réaliser le rêve que le patriarche des Elliott avait nourri avant de tomber malade ?

La veille, toute la fratrie était allée rendre visite au vieil homme.

Lorsque Mike était revenu de la maison médicalisée, il était crispé, fermé. Scarlett n'avait pas osé lui poser de question indiscrète. De toute évidence, il était secoué… Blessé. Triste.

Elle avait du mal à imaginer la relation entre le père et ses fils. Ce devait être si douloureux…

Au fil des années, elle-même avait tout fait pour éviter sa mère et son beau-père, mais ceux-ci étaient tellement absorbés par eux-mêmes, leurs mondes, qu'ils ne s'étaient aperçus de rien.

— Tu as raison, dit Elliott en la serrant contre lui. On a du pain sur la planche…

Scarlett revint à l'instant présent.

— On a bien travaillé, et j'ai terminé plus tôt, ajouta-t-il. J'ai dit à mes frères que je voulais rentrer à la maison pour voir Madelyn.

Scarlett continua à pousser la balançoire tout en regardant Mike. Sous le rebord de son chapeau de cow-boy, il avait des yeux noirs à l'éclat intense où se reflétait aussi une douce étincelle.

Au cours des derniers jours, elle avait découvert que Mike avait plusieurs facettes, et elle aimait bien cet homme-là, celui qui se tenait devant elle juste maintenant. Ce n'était ni l'acteur ni le play-boy décrit par les médias. C'était simplement Mike Elliott, rancher dans une petite ville.

Elle jeta un coup d'œil à Madelyn.

— Elle s'est réveillée de sa sieste il y a environ

vingt minutes, donc tu arrives pile à temps pour profiter d'elle.

Mike lui enlaça la taille, doucement, puis laissa ses mains remonter jusqu'au visage de Scarlett.

— J'avais peut-être envie de te voir, toi aussi.

Scarlett sentit son cœur s'emballer.

Plus elle passait du temps avec Mike et sa fille, plus elle aimait être avec eux…

Et plus elle envisageait difficilement de les quitter.

Mais il faudrait qu'il en soit ainsi. Elle n'avait pas le choix. C'était prévu…

Et oui, coûte que coûte, elle réussirait à se remettre et à tourner la page. Que cela lui plaise ou non.

— En fait, j'ai une surprise pour toi, reprit Mike.

— Une surprise ? répéta Scarlett, étonnée qu'il ait souhaité lui faire plaisir. Qu'est-ce que c'est ?

— Si je te le disais, ce ne serait plus une surprise…

— Allez ! insista-t-elle.

Mike l'embrassa sur les lèvres, avec douceur, puis de façon plus insistante. Elle se mit à rire.

— Tu aimes me taquiner…

— Oh oui. Et j'aimerais le faire bien tranquillement, en prenant tout mon temps…

À ce moment-là, Madelyn poussa un petit cri, suivi d'un autre. Avant que Scarlett ait eu le temps de réagir, Mike s'était précipité. Il défit la boucle de la ceinture de sécurité qui maintenait la petite fille et souleva cette dernière dans ses bras.

Reculant d'un pas, Scarlett le regarda câliner le bébé tout en lui murmurant des mots doux. Une étrange émotion vibra en elle. Un sentiment qu'elle ne connaissait pas, du moins pas à ce point, mais qu'elle savait identifier.

Elle était en train de tomber amoureuse de Mike.

C'était absurde… Et dangereux.

Les battements de son cœur à cet instant ne la trompaient pas.

Mike Elliott s'était frayé un passage au milieu des défenses intérieures qu'elle pensait avoir solidement érigées, et peu à peu, il se logeait en elle…

Comme lorsqu'ils avaient fait l'amour.

Physiquement, il avait été en elle, et maintenant, c'était émotionnel, sentimental…

Total.

Oui, c'était insensé car ils n'avaient aucun avenir ensemble…

Aucun.

Quelle idiote de s'être ainsi laissé séduire et subjuguer !

Bien sûr, consciemment, elle n'avait rien *laissé faire*. Comment empêcher les sentiments de naître ? Dès que Mike avait dévoilé sa vraie personnalité, elle n'avait pas pu s'empêcher de ressentir ce qu'elle éprouvait dorénavant…

Inconscient du tumulte intérieur qui assaillait Scarlett, Mike avait porté Madelyn au-dessus de sa tête et la faisait tournoyer, décrivant un large cercle. La petite fille éclata d'un rire cristallin, tellement heureuse…

Avec le soleil qui se couchait à l'horizon, les collines verdoyantes autour de la propriété, les chalets et les belles maisons anciennes du ranch, ce duo père-fille renvoyait l'image d'un bonheur absolument parfait, songea Scarlett, s'efforçant de maîtriser son émotion.

Madelyn avait de la chance d'avoir son papa… Tout comme il avait de la chance d'être le père de ce ravissant bébé.

Discrète, elle tourna les talons, préférant qu'ils restent entre eux.

Elle se dirigea vers le chalet.

Aussi incompréhensible que cela puisse paraître, elle avait à présent l'impression que cet endroit douillet était son domicile. Rien à voir avec l'immense demeure dans laquelle elle avait grandi, qui ressemblait à un musée avec ses luxueux meubles anciens, ses bibelots et peintures authentiques, son atmosphère glaciale. Un lieu qu'elle avait fui.

Peut-être était-ce d'ailleurs la raison pour laquelle elle appréciait autant la petite maison en bois de Pebblebrook… Ici, il y avait de la vie, de l'amour, une famille. Tout ce qui lui avait manqué durant son enfance, et tout ce à quoi elle aspirait maintenant, en tant qu'adulte.

Sauf que cet aboutissement-là, elle ne le connaîtrait probablement pas. Et elle était logiquement exclue de la joie que partageait Mike avec Madelyn.

Refusant de s'attarder sur cette triste réalité, Scarlett gagna la cuisine.

Un peu plus tôt, elle avait préparé des cookies. Les biscuits étaient prêts à être saupoudrés de sucre glace, puis apportés aux frères de Mike. Un cadeau modeste mais sincère qu'elle avait concocté de bon cœur.

Scarlett savait qu'elle n'était pas une cuisinière hors pair ; néanmoins, elle se débrouillait plutôt bien, surtout pour les pâtisseries ! Elle avait fait suffisamment de biscuits pour qu'il y en ait aussi pour Mike, au cas où. Dans un sens, elle voulait lui plaire, voire l'impressionner, ce qui était un peu naïf de sa part, mais… impossible de faire autrement. Mike comptait pour elle, tellement…

Bien plus qu'il ne l'aurait fallu.

Mike la rejoignit peu de temps après.

— Je n'avais pas rêvé, ça sent bon les cookies ! lança-t-il, Madelyn dans les bras.

Il contourna le comptoir de la kitchenette et vint admirer le travail réalisé.

— Et drôlement bon… Tu en as fait pour un régiment ! Tu attends du monde ?

Scarlett commença à séparer le glaçage, le versant dans différents petits bols où elle pourrait ajouter du colorant alimentaire.

— J'en offrirai une dizaine à chacun de tes frères.

— Vraiment ? Et en quel honneur ?

— C'est bientôt Noël, je te rappelle… Et Noël rime avec pâtisseries, parfums de bougie, de cannelle, d'oranges caramélisées…

Scarlett mit du colorant jaune sur le sucre destiné aux cookies en forme d'étoile, puis instilla quelques gouttes d'un liquide vert pour les biscuits représentant un sapin.

Concentrée sur chacun de ses gestes, elle fut soudain perturbée par le silence qui régnait dans la pièce. Elle se rendit alors compte que Mike la dévisageait avec une surprenante attention. Son visage affichait une expression qu'elle ne lui avait encore jamais vue.

— Qu'est-ce qu'il y a ? demanda-t-elle en remettant les bouchons sur les petites bouteilles de colorants.

— Rien… Je réfléchissais. Tu t'occupes de mon bébé toute la journée, tu cuisines, tu décores les lieux…

— Le sapin de Noël n'est franchement pas très beau. Il ne cessait de tomber, et je n'ai pas pu le rendre plus stable. Je fais peut-être des gâteaux pour compenser !

Mike laissa échapper un petit rire.

Il s'assit sur un tabouret près du comptoir, et posa Madelyn sur ses genoux.

— Compenser ? Tu peux te féliciter, oui… La cheminée est magnifique avec les figurines et les décorations que tu as disposées, affirma-t-il en tenant tendrement Madelyn contre lui. Tu as fixé une jolie couronne de houx sur la porte d'entrée, si bien qu'on a l'impression de pénétrer dans un vrai foyer… Tout était si froid, et impersonnel, avant ton arrivée.

Il enleva son chapeau de cow-boy et le lança plus loin, sur le canapé.

— Je me demande comment tu as réussi à faire tout ça en si peu de temps. Les femmes sont peut-être nées avec un gène qui leur donne un super pouvoir !

— C'est le cas.

Le sourire de Mike s'épanouit davantage.

— Ainsi que le gène de la modestie.

— Absolument, dit-elle sans hésiter.

Mike se mit à rire.

— En tout cas, Scarlett, je te remercie pour tout ce que tu as entrepris ici. Je te suis sincèrement très reconnaissant.

Il semblait tellement sincère que Scarlett sentit ses dernières défenses fondre comme neige au soleil. Chaque fois qu'il lui parlait, il la séduisait davantage. Oh ! elle était en train de perdre la bataille qu'elle livrait contre elle-même…

D'ici peu, elle serait définitivement conquise…

Et dans le pétrin.

— Quand pourrons-nous aller offrir les cookies ? demanda Mike.

— Je dois encore faire le glaçage d'une trentaine…

Elle jeta un coup d'œil sur les deux plaques garnies de biscuits qu'elle avait disposées sur le comptoir.

— Et je glacerai les nôtres quand on reviendra.

— Les nôtres ? Parce que tu en as aussi fait pour nous ?

Scarlett se mit à rire.

— Tu crois que je cuisine seulement pour les autres ?

— Je ne crois rien… J'admire, répliqua Mike tandis que Madelyn poussait un cri joyeux tout en lui tapotant la main.

Quelle vision merveilleuse que cet homme séduisant en diable, habillé en cow-boy, en train de câliner son bébé…

— Quand tu auras terminé, ce sera à ton tour d'être gâtée. Tu auras ta surprise. D'ailleurs, ça ira très bien ensemble.

— Comment ça ?

— Offrir des cookies, recevoir une surprise…

Il lui sourit et une lueur gourmande se refléta dans ses yeux.

— Ensuite, on reviendra ici et on fera l'amour.

Scarlett se sentit rougir. La simple perspective de se retrouver nue dans les bras de Mike la chavirait déjà…

Pourtant, ce n'était pas que du désir qu'elle ressentait. Elle éprouvait tant d'émotions qui lui nouaient la gorge et faisaient battre son cœur…

Ce tourbillon s'était imposé à elle en si peu de temps ! Elle n'avait vraiment rien vu venir. Elle s'était tellement attachée à ne pas se laisser séduire qu'elle n'avait pas envisagé, ne serait-ce qu'une seule seconde, qu'elle pourrait purement et simplement tomber amoureuse.

Bon sang, elle était en train de se noyer, et elle n'essayait même pas d'éviter le pire…

Le pire ? Au contraire, peut-être que ce serait fabuleux, magique, merveilleux, se dit-elle alors. Et si, au lieu d'essayer de faire attention, elle se laissait complètement aller le temps que cela durerait ?

Elle avait le droit, elle méritait de vivre le meilleur, même brièvement, avec Mike. Puisqu'il avait envie d'elle autant qu'elle le désirait, pourquoi ne pas accepter de glisser sur les pentes douces d'une félicité éphémère, d'un bonheur passager, oui… Passager mais succulent ?

Scarlett décida alors, consciemment, de savourer chaque instant de sa dernière mission…

Une mission absolument pas comme les autres.

Sa rencontre avec Mike Elliott était des plus improbables, et pourtant elle se trouvait là, chez lui, dans ses bras… Et c'était extraordinaire.

Par la suite, parviendrait-elle à remettre les pieds sur Terre ?

- 13 -

Scarlett posa le couverclc sur la dernière boîte dorée. Elle en avait plusieurs, toutes ornées de motifs festifs, qu'elle avait achetées exprès. Elle les mit dans un grand sac, puis alla chercher Madelyn, installée sur sa chaise haute. Heureusement, la petite fille n'avait plus mal aux gencives. L'anneau de dentition l'aidait beaucoup.

— Tu es prête ?

Elle se retourna et sourit à Mike.

— Oui.

Un mélange d'impatience et de surexcitation l'envahit.

— Alors, cette surprise ? Qu'est-ce que c'est ?

Évidemment, Mike se contenta d'ébaucher un sourire mystérieux.

Il réussissait à la rendre aussi excitée qu'une adolescente tout en nourrissant le désir qu'elle éprouvait, le désir que seule une femme pouvait ressentir et qui savait exactement où cela la mènerait.

Aucun homme ne lui avait fait sentir un tel tourbillon d'émotions.

— Tu vas vite le savoir, promit-il en lui adressant un clin d'œil. Je prends les boîtes de biscuits.

— Je peux m'en charger, protesta-t-elle.

Mike hocha la tête et leva un doigt, comme pour lui intimer d'attendre.

— Non, non, je m'en occupe. Prépare Madelyn. Il faudrait la couvrir, tu sais, prends son petit manteau et son bonnet rouge… Il fait frais ce soir, et on sera dehors un certain temps.

Scarlett eut du mal à dissimuler son étonnement.

— Dehors ? On ne prend pas la voiture pour aller chez tes frères ?

La propriété s'étendait sur plusieurs kilomètres si bien qu'ils ne se déplaçaient qu'en tracteur, ou en 4×4, à cheval ou en voiture.

Une fois de plus, Mike se contenta de lui sourire d'un air énigmatique. Il ajusta son chapeau noir à larges bords, attrapa le grand sac contenant les boîtes de cookies et sortit de la maison.

Une fois seule, Scarlett s'approcha dc Madclyn, qui avait gardé les yeux fixés sur la porte empruntée par son père.

— Ton papa est vraiment taquin, murmura-t-elle en effleurant le nez du bébé. Mais… je l'adore !

Le temps qu'elle aille chercher un manteau et un bonnet pour Madelyn, Mike était de retour.

— Tu as fait vite ! Et les cookies ?

— Je les ai rangés pour qu'on les distribue ensemble, ne t'inquiète pas. Bon, je m'occupe de Madelyn. Prépare-toi et couvre-toi chaudement. Je ne veux pas que tu aies froid, ça t'empêcherait d'apprécier la surprise.

Scarlett se mit à rire.

— Oh ! oh, à ce point ? Jc mc demande vraiment ce que c'est… Tu es sûr que ça va me plaire ?

Il s'approcha d'elle et, d'un doigt, lui effleura la joue avec une infinie tendresse.

— Fais-moi confiance.

Comment le contraire serait-il possible ? Elle s'était donnée à lui, preuve absolue qu'elle savait qu'il était bienveillant et qu'elle pouvait compter sur lui…

— J'ai confiance en toi, affirma-t-elle, refoulant les émotions inconnues qui livraient bataille en elle. Tu le sais bien.

Sur ces mots, elle gagna sa chambre pour prendre ses affaires. Chandail, écharpe, gants de laine.

Quelle que soit la surprise préparée par Mike, il semblait très enthousiaste…

Et elle l'était tout autant, bien sûr.

Elle voulait être parfaitement prête pour accueillir ce qu'il avait concocté et qui, de toute évidence, se déroulerait à l'extérieur.

Il avait pensé à elle…

Il voulait lui faire plaisir…

Réalisant pleinement cela, Scarlett sentit des ondes de chaleur irradier en elle, et son cœur s'emballa.

S'agissait-il d'un cadeau de Noël ? Un cadeau destiné à elle toute seule ? À eux deux ?

Les questions tourbillonnaient dans l'esprit de Scarlett, demeurant sans réponse et, au fond, c'était exaltant, grisant.

Difficile de ne pas interpréter différemment la situation, songea-t-elle soudain. Même s'ils s'étaient entendus, du moins de façon tacite, sur une relation à court terme qui s'achèverait par le départ de Scarlett à Dallas, comment ne pas imaginer autre chose que des instants légers, une aventure sans lendemain…

Mais dans ce cas, pourquoi Mike se montrait-il aussi attentionné ? Pourquoi la gâtait-il comme s'ils sortaient réellement ensemble, de manière plus investie et sérieuse ?

Réprimant un soupir, Scarlett ajusta son petit bonnet de laine vert et jaune. Ses pensées affluaient, contradictoires.

C'était énervant. Frustrant.

Pourquoi s'en faisait-elle à ce point ?

Elle se trouvait en compagnie d'un des hommes les plus séduisants au monde, là, maintenant, et il lui réservait une jolie surprise… Eh bien, mieux valait qu'elle cesse de s'interroger et qu'elle en profite !

Forte de cette résolution, Scarlett enfila son manteau rouge, ses gants jaunes, une tenue parfaite pour distribuer des cookies de Noël ! Puis elle noua son écharpe noire à pois blancs autour de son cou et regagna la pièce principale où Mike l'attendait.

Il lui sourit.

— Tu es ravissante…

Comme il portait Madelyn calée sur son bras gauche, il tendit la main droite vers Scarlett d'un air engageant. Son sourire était si malicieux qu'elle sut, à cet instant, qu'il savourait le fait qu'elle ne sache pas à quoi s'attendre.

Impatiente, heureuse, Scarlett glissa sa main dans celle de Mike. Elle apprécia le contraste de leurs peaux l'une contre l'autre, celle de Mike plus brune. Ses ongles vernis de rouge paraissaient si fins et féminins, entre les doigts virils. Mike était très actif au ranch, sur les différents chantiers en cours, si bien qu'il avait des mains de travailleur.

Mike l'attira doucement vers lui et elle s'y blottit sans hésiter, le laissant s'emparer de ses lèvres.

Ce fut un baiser rapide mais tellement intense que, le souffle coupé, Scarlett chercha le regard de Mike. Comment réussissait-il à créer de telles sensations en elle ? C'était comme si, de manière fulgurante, spontanée, il l'entraînait dans un tourbillon joyeux, sensuel, merveilleux, chaque fois plus fort, chaque fois plus irrésistible… Résultat, elle cédait et avait envie de plus, encore plus, dans les bras de cet homme qui aurait dû lui être interdit…

— Tout est prêt, dit-il. Allons-y.

Soudain pressée de découvrir ce qu'il avait concocté pour elle, Scarlett suivit Mike.

Ils sortirent.

Dehors, l'air était frais, vif, et embaumait les pins environnants.

En une fraction de seconde, elle absorba la scène magnifique : les deux chevaux alezan foncé, presque couleur chocolat, attelés à un grand traîneau de bois…

Et un splendide traîneau décoré de guirlandes et lampions multicolores.

— Oh…

Elle s'approcha, le cœur battant.

Sur le siège, une couverture, une sorte de plaid rouge et vert, et des coussins étaient posés. Du gui s'enroulait autour des rênes.

Les montures, immobiles, attendaient sagement les ordres, mais leurs oreilles frémissaient, alertes.

Bouleversée, Scarlett se tourna vers Mike et l'enlaça avec ferveur tout en veillant à ne pas bousculer Madelyn dans son étreinte.

— C'est magnifique… Vraiment magnifique ! Magique ! Comment as-tu pu penser à… ça ?

Mike la prit par la main et l'invita à le suivre jusqu'au traîneau.

— J'y ai pensé parce que tu adores Noël… Et ne te pose aucune autre question. Viens.

Sans hésiter, Scarlett grimpa. Une fois qu'elle fut installée sur les coussins, elle prit Madelyn dans ses bras.

Le véhicule tangua légèrement quand Mike monta à son tour et se glissa à côté de Scarlett qui disposa la couverture sur leurs genoux à tous deux. Elle enveloppa Madelyn dans ses bras et regarda Mike qui venait de saisir les rênes.

— Je suis vraiment touchée, Mike, merci infiniment. Mais… Pourquoi fais-tu ça ?

— Pourquoi pas ? répliqua-t-il en lui lançant un bref regard où brillait une lueur amusée. Tu m'as dit que tu aimais beaucoup Noël… J'ai eu envie de marquer le coup.

Pendant quelques instants, Scarlett garda un silence incrédule et émerveillé.

Mike avait mis de lui-même dans ce cadeau hors du commun…

— C'est merveilleux…, répéta-t-elle tandis qu'ils empruntaient la petite route serpentant à travers la propriété. Inoubliable pour moi… Inoubliable pour Madelyn !

Le bébé gazouillait joyeusement, aux anges.

Mike se mit à rire.

— C'est ce que j'espérais… Créer un moment exceptionnel qui restera ancré dans nos mémoires.

Scarlett sourit, écoutant avec ravissement le bruit des sabots qui foulaient la terre humide.

— Tu as réussi…

D'un ton enjoué, elle ajouta :

— Heureusement que j'ai préparé plus de cookies pour que tu puisses te régaler, toi aussi… Je pense que je vais saupoudrer les tiens de sucre glace avec générosité ! Tu le mérites.

— C'est une proposition gourmande ? plaisanta Mike.

Scarlett sentit une bouffée de désir l'envahir. Elle se ressaisit vite, submergée par un mélange d'émotions où la joie se mêlait à l'incrédulité.

— Au fait, les boîtes de cookies sont dans le coffre, à l'arrière, annonça Mike. Si tu es d'accord, on va les distribucr maintenant… La famille Elliott sera enchantée !

Scarlett sourit avec enthousiasme.

— Allons-y !

- 14 -

La famille…

La gorge nouée, Scarlett se sentit de nouveau envahie par un trop-plein d'émotions.

Elle qui rêvait tellement de fonder une famille, elle allait vivre, pendant quelques instants, le bonheur que cela procurait.

Comment aurait-elle pu imaginer que son métier lui permettrait de goûter à de tels instants ? C'était tellement inattendu…

Un véritable cadeau de vie.

En tant que nounou, il lui arrivait souvent de faire partie de la famille de ses clients. Mais là, c'était bien différent. Rien ne l'avait préparée à tomber amoureuse du père du bébé dont elle s'occupait…

Du coup, elle considérait différemment la petite Madelyn. Elle la chérissait autrement. Plus fort.

Aurait-elle pu éviter d'éprouver de tels sentiments pour Mike ? Peu probable… Il était si gentil avec elle, attentif, vraiment attentif, et ce depuis le premier jour…

Ou presque.

Peut-être pas les premières minutes, se remémora-t-elle. Mais ensuite, tout s'était si bien passé entre eux… Mike s'était montré discret et désireux qu'elle se sente à l'aise, chez elle, libre. Et depuis qu'il était devenu son amant, il était encore plus… irrésistible, évidemment.

Quand elle partirait de Pebblebrook, elle aurait fatalement le cœur brisé. Ce serait très difficile de quitter Madelyn et Mike, le chalet… Ce ranch hors du commun.

— Tu as de beaux projets pour Noël, j'imagine ? demanda-t-elle, espérant penser à autre chose.

Ils continuaient de filer à travers la propriété, enveloppés d'un doux silence que rompait de temps à autre le chant d'un oiseau nocturne. Les lampions qui décoraient le traîneau diffusaient des lueurs féeriques. Les deux chevaux trottinaient allègrement, menés par Mike.

— Oui et non. Je dois partir à la fin de la semaine prochaine pour assister à une « première » de mon film.

— Ah bon ? Pile au moment de Noël ?

— Un peu avant, quand même. Je serai là pour Noël, promit-il.

— Tu es sûr ?

— Certain. Personne d'autre que moi n'incarnera le Père Noël pour ma fille !

— Bonne nouvelle…

— Tu es soulagée ?

— Bien entendu. Tu as prévu des cadeaux ?

Mike lui lança un coup d'œil perplexe.

— Tu crois que je serais capable de ne pas en avoir achetés ?

— Non, mais…

Scarlett comprit subitement qu'elle avait été maladroite, peut-être blessante. Sans doute Mike avait-il reçu nombre des critiques de la part de ses frères ou belles-sœurs sur ses aptitudes paternelles. Ce n'était pas son intention… Et en même temps, comment n'aurait-elle pas éprouvé quelques doutes, elle aussi ?

— Tu n'avais ni décoration ni sapin, rappela-t-elle.

— Je sais. Mais crois-moi, si tu n'étais pas arrivée à temps pour créer cette belle atmosphère de Noël au chalet, je m'en serais chargé. C'est sûr, le résultat aurait été moins beau… Beaucoup moins beau !

Mike dirigea le traîneau vers une belle maison de bois, vaste, toute de plain-pied, où Scarlett n'était encore jamais allée. La bâtisse, moderne, ressemblait au style de demeure qu'on pouvait admirer dans des magazines de décoration ou d'ameublement.

— Mon frère Nolan vit ici, indiqua-t-il. Il est chirurgien. Il est marié avec Pepper, et ils ont un enfant en bas âge. Tout va bien, très bien pour eux… Même si Nolan et moi sommes très différents.

— Vous vous entendez bien ? demanda Scarlett avec une pointe d'inquiétude involontaire.

— Autant que possible, oui. Je ne l'ai pas vu souvent depuis mon retour à Pebblebrook.

— Vous vous retrouverez avec le temps…, dit Scarlett, remarquant que Madelyn s'assoupissait dans ses bras. Regarde, ta fille s'endort… La prochaine fois qu'elle aura mal aux dents, il suffirait de prévoir une balade en traîneau, et elle sera tranquillement bercée !

— Pas de problème, dit Mike en riant doucement.

De fait, quelques minutes plus tard, Madelyn dormait à poings fermés.

Scarlett sourit, songeuse. Elle aurait aimé poser tant de questions à Mike. Sur le métier d'acteur, la vie à Hollywood, sa vie privée, son avenir, les changements qu'il amorçait sans doute…

Mais avait-elle réellement envie d'en savoir autant ?

Elle décida d'attendre qu'ils aient quitté la maison de Nolan et Pepper pour reprendre la conversation.

Comme son frère et sa belle-sœur n'étaient pas là, Mike laissa la boîte de cookies sous le porche d'entrée, et envoya un SMS à Nolan.

Ils repartirent, se dirigeant cette fois vers la demeure de Hayes et Alexa.

C'était le bon moment pour continuer la discussion. Si jamais Mike ne voulait pas répondre, tant pis, au moins aurait-elle essayé d'en savoir plus.

— Une fois que tu auras été à la « première » de ton film, tu reviendras à Pebblebrook… Et tu penses que tu auras envie de rester ici ?

— Je pense que oui, dit-il sans hésiter. Je ne veux plus vivre à Los Angeles.

— Tu ne regretteras pas les tourbillons de cette vie-là ? Je parle de « tourbillons », et c'est peut-être exagéré, mais…

— Le mot est bien choisi, dit Mike.

Un silence s'établit, troublé par le claquement des sabots des chevaux. Scarlett espéra ne pas s'être montrée trop indiscrète. Peut-être n'avait-il pas envie de parler de tout cela. Peut-être avait-elle forcé ses confidences…

— Pardon, je ne veux pas me mêler de ce qui ne me regarde pas.

— Ne t'inquiète pas…

Mike se pencha vers elle et sourit gentiment.

— Scarlett, c'est simple : je ne regretterai strictement rien du tout. Retourner à Hollywood me coûte beaucoup.

— À ce point ? s'étonna Scarlett en l'observant à la dérobée.

— Oui, à ce point, répéta-t-il, pensif.

Il écarta les rênes vers la droite, donnant une nouvelle impulsion aux chevaux qui trottèrent dans la direction demandée.

— Je n'aime pas la manière dont les gens se transforment peu à peu dans ce monde-là. Ils ne pensent qu'à eux. L'égoïsme est juste la norme, et personne n'est satisfait parce qu'il faut toujours acquérir plus, toujours plus… Bref, c'est une course sans fin.

Il haussa les épaules et ajouta :

— Je peux en parler en connaissance de cause, puisque je suis ainsi.

Touchée par cet aveu prouvant à quel point Mike luttait pour redevenir lui-même, ou plus authentique, Scarlett lui caressa la main, espérant l'apaiser.

— Tu l'as peut-être été, mais tu as changé… Ou tu n'es plus cette personne-là.

Mike secoua la tête.

— Je suis toujours comme ça. J'ai voulu obtenir davantage de bonus, de récompenses, que sais-je encore… J'ai réussi ma carrière à Hollywood, vraiment réussi, au point d'avoir fait des jaloux, mais ça ne me suffisait pas. J'ai gagné deux oscars, et là encore, ça ne m'a pas suffi. J'ai rencontré Jennifer, et j'ai cru qu'on pourrait faire notre vie ensemble… Bon sang, quelle erreur, marmonna-t-il. Heureusement, maintenant, Madelyn existe. C'est ma plus belle récompense.

Il marqua une pause.

— J'en veux toujours plus. Encore aujourd'hui. Je ne suis qu'un égoïste.

Scarlett n'aima pas le timbre résigné de sa voix.

— Je ne crois pas. Tu veux surtout trouver le bon endroit pour élever ta fille et essayer d'être de nouveau en lien avec ta famille. Ce n'est pas égoïste de ta part, bien au contraire. Et la surprise que tu m'as faite…, poursuivit-elle, c'est la preuve que tu ne penses pas qu'à toi.

— Détrompe-toi ! répliqua-t-il d'un ton amusé. Le traîneau, les chevaux n'ont qu'un objectif : mieux te séduire… mieux te conquérir !

Scarlett laissa échapper un rire un peu gêné.

— Oh ! eh bien, c'est gagné. Je suis conquise. Et tout à fait séduite.

Contre toute attente, Mike tira alors sur les rênes afin que les chevaux s'arrêtent. L'attelage s'immobilisa et, pendant quelques secondes, ils n'entendirent plus rien d'autre que le souffle des animaux et le vent dans les arbres. Madelyn poussa un petit gémissement, et Scarlett la serra tendrement contre elle.

— Moi aussi, je suis séduit, dit Mike en se penchant vers elle. Je serai triste que tu partes. Entre toi et moi, du moins à mes yeux, Scarlett, ce n'est pas qu'une banale histoire, une de ces rencontres sans lendemain, ce genre d'aventure qu'on adore vivre à Hollywood ou ailleurs…

— Vraiment ? murmura Scarlett, prise au dépourvu. C'est quoi, alors ?

Mike lui sourit et l'embrassa légèrement sur la bouche. Scarlett sentit aussitôt son cœur battre plus vite.

— Je l'ignore encore, répondit-il. Je sais juste que j'aime être avec toi, et j'adore que tu t'occupes de Madelyn. Elle t'adore aussi… Pour nous deux, tu n'es pas qu'une nounou temporaire. Pour moi, tu n'es pas qu'une amoureuse provisoire.

Le pouls de Scarlett s'accéléra encore.

— Je ne suis pas qu'une amoureuse provisoire… C'est joliment formulé, s'efforça-t-elle de plaisanter.

— C'est sincère, insista Mike. En fait, voilà, j'ai une proposition à te faire…

Il se tut un court instant, comme s'il réfléchissait. Que voulait-il ? Lui proposer de renouveler son contrat ? Ce serait impossible, songea Scarlett, troublée, presque inquiète. Elle avait déjà tout organisé pour son départ et son installation à Dallas. Même si elle n'avait pas encore de logement… Cela ne l'inquiétait d'ailleurs pas trop car, dans le pire des cas, elle prendrait temporairement une chambre d'hôtel. L'agence pour laquelle elle travaillerait lui fournirait sûrement de bons conseils.

— Scarlett, j'aimerais qu'on soit plus officiellement ensemble, reprit Mike.

Et cette fois, il l'embrassa au coin des lèvres, l'effleurant juste de façon joueuse.

Elle se recula légèrement et le contempla, perplexe.

— Officiellement ? C'est-à-dire ?

— C'est simple, je voudrais que mes frères et belles-sœurs soient au courant, par exemple… Ou qu'on aille boire un verre en ville… Ensemble, tu vois ? insista Mike.

Ensemble…

Peu à peu, Scarlett sentit une sourde angoisse l'envahir. Mike ne pouvait pas être sérieux. Il avait besoin qu'elle reste plus longtemps, peut-être… Et se trompait dans sa demande. De toute façon, elle devait partir à Dallas…

Et elle voulait déménager à Dallas.

Mike, lui, ne tenait pas compte des projets qu'elle avait forgés.

— Oui, je vois, mais je ne sais pas si ce sera possible, finit-elle par dire. Je pars dans moins d'une semaine, ne l'oublie pas… De plus, je n'ai toujours pas trouvé de logement, alors imagine un peu mon inquiétude ! J'ai trop de choses à l'esprit, Mike. Trop…

- 15 -

— J'imagine, oui, tout ce que tu as à l'esprit. Ce n'est pas facile. Et, bien sûr, je sais que tu vas partir. Mais… c'était histoire de rêver un peu, lâcha-t-il sans réfléchir.

Puis, pour se donner une contenance, Mike reprit les rênes et lança les chevaux au petit trot.

Il avait cru qu'elle serait heureuse, ou flattée, peut-être, de sa proposition ? Raté.

Comble de l'ironie, elle lui rappelait qu'elle partait bientôt de Pebblebrook…

Pour qu'il comprenne, une bonne fois pour toutes, qu'elle ne serait jamais complètement séduite ?

— Rêver ? répéta Scarlett, visiblement surprise. J'aime rêver. J'adore rêver. Mais je préfère rêver de situations réalistes…

— Autrement dit, ce qui peut se passer pour de bon ? renchérit Mike. Justement, un petit moment entre nous, devant un bon repas, ou un chocolat chaud à l'heure du goûter, c'est réaliste, tu ne crois pas ? C'est simple et ça n'engage à rien.

Il avait tellement besoin qu'elle sache qu'il n'était pas l'homme que les médias décrivaient. Il n'était pas ce play-boy sans scrupule…

Il tenait à Scarlett. Il l'admirait. Et il la respectait.

Oui, il la respectait…

Lui jetant un rapide coup d'œil, Mike sentit son cœur battre plus vite. De profil, le visage de la jeune femme était gracieux et… sérieux. Scarlett lui semblait si belle… Et si touchante, si singulière. Ce qui la rendait d'ailleurs encore plus belle.

Non pas parce qu'elle s'occupait de Madelyn, mais parce qu'elle était franche, directe, attentive et honnête. Autant de qualités qui lui plaisaient et le rassuraient.

Mike maintint les yeux fixés sur les rênes qu'il avait empoignés avec fermeté. Une légère brise soufflait dans les arbres, mais il ne faisait pas froid.

Près de lui, Scarlett gardait de nouveau le silence. Peut-être lui en voulait-elle de s'être montré aussi… sûr de lui. Audacieux ?

Non, pas vraiment audacieux, rectifia-t-il en son for intérieur. Il avait quand même patienté avant de lui proposer d'afficher leur relation…

Mais s'agissait-il d'une relation ?

Mike s'était tellement trompé avec Jennifer, la mère de Madelyn, qu'il ne savait plus réellement ce que cela signifiait. Il avait connu tant de femmes qui l'avaient déçu… Des femmes qui ne s'intéressaient pas à lui en tant que personne. Seul son métier, seule sa célébrité comptaient.

Jennifer avait été ainsi.

Pareils comportements avaient tellement refroidi Mike que, pour l'instant, il n'avait plus du tout envie de retourner à Hollywood. Le pire ? Il ne voulait même plus jeter un œil sur un scénario. Son agent le savait, et cela le désespérait. Tant pis…

Ce que Mike aimait maintenant, c'étaient l'air frais, les arbres, le chant des oiseaux et la nature magnifique qui les environnaient en ce moment même, alors qu'ils filaient vers la maison de Hayes et d'Alexa.

En une fraction de seconde, Mike réalisa qu'à cet instant il vivait exactement son rêve le plus secret. Être avec sa fille... Et la femme qu'il aimait.

Oui, la femme qu'il *aimait*...

Alors, subitement, tout devint clair dans son esprit. Ses émotions, ses attentes, son insistance, la frustration qu'il éprouvait depuis sa rencontre avec Scarlett, non pas parce qu'elle ne répondait pas à ses avances, mais parce qu'elle était soucieuse de sa propre vie à elle, de sa destinée... De l'existence qu'elle avait choisie à Dallas. Il n'y avait donc aucune place pour Mike dans ce contexte...

Aucun espoir ?

Ce fut dans une ambiance un peu tendue qu'ils apportèrent les cookies chez Hayes et Alexa, qui furent plus que ravis.

Ils dévisagèrent Scarlett avec une franche curiosité et les invitèrent tous deux à venir boire un thé ou un café les jours suivants... Incroyable !

L'accueil fut tout aussi chaleureux chez Colt et Annabelle. À croire que ses frères s'étaient donné le mot.

— Je pense qu'ils sont tous contents, dit Scarlett alors qu'ils retournaient au chalet.

— Très. Et ils se régaleront, j'en suis sûr. C'est vraiment très gentil de ta part. Merci, répéta Mike.

— De rien. De cette manière, je me fais plaisir, affirma Scarlett. Noël est pour moi une période de générosité, de chaleur humaine partagée...

Dans les bras de la jeune femme, Madelyn commençait à se réveiller. Jusqu'à cet instant, elle avait sommeillé, totalement paisible et en sécurité sur les genoux de sa nounou.

— Je vais rejoindre Colt, c'était prévu, mais après, si tu es encore réveillée, on pourrait bavarder encore un peu, toi et moi, proposa-t-il. J'aimerais t'aider.

— Comment ça ?

— J'ai bien compris à quel point ta nouvelle vie à Dallas sera importante. Si tu veux, pour ton futur logement, tu peux compter sur moi. Je connais du monde, ajouta Mike. Il suffit que je passe quelques coups de fil…

Scarlett le contempla avec stupeur.

— Tu es sérieux ?

— Bien sûr.

Elle ébaucha un sourire, et une lueur brilla au fond de ses yeux.

— Alors, pour le coup, j'accepte sans hésiter… Inutile qu'on en parle, poursuivit-elle, surprenant encore plus Mike. Vraiment, si tu as des pistes, je suis ouverte à toutes les propositions, du moment que les loyers restent abordables.

— D'accord. Alors je m'en occupe. Si tu acceptes de déjeuner avec moi, ajouta Mike, tentant le tout pour le tout.

— C'est du chantage…

— Marché conclu ?

Elle sourit de nouveau.

— Marché conclu.

Scarlett sortit Madelyn de son siège auto et ajusta son bonnet de laine rouge.

Elle avait donc accepté l'invitation de Mike…

Une sortie au restaurant, avec Madelyn, à l'heure du déjeuner.

Le centre-ville de Stone River n'était pas bien grand, mais il y avait du monde ce samedi-là, sans doute parce que Noël approchait.

Le soleil brillait haut dans le ciel, éclairant la jolie place centrale entourée de bâtisses à la façade blanche, petits immeubles et commerces. Il y avait des restaurants animés, des guirlandes autour des vitrines et des lampadaires, et une légère musique en fond sonore.

Le beffroi de l'église sonna midi. Tout était si paisible…

Le cœur soudain serré, Scarlett songea que cet endroit lui manquerait.

— Tout va bien ?

Mike venait de s'avancer vers elle et, d'un geste tendre, lui enlaça la taille.

Elle sourit et acquiesça.

— Tout va très bien. Je meurs de faim. Peut-être parce que je me sens plus légère grâce à toi ?

Ce matin, fidèle à sa promesse, Mike avait téléphoné à plusieurs agences de Dallas, ainsi qu'à des relations. Il était tout à fait optimiste : on lui trouverait un logement agréable et financièrement accessible.

Ensuite, profitant de la sieste matinale de Madelyn, tous deux s'étaient réfugiés dans la chambre de Mike, et ils avaient encore fait l'amour…

La veille au soir, après avoir apporté les cookies et discuté, ils s'étaient également aimés, longuement, passionnément… Comme si, avec leurs corps, ils se racontaient tout ce qu'ils ne pouvaient pas formuler avec des mots. Scarlett avait ressenti un plaisir intense, inégalé. Et elle savait, au plus profond d'elle-même, que ce n'était pas parce qu'elle était célibataire depuis longtemps. Il se passait quelque chose de spécial entre eux. Quelque chose qu'elle n'aurait pas pu expliquer…

Pourquoi avait-elle l'impression que Mike était sincère ? Avait-elle tort d'imaginer qu'il appréciait, autant qu'elle, leur aventure sans lendemain ?

— Tant mieux si j'ai pu alléger tes soucis, dit Mike en souriant tendrement. Tu allèges les miens, alors on est quittes !

Il lui désigna une brasserie non loin, décorée abondamment de houx, gui et autres tresses de feuillages dorés ou saupoudrés de fausse neige.

— Je te propose qu'on mange là… Cet endroit me paraît à la hauteur de tes exigences esthétiques en cette saison, ajouta Mike en lui adressant un clin d'œil.

Scarlett se mit à rire.

— Je connais cet établissement, j'y suis déjà venue. Pourquoi penses-tu qu'il est à la hauteur de mes…

D'un doigt, elle dessina, dans l'air, des guillemets.

— … Exigences esthétiques ?

— Parce qu'il est joyeux et joliment décoré pour Noël. Un endroit froid, ou simplement fonctionnel, ne te convient pas.

Mike l'observa et arqua un sourcil.

— Je me trompe ?

— Non…

Scarlett rit de nouveau tout en serrant Madelyn dans ses bras.

— Tu as même tout à fait raison. C'est pour ça que j'ai pris la liberté de décorer le chalet.

— Je le sais bien. J'approuve, mademoiselle Patterson.

Scarlett soutint le regard de Mike, et elle sentit son cœur battre plus vite. Par moments, de façon fugitive, elle avait la sensation qu'entre eux c'était sérieux. Comme s'ils formaient un vrai couple…

Elle chassa vite cette idée de son esprit et reporta son attention sur le bébé. Madelyn venait de bâiller, et elle se frottait les yeux. Scarlett lui tapota affectueusement le dos et lui cala la tête contre son épaule.

— Allons déjeuner, parce que je crois que petite Madelyn ne va pas tarder à avoir besoin de dormir… encore.

— Elle a tout le temps sommeil… C'est normal ? s'inquiéta Mike.

Scarlett eut du mal à dissimuler son amusement face à cette question naïve.

— À ton avis ? Elle grandit…

— Je n'y connais pas grand-chose, admit Mike, l'air un peu confus. Mon ignorance peut paraître idiote… Tant pis.

— Ce n'est pas idiot, au contraire. Pour le coup, c'est normal… Ne pas savoir, c'est normal, insista Scarlett. Moi-même, alors que je n'ai pas eu d'enfants et que c'est mon métier de m'occuper d'eux, je ne cesse d'apprendre…

À ce moment-là, le portable de Mike sonna.

— Je ne répondrai pas, marmonna-t-il. C'est sûrement mon agent qui m'appelle une fois de plus pour essayer de me motiver…

La sonnerie continua, insistante.

— Et si c'était quelqu'un qui veut te parler de ton père ? Peut-être y a-t-il un problème ?

Scarlett se sentait concernée par la maladie dont souffrait M. Elliott, même si elle ne connaissait pas ce dernier. Bientôt, pour l'agence où elle travaillerait à Dallas, elle devrait réfléchir à des animations ludiques destinées aux seniors dont certains seraient résidents de maisons médicalisées. Au fond, passer du monde de l'enfance à celui du troisième, voire du quatrième âge, ne serait pas si compliqué que ça… Tout se concentrait, pour les uns comme pour les autres, autour du jeu.

Les sourcils froncés, mais visiblement convaincu par l'argument de Scarlett, Mike prit son téléphone. Il jeta un coup d'œil à l'écran, et un large sourire s'épanouit sur ses lèvres.

— Ah… Une bonne nouvelle ? demanda Scarlett. Ce n'est pas ton agent ?

En guise de réponse, Mike glissa l'appareil dans la poche de son jean, puis il se pencha vers Scarlett et s'empara passionnément de ses lèvres. Le baiser s'acheva aussi vite qu'il avait commencé, laissant Scarlett presque à bout de souffle… Et émue.

— Waouh… C'était en quel honneur ?

— Tu verras. C'est une surprise, ajouta Mike.

— Encore ?

— Eh oui…

Mike avait les yeux brillants de joie.

— Je crois que celle-ci te plaira encore plus que la précédente.

Scarlett sentit son pouls s'accélérer. Cet homme était décidément aussi généreux qu'imprévisible.

— J'ai hâte de savoir ce que c'est. Tu ne veux pas me le dire maintenant ? demanda-t-elle, consciente de se comporter comme une adolescente empressée.

Mike secoua la tête, l'air amusé.

— Tout à l'heure. Patiente un peu. D'abord, on déjeune, puis on rentre et tu sauras de quoi il s'agit.

— Mais…

D'un geste doux mais déterminé, Mike lui posa un doigt sur la bouche.

— Tout à l'heure, mademoiselle Patterson. Tout à l'heure…

- 16 -

Pourrait-elle accepter cette mystérieuse surprise ? Pourvu que oui…

Pourvu que ça ne la mette pas dans l'embarras…

Perplexe, mais impatiente, Scarlett précéda Mike dans le chalet. Il portait sa fille, maintenant bien réveillée après la courte sieste qu'elle avait faite dans la voiture.

Au restaurant, Mike avait été reconnu, évidemment, et des dizaines de personnes étaient venues lui demander un autographe. Il avait signé son nom sur des bouts de papier, des serviettes… Et il avait pris le temps d'échanger un petit mot avec chacun.

Même s'il était une star mondialement reconnue, il était resté humble, et un enfant du terroir : né au Texas, il revendiquait finalement son origine de rancher…

Durant le déjeuner, simple mais goûteux – ils avaient tous deux choisi un plat de poisson aux légumes accompagné de riz parfumé au safran –, Mike lui avait parlé de son futur déplacement à Los Angeles : dans quelques jours, il devrait se rendre à une projection, une « première ». Son agent le lui avait rappelé, et Mike ne pourrait pas refuser. Il avait des engagements à respecter.

Eh bien, elle demeurerait seule avec Madelyn…

Ce ne serait pas la première fois qu'elle serait ainsi

mise à contribution par une famille. En revanche, ce qui changeait radicalement, c'était sa relation avec Mike, de plus en plus torride…

Aussi torride que les scènes dans lesquelles Mike jouait parfois, où il incarnait un irrésistible séducteur.

C'était délicat, audacieux…

Totalement interdit par le règlement qui régissait la profession de Scarlett.

Mais maintenant, pas une seule seconde elle ne regrettait d'avoir franchi la frontière qu'elle avait toujours mise en place auparavant. C'était, en quelque sorte, l'exception qui confirmait la règle…

— Attends-moi ici, s'il te plaît, intima Mike en lui tendant Madelyn.

Revenant à l'instant présent, Scarlett prit le bébé dans les bras.

Quelle était donc cette surprise ? Ce serait difficilement plus original que le traîneau tiré par des chevaux…

Elle posa doucement Madelyn sur le tapis de jeux étalé au sol, et s'agenouilla auprès d'elle, disposant des peluches et des cubes en tissu. La petite fille voulut aussitôt agripper les anneaux accrochés au portique placé au-dessus de lui. Madelyn s'arc-bouta, décidément très bien réveillée, et lança d'adorables cris surexcités.

Scarlett sourit, rêveuse. « Ce bout de chou me manquera beaucoup », songea-t-elle.

— Tu es prête ?

Elle se tourna vers Mike. Il revenait en apportant un petit ordinateur.

— Prête ? Ça dépend pour quoi !

— Tu vas vite comprendre…

Il s'assit sur l'un des tabourets placés devant le comptoir de la kitchenette, et invita Scarlett à faire de même. Posant le portable devant eux, il fit défiler plusieurs pages avant d'afficher un écran montrant différents clichés d'une maison ancienne, visiblement rénovée, à la façade blanche.

Une très belle maison…

Un chemin dallé menait à l'entrée sous un porche orné de glycine mauve. Un jardin arboré agrémentait la bâtisse, ainsi que des arbustes, des fleurs, un étang et une tonnelle abritant une table blanche et des chaises en fer forgé.

— C'est magnifique, avoua Scarlett. Une de tes propriétés, peut-être ?

Mike se contenta de sourire.

— Si tu aimes l'extérieur, je te montre l'intérieur. Et voilà…

Il cliqua sur l'écran suivant qui dévoila un espace aéré, des pièces spacieuses, trois luxueuses salles de bains, une immense cuisine moderne, claire et équipée…

— C'est vraiment magnifique, répéta Scarlett, impressionnée. C'est chez toi ? Ou plutôt un de tes domiciles ? Je sais que tu as des villas ici et là…

Mike ne lui répondit toujours pas. Il agrandit l'une des photos, montrant l'une des chambres :

— Tu aimes ?

— Bien sûr ! Comment pourrais-je ne pas aimer ? C'est un endroit superbe. Madelyn y sera sûrement heureuse…

— *Tu* y seras sûrement heureuse, rectifia Mike en souriant. Cette maison est pour toi. Je l'ai achetée pour toi. Mon agent immobilier a effectué une recherche très efficace, j'en suis ravi.

Effarée, Scarlett contempla Mike, s'efforçant d'assimiler l'information.

— Pour moi ? Mais… Non…

— Attends avant de décliner. C'est à la périphérie de Dallas, et seulement à vingt minutes de ton nouveau travail, précisa Mike. Et il n'est pas question que tu refuses, insista-t-il, voyant sans nul doute la stupeur se peindre sur le visage de Scarlett. Tu mérites le meilleur, je le sais. Et j'ai promis de t'aider…

D'un geste tendre, il lui caressa le visage du bout des doigts.

— … Non ?

Abasourdie, Scarlett resta muette un long moment, le feu aux joues.

Comment réagir ? Un mélange de joie, d'étonnement, d'émerveillement et de confusion s'emparait d'elle. Des émotions aussi contradictoires qu'intenses…

C'était fou. Insensé.

Extraordinaire.

Acceptable ? Vraiment acceptable ? Si oui, à quelles conditions ? D'ailleurs, fallait-il des conditions ? Et pourquoi refuserait-elle un tel cadeau ?

Mais pourquoi cette offre ? Ce don ?

Cela allait bien au-delà d'un simple cadeau, de façon merveilleuse et tellement gênante aussi…

— Si cette maison ne te plaît pas, je peux la revendre ou la louer… Et t'en chercher une autre, proposa alors Mike, se méprenant sur le silence de Scarlett. Mon agent est en contact avec de nombreux propriétaires. Il suffit que je lui passe un coup de fil.

Le cœur battant, elle reporta son attention sur lui.

Il la scrutait, une lueur attentive et inquiète au fond de ses yeux.

— Ce n'est pas ça… Pas du tout, murmura-t-elle. Oh ! non. C'est juste que… c'est trop.

Mike la dévisagea de nouveau, incrédule.

— Trop ?

— Oui. Excessif. D'habitude, quand on fait une surprise, on donne quelque chose, oui, mais pas ça… Pas comme ça…

Scarlett s'efforça de sourire, consciente du malaise incompréhensible qui l'envahissait. N'aurait-elle pas dû sauter de joie ? Enlacer Mike et l'embrasser fougueusement comme dans les films où il jouait si bien ?

Non, justement. Cela lui était impossible.

— D'habitude, reprit-elle, on donne un foulard, ou une boîte de chocolats, ou un bijou… Mais une maison ? Mike, une maison ! Si c'est pour te faire pardonner de me laisser tomber ensuite, je n'en veux pas, poursuivit-elle sans réfléchir.

Les mots lui avaient échappé.

Elle s'en voulut aussitôt, mais c'était trop tard…

Ainsi, elle venait de trahir sa crainte la plus profonde, et la plus sincère.

Mike la contempla tristement.

— Tu crois que c'est la raison qui m'a poussé à acheter cette propriété ? En fait, Scarlett, je me suis juste rappelé que tu cherchais un logement plutôt désespérément, d'après ce que j'ai compris. Et j'ai voulu t'aider. Ni plus ni moins.

Il hocha la tête d'un air grave.

— Je l'ai choisie, cette maison, en espérant te faire plaisir et rendre le démarrage de ta nouvelle vie plus facile. C'est aussi une manière de te remercier pour tout ce que tu as entrepris pour Madelyn et moi, ta gentillesse, le sapin de Noël et tout… Alors dis-moi, pourquoi es-tu fâchée ?

Scarlett ne répondit pas, la gorge nouée.

Peut-être que sa colère surgissait de la confusion qui venait de se loger en elle.

Paradoxalement, alors qu'elle regardait la photo de la belle demeure affichée à l'écran, elle comprenait que Mike allait partir, s'éloigner d'elle, et que leurs chemins se sépareraient définitivement.

Comment avait-elle pu nourrir l'espérance absurde que leur couple existerait réellement ?

Même si elle s'en était défendue, au fond d'elle-même, elle avait donc espéré que ce ne serait pas qu'une aventure sans lendemain…

Ce qui était ridicule compte tenu du contexte : le statut social de Mike, son identité, sa célébrité, la façon dont ils s'étaient rencontrés…

De plus, ils se connaissaient si peu.

Malgré tout, un rêve illusoire s'était infiltré en elle, alors qu'elle se l'était interdit. Parce qu'ils avaient fait l'amour avec un fabuleux plaisir partagé, une incroyable complicité sensuelle, une liberté grisante. Parce que Mike lui avait offert une merveilleuse promenade à bord d'un traîneau décoré spécialement pour elle…

Pourquoi y avait-elle cru alors qu'elle savait qu'elle s'en irait et qu'ils se sépareraient ?

Scarlett prit une profonde inspiration, essayant de se ressaisir et de répondre de manière acceptable, sans trahir le tumulte intérieur qui l'avait envahie.

— Merci, Mike. Merci beaucoup, c'est vraiment adorable… Je n'ai jamais été aussi reconnaissante, je te l'avoue.

Elle le regarda dans les yeux et, à cet instant, sut qu'elle s'apprêtait à trancher…

Ensuite, elle ne pourrait plus faire machine arrière. Les dés seraient lancés.

— Je ne peux pas accepter. Il me sera impossible de vivre dans une maison que tu as achetée… Soi-disant en pensant à moi. Quand je partirai du ranch, il faudra que je coupe avec tout ce que j'ai vécu à Pebblebrook. Si j'habitais cette maison, je penserais à toi…

— D'abord, ce n'est pas « soi-disant », se défendit Mike. J'ai pensé à toi. Et qu'est-ce qui pose problème avec le fait de penser à moi ?

Scarlett soutint le regard de Mike.

— Ce serait compliqué. De toute façon, poursuivit-elle, je refuse d'accepter un cadeau aussi extravagant. C'est… hors norme.

— Exact. Hors norme. Mais notre rencontre est hors norme, tu ne crois pas ?

— C'est vrai.

Mike hocha la tête, l'air songeur, puis il ébaucha le sourire qui faisait fondre toutes les femmes.

— Imagine que je pourrais te rendre visite.

Oh ! là, là… Carrément ?

C'était une pique cruelle, peut-être involontaire, mais quand même… Qu'espérait-il ? Qu'il passerait quand ça lui chanterait et qu'elle l'attendrait ?

— Tu crois vraiment que notre petite aventure a un quelconque avenir dans ces conditions ? Et si jamais l'un de nous rencontrait quelqu'un d'autre ? poursuivit-elle, refrénant tant bien que mal une pointe d'amertume. Soyons réalistes, ça ne peut pas continuer, ajouta Scarlett, le cœur serré, en détournant le regard.

Leur liaison ne devait pas perdurer. N'était-ce pas ce qu'ils s'étaient dit ?

Après son départ de Pebblebrook, elle tirerait un trait sur Mike Elliott.

Elle tournerait la page.

À partir de ce moment-là, Mike, et la vie qu'il mènerait, où qu'il soit, ne lui importerait plus du tout. Et ce serait très bien ainsi. Vraiment très bien.

— Désolée, Mike, murmura-t-elle. Ça ne marcherait pas entre nous. Je préfère qu'on oublie tout… Absolument tout.

À cet instant-là, quelqu'un frappa à la porte avec une telle énergie que Mike fronça les sourcils, subitement inquiet.

— Je n'ai aucune envie d'une visite maintenant…, marmonna-t-il.

Mais on toqua de nouveau, plus fort.

— C'est moi, Colt !

— OK, j'arrive, lâcha Mike à contrecœur.

Il alla ouvrir.

Sur le seuil, son frère brandissait son téléphone portable d'un air moqueur.

— Tu as vraiment changé, frérot ? Parce que cette photo, hein, montrerait plutôt le contraire…

Découvrant de quoi il s'agissait, Mike lança un juron :

— Qui a osé faire ça ?

Il s'empara de l'appareil de Colt et contempla l'écran. Scarlett vit ses épaules se raidir.

Incrédule, elle s'approcha, vaguement consciente des petits cris joyeux que poussait Madelyn sur son tapis de jeux.

Il se passait manifestement quelque chose d'anormal…

— Je croyais qu'elle était seulement la nounou de

ta fille, commentait Colt d'un ton ironique. Je n'ai pas l'impression que ce soit vraiment le cas…

Se glissant derrière Mike, Scarlett aperçut l'image et éprouva un choc.

C'était un cliché montrant Mike, Madelyn et elle-même, dans la rue à l'heure du déjeuner ce jour-là, alors qu'ils s'apprêtaient à aller déjeuner dans la brasserie si joliment décorée pour Noël. Le paparazzi avait volé l'instant où Mike l'embrassait…

Le titre de la publication était évocateur : « Une nouvelle conquête pour le cow-boy préféré de Hollywood ? »

Une vague d'indignation submergea Scarlett.

— C'est honteux… De quel droit ? Et notre vie privée ?

Elle regarda Mike puis Colt qui l'observait d'un air ironique, comme s'il ne croyait pas un mot de ce qu'elle disait.

— Je suis la nounou de Madelyn, c'est exact, insista-t-elle, terriblement mal à l'aise.

— Et on est juste allés au restaurant, compléta Mike.

Il était pâle de fureur.

Esquissant une moue dégoûtée, il rendit le portable à son frère.

— Voilà pourquoi je me cache ici… C'est pour éviter ce genre d'étalage médiatique, de ragots insupportables, bref, tout ce que j'exècre et fuis…

Mike contempla Colt dans les yeux, comme pour le défier de ne pas le croire.

— C'est très clair : Scarlett est la nounou de Madelyn, et quand je partirai à Hollywood pour ma « première », elle restera à Pebblebrook et s'occupera de ma fille. Mais la semaine prochaine, Scarlett nous quitte. On est sortis déjeuner. Voilà, c'est tout. Je lui ai donné un baiser, oui… Et alors ? Ça ne devrait concerner personne d'autre que Scarlett et moi…

— Ça ne devrait concerner personne d'autre ? répéta Colt en haussant la voix.

Il s'avança, passa devant Mike et pénétra d'autorité dans le chalet. Puis il fit volte-face et dévisagea son frère.

— Tu te rends compte de ce que ça implique pour la famille ? Nous, on est en train de préparer l'ouverture du ranch éducatif, pour honorer notre père, et toi…

Il haussa les épaules avec mépris.

— Tu ne penses qu'à toi, comme d'habitude. Des publications de ce genre, c'est mauvais pour notre image !

Colt secoua la tête, dépité.

— Et qu'est-ce que ce sera dans quinze jours ? Une autre femme ? Et encore une autre ? On forme une famille unie, nos parents nous ont inculqué des valeurs, Mike, et ce sont ces valeurs qu'on veut valoriser dans notre nouveau projet pour Pebblebrook…

— Calme-toi, coupa Mike. Tu paniques pour rien. J'ai embrassé Scarlett, oui, et alors ? Je vais demander à mon avocat d'intervenir auprès du maudit paparazzi qui nous a espionnés. Et en tout état de cause, n'y voyons rien d'autre qu'un baiser très simple, sans aucune conséquence. Rien de plus. Il n'y a que toi pour en faire toute une histoire.

Scarlett sentit sa gorge se nouer. *Un baiser très simple sans aucune conséquence ? Rien de plus ?*

Se détournant des deux frères, elle alla auprès de Madelyn. Refoulant les larmes qui lui piquaient les paupières, elle s'agenouilla, prit le bébé dans ses bras et se dirigea vers sa chambre.

— Je préfère vous laisser, lança-t-elle sans se retourner.

Il n'était pas question que Mike constate à quel point elle avait été blessée par ses paroles insouciantes, presque méprisantes.

L'homme en qui elle avait cru malgré elle s'avérait donc être ce qu'elle avait redouté : un séducteur dans la vraie vie comme au cinéma.

Un séducteur décidément très doué.

Si seulement elle avait pu se terrer, disparaître à jamais… Mais avec son travail, ce serait impossible.

Il lui faudrait être forte… Très forte.

- 17 -

— Tu as intérêt à réagir de façon honnête, loyale et digne, lança Colt d'un ton indigné. Scarlett n'est pas une femme comme les autres… Elle ne ressemble pas à toutes celles que tu as séduites là-bas, à Los Angeles et ailleurs…

Jetant un coup d'œil vers la porte de la chambre qui venait de se fermer, Mike sentit une telle colère l'envahir qu'il crispa les poings. S'il s'était écouté, il en serait venu aux mains avec son propre frère jumeau qui le narguait ainsi.

Il reporta son attention sur Colt.

— Je n'ai jamais dit qu'elle était une femme comme les autres. J'ai dit que ça ne concernait personne d'autre qu'elle et moi. Et le ranch n'a rien à craindre… Le projet non plus… Ce n'est pas parce que j'ai été surpris en train d'embrasser Scarlett que ça va tout ficher en l'air !

Colt ajusta son chapeau et mit son téléphone dans sa poche.

— Je n'ai jamais prétendu ça. C'est juste que tu nous as affirmé avoir changé. D'autre part, vu ce que tu as vécu avant, là-bas, à Hollywood, la presse te surveille de près, et dès que tu feras la moindre incartade, ce sera public… Je ne veux pas de scandale ici.

— Il n'y en aura pas.

Mike réprima difficilement sa frustration mêlée de colère. Il n'avait aucune envie de poursuivre cette vilaine conversation avec Colt. Il voulait vite retrouver Scarlett et s'excuser…

Il l'avait blessée, il le savait, avec ses paroles maladroites et son apparente indifférence.

En vérité, il avait agi ainsi pour préserver la réputation de Scarlett…

Pour que Colt ne soit pas au courant de ce qui s'était produit entre eux.

Ce n'était pas le moment.

Mike avait souhaité inviter Scarlett au restaurant en croyant être prêt à tout divulguer, mais ce n'était finalement pas le cas.

— Tu as fini de me sermonner comme si tu étais mon père ? lança-t-il à Colt. OK, message reçu. Maintenant, fiche-moi la paix. J'ai besoin d'être seul.

Mâchoires crispées, Colt acquiesça.

— Si tu veux me prouver que tu as vraiment changé, commence par être honnête envers Scarlett, c'est tout.

Sur ces mots, il tourna les talons et sortit du chalet en claquant la porte derrière lui.

Mike se passa la main dans les cheveux et laissa échapper un juron. Il aurait dû prévoir. Il aurait dû être plus prudent. S'il était venu se réfugier au ranch, n'était-ce pas justement pour éviter ce genre de situation ? Pour fuir les paparazzis ? Pour essayer de mener une vie calme et normale ?

Mais Scarlett avait fait irruption dans sa vie et, à partir de ce moment-là, plus rien ne s'était passé comme il l'aurait souhaité…

Parce qu'elle lui avait plu.

Parce qu'elle l'avait ému… Et même plus que ça. Elle l'avait bouleversé.

Sa droiture, sa fiabilité, sa beauté l'avaient totalement conquis.

Comment allait-il réparer ce qui venait d'être gravement abîmé par les accusations de Colt ?

Mike se mit à marcher de long en large, anxieux et malheureux.

Dire que ce matin-là, il était plein d'espoir… Il avait eu envie d'aider la jeune femme et même d'envisager un avenir avec elle ! Mais elle avait si mal réagi…

Maintenant, il doutait.

Après une longue hésitation, Mike traversa la pièce et alla frapper à la porte de la chambre où Scarlett s'était réfugiée avec Madelyn.

Il n'attendit pas que la jeune femme l'invite. Il entra.

Assise en tailleur sur le lit, Scarlett lisait une histoire à Madelyn, allongée devant elle sur un plaid.

— Scarlett, écoute-moi…

Elle leva les yeux et l'observa avec froideur.

— Ce que j'ai dit tout à l'heure, c'était…

— La vérité, compléta-t-elle. Tu as juste exprimé ce que tu penses. Entre nous, il n'y a rien… Et il n'y a jamais rien eu.

Elle referma le livre et le posa sur la table de chevet.

— On a juste passé de bons moments ensemble. Des moments de plaisir…

Elle lui sourit d'un air entendu.

— Mais c'est terminé. J'avais raison, tout à l'heure, en t'expliquant qu'il m'était impossible d'accepter la belle maison que tu as achetée…

La gorge nouée, Mike pénétra dans la chambre.

Scarlett se redressa et s'avança vers lui en le regardant dans les yeux, comme pour lire en lui. Elle était calme…

Et glaciale.

— Tout est bien qui finit bien, n'est-ce pas ? On se dira au revoir très prochainement, ajouta-t-elle. En attendant, autant que tu proposes au plus vite à ton agent immobilier de revendre le bien ou de le louer.

Mike la dévisagea, stupéfait par l'attitude détachée, parfaitement maîtrisée, de la jeune femme. Elle était redevenue si distante. Indifférente.

Un tel changement en si peu de temps le sidérait.

Il n'avait jamais vécu cette situation-là. Le rejet… Non, cela ne lui était jamais arrivé.

Mais ce n'était pas ça qui le peinait le plus. C'était la prise de conscience brutale qu'à cause de ses propres paroles Scarlett avait refermé son cœur.

— Et si moi, je n'avais pas envie qu'entre nous ça se termine ? répliqua-t-il en croisant les bras.

Scarlett le contempla d'un air perplexe, puis elle haussa les épaules.

— Inutile de faire semblant. Rassure-toi, je continuerai à m'occuper de Madelyn et je resterai avec elle pendant que tu partiras à Hollywood pour ta « première ». Mais je crois bien que Maggie sera disponible dès la semaine prochaine, donc elle reviendra, et moi, je m'en irai.

Mike resta muet un long moment, cherchant désespérément le moyen de faire tomber l'invisible bouclier qu'elle avait érigé autour d'elle. Une vraie carapace, bâtie en si peu de temps… À cause de lui.

Comment réussirait-il à l'adoucir ?

À lui plaire de nouveau ?

Il lui faudrait du temps pour qu'elle se laisse aller,

qu'elle sache qu'il la respectait en réalité au plus haut point…

Mais le problème, justement, était qu'il manquait de temps.

En fait, malheureusement, il ne disposait que d'aujourd'hui pour penser à eux. Ensuite, il devrait se concentrer sur son travail, et ce qu'on attendait de lui après la sortie de son dernier film.

Mike joua alors le tout pour le tout :

— Scarlett, crois-moi, j'ai parlé à Colt de cette manière pour essayer de calmer les choses… Mais je ne lui ai absolument pas dit ce que je ressentais. Mon frère n'était pas prêt à entendre la vérité. J'ai été maladroit… Très maladroit. Je t'en prie, ne crois pas que je n'ai aucun sentiment pour toi…

Scarlett croisa les bras sur sa poitrine et acquiesça sèchement.

— OK. Je vais nourrir Madelyn, et ensuite je l'emmènerai faire une promenade jusqu'aux écuries. Après, je viendrai préparer le dîner.

Mike l'observa, le cœur serré, incrédule.

Il n'était pas question qu'elle se détourne si vite… Non, impossible. Si elle sentait ne serait-ce qu'un quart de ce qu'il éprouvait pour elle, comment parvenait-elle à se montrer aussi indifférente ?

— Moi, je vais préparer le dîner, proposa-t-il.

— Si tu veux.

Elle porta Madelyn et lui tendit l'enfant.

— Tu peux la garder un instant ? Je dois me changer.

— Scarlett…

— S'il te plaît.

La voix de la jeune femme s'était brisée et il vit

des larmes briller dans ses yeux. Elle luttait pour se maîtriser, c'était évident.

Mike prit sa fille et la serra fort contre lui.

Scarlett continuait à le dévisager en s'efforçant visiblement de ne pas pleurer.

Sans rien ajouter – mais il n'avait pas dit son dernier mot –, Mike tourna les talons et sortit de la chambre. Il gagna la sienne et déposa Madelyn dans son berceau. Il lui tendit un petit jouet à mâchouiller puis, ignorant tant bien que mal la culpabilité qui l'envahissait déjà, prit son portable et composa le numéro du remplaçant d'Hector.

— Ah, Mike, enfin ! s'exclama l'agent artistique. Je me demandais si on finirait par se joindre…

Les yeux rivés sur Madelyn, Mike s'abstint de tout commentaire. Il aurait dû rappeler depuis longtemps, il le savait. Mais il n'était pas encore prêt à affronter la décision qu'il mûrissait depuis un moment, déjà.

C'était maintenant ou jamais.

— Il faut qu'on parle.

Trois jours s'étaient écoulés depuis que Mike était parti à Los Angeles, et Scarlett n'aurait pas su dire ce qui était pire : qu'il vive sous le même toit qu'elle, ou qu'il soit loin, très loin…

Une chose était sûre : dans les deux cas, elle pensait tout le temps à lui.

Heureusement, en s'occupant de la petite Madelyn qui avait étonnamment grandi en presque trois semaines, Scarlett se sentait mieux. Utile. À sa place. C'était bon pour le moral…

Vendredi soir, alors qu'elle venait de mettre le bébé au lit et qu'elle s'apprêtait à dîner, on frappa à la porte du chalet. Surprise – elle n'attendait évidemment personne –, Scarlett alla ouvrir.

Sur le seuil se tenait Annabelle, la belle-sœur de Mike.

— J'espère que je ne vous dérange pas… Je vous apporte quelques douceurs, ajouta-t-elle en lui tendant un panier en osier.

Scarlett y découvrit d'appétissantes brioches faites maison, dorées à point.

— Oh ! c'est adorable, merci… Je les goûterai demain matin, au petit déjeuner. Entrez, je vous en prie. Madelyn dort déjà, donc je suis totalement disponible !

— À cette heure, je m'en doutais un peu… Et j'avoue m'être dit que vous apprécieriez peut-être un peu de compagnie, poursuivit Annabelle en lui emboîtant le pas.

Comme si elle était chez elle – ce qui était en quelque sorte le cas –, elle s'installa sur le canapé. Après avoir posé le panier sur le comptoir de la kitchenette, Scarlett s'assit à côté d'elle, intriguée par la raison de cette visite qui n'était sûrement pas uniquement destinée à partager des viennoiseries.

— Il fallait que je vous parle, expliqua alors Annabelle en écho des pensées de Scarlett.

Elle sourit.

— Alexa, Pepper et moi-même sommes les trois femmes de Pebblebrook et vous, eh bien, vous êtes en quelque sorte la quatrième… On se serre les coudes, précisa-t-elle en souriant. On est solidaires.

Scarlett ne put s'empêcher de sourire.

— Tant mieux…

— De vous aussi, on est solidaires.

— Ah bon ? Et pourquoi ?

— Mike vous a laissée toute seule alors qu'en réalité il tient beaucoup à vous…

— Comment le savez-vous ? coupa Scarlett, incrédule et soudain mal à l'aise.

Annabelle croisa ses mains fines. C'était une femme élégante et distinguée, presque hautaine par moments, mais Scarlett l'aimait bien.

— Je le sais, c'est tout. Je connais mon beau-frère. Il était très tendu en revenant au ranch il y a des semaines de cela. Il ne savait pas à quelle sauce il serait mangé par ses frères… Il a quitté Pebblebrook vers dix-huit ans, suite à des conflits avec leur père, compléta Annabelle. De graves conflits qui ont séparé la fratrie, même si Hayes, Colt et Nolan sont restés dans le coin, et se sont même réunis à Pebblebrook après la naissance de leurs enfants respectifs. Mais Mike était à part. Loin. Dans un monde tellement différent de celui de Pebblebrook…

— Aux antipodes.

— Oh oui. Un univers complètement opposé à celui qu'on connaît ici.

Annabelle reprit sur le ton de la confidence :

— Vous savez, Scarlett, à partir du moment où vous êtes arrivée ici, il a commencé à changer de comportement avec ses frères. Il est allé les voir. Il a discuté avec eux. Je pense qu'ils ont réussi à trouver un terrain d'entente. Et ils ont rendu visite à leur père.

— Ce qui n'a pas rendu Mike très heureux…

— Non. C'est normal, la situation est pénible pour tous les quatre. Mais ce n'est pas pour évoquer le patriarche de la famille que je suis ici, continua Annabelle avec un regain d'enthousiasme. On a vu que Mike aime être avec vous. On a vu la photo de vous sur Internet, et même s'il a raconté à Colt que ce baiser était anodin, personnellement, je n'en crois pas un mot.

— Et pourquoi donc ? Il a clairement expliqué à son frère que ça ne voulait rien dire pour lui, lança Scarlett, le cœur serré.

— Je sais. Mon mari m'a répété ses propos. Bizarrement, je suis certaine qu'ils sont faux.

Scarlett l'observa, sceptique.

— Qu'est-ce qui vous fait croire ça ?

— Mon petit doigt. Mike a beau être un séducteur invétéré, il a réellement changé depuis la naissance de sa fille. Il a envie d'une vie de famille. C'est pour cette raison qu'il est revenu vivre à Pebblebrook.

— Et alors ?

— Alors vous vous entendez bien avec Madelyn. Vous êtes belle. Vous êtes intelligente. Vous êtes libre… Enfin, je crois…

— Je suis libre mais j'ai des projets à Dallas, rappela Scarlett.

— Oui, je me souviens. Des projets… sûrs ?

— Aussi sûrs que possible, admit Scarlett après une brève hésitation. Pourquoi ?

Annabelle hocha la tête.

— Si vous tenez à Mike autant qu'il tient à vous, on a une idée à vous proposer…

— « On » ?

— Alexa, Pepper et moi. Une idée assez géniale, je pense…

Annabelle sourit.

— Mais avant tout, Scarlett, dites-moi si je me

trompe : vous êtes bien un peu amoureuse de Mike, non ?

Prise de court, Scarlett garda le silence un instant. Son cœur battait à grands coups désordonnés.

Mentir ? Impossible…

Pour commencer, elle ne se mentirait pas à *elle-même.* Alors à Annabelle…

Elle poussa un petit soupir presque résigné.

— Pas qu'un peu, je l'avoue. Seulement, c'est sans espoir, donc…

— Attendez…

Annabelle leva un index d'un air autoritaire, mais une lueur bienveillante brillait dans son regard.

— Dans ce cas, nous, les femmes de Pebblebrook, n'avons pas dit notre dernier mot…

- 18 -

C’était juste complètement insensé.

Tout le projet était insensé.

Comment avait-elle pu autoriser Annabelle, Alexa et Pepper à mettre ce plan au point ? Non seulement les trois belles-sœurs de Mike l’avaient convaincue d’emprunter le jet privé des Elliott pour se rendre à Los Angeles mais, en plus, elles lui avaient fait accepter une séance de maquillage et d’habillage : ongles vernis, eye-liner et faux cils, tenue de soirée, coiffure sophistiquée…

La totale.

Et voilà qu’elle se rendait à une « première » hollywoodienne…

Comme si elle était une star !

Scarlett renversa brièvement la nuque sur le dossier de la limousine – le trio dynamique avait également réussi à lui réserver ce luxueux véhicule –, et jeta un coup d’œil à la petite Madelyn, sanglée dans son siège-auto.

Elle était prête à parier que c’était la seule voiture de ce genre transportant un bébé ce soir.

Annabelle, Alexa et Pepper lui avaient procuré une superbe robe longue, de soie vert émeraude, décolletée et cintrée à la taille, ainsi que des escarpins et un joli sac. Elles avaient aussi trouvé une robe rouge, brillante, et un bandeau assorti pour Madelyn.

La limousine ralentissant, Scarlett regarda à travers la vitre teintée. L'anxiété et l'excitation lui crispèrent soudain l'estomac. Des lumières vives éclairaient la nuit, les flashs crépitaient, et elle percevait le brouhaha de la foule.

Qu'est-ce qui lui avait pris d'accepter un tel défi ? Elle se retrouvait si loin de son environnement… Elle n'aimait ni le monde, ni les paillettes, ni les tenues extravagantes, ni les boucles artificielles de ses cheveux, ni son rouge à lèvres fuchsia. Elle se sentait tellement plus à l'aise chez elle, en legging et T-shirt, en train de cuisiner ou de décorer son intérieur pour Noël ou n'importe quelle autre occasion !

— Mademoiselle, je vais me rapprocher le plus possible du tapis rouge, l'informa soudain le chauffeur. S'il vous plaît, attendez qu'un agent de la sécurité vous ouvre et vous accompagne dehors… C'est la folie, ce soir.

Scarlett ressentit une excitation inconnue. Oh ! elle était vraiment en train de vivre une expérience extraordinaire…

Comment les femmes Elliott avaient-elles réussi, en moins de vingt-quatre heures, à lui trouver le jet privé, la garde-robe adaptée, une limousine et une invitation de dernière minute lui permettant d'être ici, à Hollywood, juste en même temps que Mike ? Nul doute qu'elles avaient dû payer quelqu'un qui avait de sérieux contacts sur place !

La voiture s'immobilisa quelques secondes, puis démarra de nouveau, roulant très lentement.

Après avoir défait la ceinture de sécurité, Scarlett

souleva Madelyn, tout ensommeillée, et la prit dans ses bras. Elle lui arrangea son bandeau qui avait glissé sur le côté, lui recouvrant un œil façon pirate.

— Vous restez dans le coin ? demanda-t-elle au conducteur. Je voudrais laisser les affaires de Madelyn dans la voiture.

— Oui, mademoiselle, à votre service. Il suffit que vous m'appeliez. Ce soir, je suis votre chauffeur personnel.

Scarlett le remercia en souriant poliment, masquant à grand-peine sa nervosité.

Son sac, stylé, offrait l'espace suffisant pour contenir deux couches, un paquet de lingettes, son portable et son portefeuille. Elle avait donné le biberon à Madelyn avant que celle-ci s'endorme. La petite fille ne devrait pas avoir faim avant quelques heures.

Tout avait été organisé, oui, avec optimisme et même espoir… Annabelle, Pepper et Alexa avaient parié que Mike serait très heureux de la voir. Puisqu'elle l'aimait, et qu'il l'aimait probablement beaucoup, eh bien, ne fallait-il pas tenter le tout pour le tout ?

Mais peut-être que les femmes de Pebblebrook, aussi têtues et intelligentes soient-elles, s'étaient trompées…

Dans ce cas, Mike se montrerait surpris, froid, absolument pas prêt à accueillir bébé et nounou…

À l'inverse, peut-être serait-il enchanté de la revoir et il lui demanderait alors de rester, et même de l'accompagner à la « première », et peut-être à la soirée qui s'ensuivrait… Que ferait-elle alors ?

« On verra bien… J'aviserai à ce moment-là », se dit Scarlett, s'efforçant de garder son sang-froid.

La limousine venait de ralentir de nouveau. Les

lumières, les flashs et les cris joyeux s'amplifièrent tellement qu'elle serra Madelyn dans ses bras, espérant que l'enfant ne se réveillerait pas. La petite fille dormait heureusement comme un ange, inconsciente de tout ce qui se passait autour d'elle.

La portière s'ouvrit et l'air chaud de Californie enveloppa Scarlett tandis qu'elle posait le pied sur le tapis rouge.

C'était fou…

Irréel.

Où était passé le calme du Texas qu'elle aimait tant ? La tranquillité de la vie là-bas, les soirées fraîches… Oh que tout cela lui manquait !

Sans doute le tourbillon citadin ne lui convenait-il pas. Elle se sentait elle-même dans les endroits simples, proches de la nature.

Subitement, elle réalisa alors que son choix de s'installer par la suite à Dallas, une mégapole comme tant d'autres, n'était pas du tout une bonne idée. Parviendrait-elle vraiment à s'adapter ?

Le doute, encore le doute, l'assaillit… Des questions demeurant sans réponse…

Mais ce n'était pas le moment d'y penser.

Scarlett cligna des yeux en se rendant compte que des journalistes l'entouraient pour l'interviewer, que des micros se tendaient vers elle.

Elle posa une main protectrice sur les oreilles de Madelyn afin de filtrer le degré de décibels atteignant l'enfant. Trop tard. Madelyn venait d'entrouvrir les yeux et s'agitait.

— Quel rôle jouez-vous dans le dernier film de Mike Elliott ?

— Quel âge a ce beau bébé ?

— Comment vous appelez-vous ?

Les questions fusaient de partout.

Scarlett sentait son cœur battre trop fort, trop vite. Elle n'était pas faite pour cet univers-là. Elle n'aurait pas dû venir, quelle erreur…

Brusquement, elle aperçut, à quelques mètres devant elle, la carrure large, rassurante de Mike. Il était encadré de deux hommes au visage fermé, vêtus de costumes sombres. Ses gardes du corps, probablement. Mike, lui, souriait à la foule et saluait. Il ne l'avait pas encore vue.

Une main glissa sur l'épaule de Scarlett. Elle sursauta et, regardant à sa droite, tomba nez à nez avec un homme en uniforme. Son badge annonçait qu'il était agent de sécurité.

— Venez, mademoiselle, je vais vous aider à vous frayer un passage pour entrer dans la salle. Vous avez un enfant, il faut que vous soyez protégées, toutes les deux… Avec ce monde tout autour, ajouta-t-il d'un air entendu.

Scarlett acquiesça. L'avait-il reconnue à cause de la photo sur Internet ? Peu lui importait, au fond ; l'essentiel était, à présent, de trouver un lieu calme. Dans ses bras, Madelyn commençait à s'agiter de plus en plus, énervée par l'ambiance surexcitée.

Peut-être que Mike lui en voudrait d'être venue avec Madelyn… N'avait-il pas clairement exprimé son souhait de la tenir à l'écart du tourbillon hollywoodien ?

— Merci, lança-t-elle à l'agent qui la conduisait vers une double porte un peu plus loin. Je ne suis pas ici pour être interviewée, j'accompagne seulement Mike Elliott… Et c'est le bébé de M. Elliott, précisa-t-elle hâtivement.

L'homme s'immobilisa pour contempler Scarlett et Madelyn. D'un bref hochement de tête, il signifia qu'il avait compris.

— Ne bougez plus…

Il parla à voix basse dans le mini-micro fixé sur le revers de son veston. Scarlett l'entendit demander à ses collègues de prévenir Mike avant que ce dernier ne rejoigne un nouveau groupe de journalistes.

— Mettez-vous à l'abri ici, proposa l'agent en désignant une guérite à quelques mètres.

Le cœur battant, serrant Madelyn contre elle, Scarlett patienta à l'endroit indiqué. Ses oreilles bourdonnaient comme lorsqu'elle avait le trac.

Avait-elle eu raison de faire tout ce chemin ?

Oh ! oui.

Elle n'aurait pas dû dissimuler ses sentiments à Mike. Si elle lui avait exprimé sincèrement ce qu'elle éprouvait, peut-être aurait-il agi autrement…

Ou peut-être pas.

Mais au moins aurait-elle été franche.

Elle aimait Mike, oui, elle l'aimait, et l'intense émotion qui la submergeait dorénavant nécessitait qu'elle prenne le risque de s'exposer, d'avouer la passion qui l'animait. Annabelle, Pepper et Alexa avaient eu raison de l'encourager… et de l'aider à aller au bout de sa rencontre improbable avec Mike.

Quelle que soit l'issue de son incursion dans le monde de Mike Elliott, Scarlett savait qu'elle ne regretterait rien. Le pire aurait été de jouer la carte de la fausse indifférence…

Et ce n'était pas son genre.

De loin, elle vit l'un des gardes de Mike tapoter

l'épaule de l'acteur au moment où ce dernier s'apprêtait à accorder une nouvelle interview.

Mike se retourna vers elle…

Et leurs regards se croisèrent.

Le cœur de Scarlett s'emballa comme un cheval au galop. Même à cette distance, l'expression des yeux de Mike la troublait…

L'envoûtait.

À grands pas, écartant ceux qui le gênaient sur son passage, Mike se dirigea vers elle. Un large sourire illuminait son visage.

Un sourire merveilleux…

Scarlett ne l'avait jamais vu sourire ainsi.

— Scarlett…

Secouant la tête, comme s'il peinait à réaliser qu'elle se tenait devant lui, Mike se campa devant elle et la dévisagea, une lueur incrédule au fond des prunelles.

— Comment as-tu fait… Annabelle m'a envoyé un SMS pour me demander de réserver une limousine et obtenir deux billets, mais j'ai cru que c'était pour elle et Colt…

Une forêt de micros se dressa soudain autour d'eux.

— Qui est cette femme, monsieur Elliott ?

— Mike, c'est votre petite fille ?

— Jennifer James ne fait vraiment plus partie de votre vie ?

Journalistes et paparazzis lançaient leurs questions avec le même empressement et la même exigence.

Mike les ignora.

Il enveloppa Scarlett et Madelyn de ses bras et les serra contre lui.

— Que je suis heureux de vous voir… Que je suis heureux…

Il n'embrassa pas Scarlett mais il la dévorait du regard.

— Merci, Scarlett… Merci !

— Je voulais te faire une surprise, même si à l'origine, ce n'est pas mon idée mais celle de ta super belle-sœur, confia-t-elle. Je voulais te dire…

Mike resserra son étreinte.

— Oui ? fit-il à son oreille. Dis-moi. J'ai besoin de l'entendre…

— Quoi donc ? répliqua-t-elle, émue, en croisant les yeux bruns, intenses, de Mike.

— Que tu m'aimes…

Il ébaucha un sourire plus craquant que jamais.

— C'est pour cette raison précise que tu es ici, pas vrai ?

Elle sourit, consciente des mains chaudes de Mike dans le creux de sa taille, de la tendresse exubérante qu'elle percevait en lui, de la douceur de Madelyn qui posait la tête sur la poitrine de Scarlett tout en regardant son père.

Autour d'eux, les questions continuaient à fuser, mais Mike ne contemplait que Scarlett. Le reste n'existait pas pour lui.

Comment avait-elle pu douter de lui ? Comment avait-elle pu croire que ce fameux baiser n'avait pas compté pour Mike ? Il lui avait prouvé, en si peu de temps, qu'il tenait à elle, mais elle s'était détournée…

Par peur.

Simplement par peur.

Mais peur de quoi ? D'aimer ? D'être aimée ? D'être enfin heureuse ?

— Scarlett ?

Elle le dévisagea et, le cœur battant, fit signe que oui.

— Je t'aime, Mike.

Il sourit, l'air bouleversé, et lui caressa le visage avec une telle passion contenue qu'autour d'eux des commentaires jaillirent : « Il est amoureux ! » « C'est sa nouvelle chérie ! » « Comme c'est romantique ! »

Quand Mike l'embrassa sur la bouche avec douceur, s'attardant sur les lèvres de Scarlett comme pour la taquiner, des applaudissements frénétiques et des flashs crépitèrent simultanément.

— Je me fiche de tout ce monde autour de nous… Il n'y a que toi, et Madelyn, qui comptez pour moi, affirma-t-il en plongeant le regard dans celui de Scarlett. Je t'aime tellement… Je t'aime comme je n'ai jamais aimé aucune femme…

— Moi aussi, je t'aime, répondit Scarlett, enivrée de bonheur. J'aurais voulu te l'avouer à Pebblebrook, mais je n'y arrivais pas… Tout s'est passé si vite !

— Très vite, oui.

Mike déposa un autre baiser sur la bouche de Scarlett, et les journalistes revinrent aussitôt à la charge :

— Mike, c'est votre nouvelle conquête ?

— Ou votre nouvelle petite amie ?

— Quel est son prénom ?

— C'est la nounou dont on a déjà entendu parler ?

— Vous avez prévu de vous fiancer pour Noël ?

Continuant d'ignorer les paparazzis, Mike posa le front sur celui de Scarlett.

— Tu es sûre d'être prête à vivre tout ça ce soir ? C'est un tourbillon de folie, ici, et je dois assurer…

Scarlett n'était sûre de rien sauf d'une chose : elle voulait montrer à Mike qu'elle était avec lui et qu'elle le soutenait.

— Si tu m'aimes, je peux tout traverser…

— Je t'aime, Scarlett… Je t'aime, et c'est complètement incroyable vu qu'on se connaît depuis si peu de temps ! Mais je sais que je t'aime plus que je n'ai jamais aimé et que je n'aimerai jamais.

Scarlett sentit son cœur se gonfler de bonheur. Ce qu'elle vivait ressemblait à un rêve…

— J'aurais pu attendre que tu reviennes au ranch pour te dire ce que je ressens, mais Annabelle m'a conseillée, et je pense qu'elle a bien fait.

— C'est certain. Ma belle-sœur a toujours eu de la suite dans les idées, et je l'apprécie beaucoup entre autres pour ça.

Mike l'embrassa encore et, après avoir pris Madelyn dans le creux de son bras gauche, il enlaça les épaules de Scarlett de son autre bras.

— Tu es superbe avec cette robe… Vraiment très belle. Je serai fier de te présenter… Mais j'ai hâte qu'on se retrouve chez moi tous les deux. J'ai une maison à Hollywood Hills, précisa-t-il. Ta future maison… qui accueillera les enfants que nous adopterons.

Scarlett sentit des larmes de joie lui piquer les paupières. Mais dans un réflexe de coquetterie inhabituelle, elle pensa à son maquillage sophistiqué et les retint. Ce n'était pas le moment de se retrouver avec les joues tachées de mascara !

Mike lui prit la main et, d'un geste de la tête, avisa la foule de journalistes autour d'eux.

— Il est temps de leur livrer une information d'importance. Viens…

Il entraîna Scarlett au milieu du tapis rouge et fit face à tout le monde.

— Mesdames et messieurs, j'ai une déclaration à faire ! lança-t-il.

Le silence se fit presque instantanément.

— J'ai l'honneur d'être accompagné par Mlle Scarlett Patterson qui sera bientôt ma femme ! Je suis heureux de vous la présenter…

Scarlett eut du mal à dissimuler sa stupeur.

— Je rêve ou tu viens de me demander en mariage ? chuchota-t-elle, se penchant vers Mike.

— Tu ne rêves pas. Même si on est à Hollywood, la plus grande fabrique de rêve !

Comme Scarlett gardait le silence, médusée, émerveillée, il ajouta, soudain hésitant :

— Dis… Tu veux bien m'épouser ?

— Bien sûr !

Comme si une autre réponse pouvait être possible…

— Et je serai la plus heureuse des femmes. Parce que tu seras la star… L'étoile de ma vie, poursuivit Scarlett en s'efforçant d'insuffler une pointe d'humour dans ce moment extraordinaire.

Pour s'empêcher, peut-être, de pleurer de joie face aux caméras…

L'air soulagé, Mike l'embrassa de nouveau et l'étreignit avec tendresse.

— Ma chérie, quel fabuleux cadeau de Noël tu m'offres…, lui murmura-t-il à l'oreille.

Le cœur battant, elle se tourna vers lui et sourit. À cet instant, malgré la foule qui les observait, elle eut la sensation qu'ils étaient seuls au monde.

— Oui, c'est merveilleux ce qui nous arrive. L'amour en guise de cadeau de Noël…

Bouleversée, Scarlett sourit.

— Qu'est-ce que je vais mettre au pied de notre sapin ?

Mike lui mordilla la lèvre inférieure avec gourmandise.

— Je suggère des cookies…

— … Préparés avec cœur…

— … Que nous goûterons ensemble, encore et encore, comme cette vie emplie d'amour qui nous attend…

Scarlett se blottit contre Mike, qui avait gardé Madelyn dans ses bras. La petite fille poussait de petits cris joyeux. À croire qu'elle avait compris qu'un miracle était en train de se produire…

Épilogue

— Quel drôle de sapin ! s'exclama Colt d'un ton moqueur. Il n'est même pas droit !

— C'est notre sapin. On l'aime comme ça, affirma Scarlett en échangeant un coup d'œil avec Mike.

Il venait d'aller coucher Madelyn et souriait.

— Il n'est peut-être pas droit mais il est beau, dit-il.

— Oh ! je suis sûre que Colt est d'accord avec toi, renchérit Scarlett.

Colt se mit à rire.

— Évidemment que je suis d'accord. Du moment que vous êtes heureux…

Scarlett acquiesça. Oui, elle était heureuse… Immensément heureuse.

Les 24 et 25 décembre se fêtaient de façon si chaleureuse au ranch Pebblebrook ! En famille, comme elle en avait toujours rêvé. Le jour de Noël, tous les membres du clan Elliott, fratrie, épouses, enfants, se réunissaient autour d'une grande table et, ensemble, ils festoyaient et partageaient un bon repas.

Dorénavant, elle faisait partie de cette famille…

— Je suis venu vous dire que je suis allé à la maison de retraite, reprit Colt. Ils sont d'accord pour amener papa à la maison demain en fin de matinée.

Mike parut surpris.

— Quelle bonne nouvelle !

— Oui. On espère qu'il passera une belle journée avec nous tous. L'équipe a proposé d'envoyer une infirmière, mais j'ai refusé : on pourra s'occuper de lui, j'en suis certain, et peut-être qu'en étant uniquement avec nous il se remémorera certaines choses.

Émue, Scarlett vint glisser un bras sous celui de Mike.

— Quelle excellente initiative ! Ce sera bénéfique pour tout le monde, la famille et votre père.

— Bénéfique et source d'espoir, ajouta Mike. Colt a raison, peut-être qu'un séjour, même bref, permettra à notre père de retrouver quelques souvenirs. Ce serait un miracle de Noël, mais qui sait…

Colt se mit à rire en lorgnant de nouveau le sapin de Noël qui ne tenait pas droit.

— En attendant, ce serait miraculeux, vous ne croyez pas, d'essayer de redresser ce pauvre arbre ?

— Cet arbre va très bien, même s'il est penché, répliqua Mike en serrant Scarlett dans ses bras. En fait, il représente nos vies… Nous ne sommes pas parfaits, mais nous faisons de notre mieux !

Scarlett sourit en voyant les deux frères échanger un regard de connivence. Maintenant, ils s'entendaient bien. Enfin…

Oui, cette saison offrait son lot de miracles… Son futur mariage avec Mike en était un. Un mariage qui ne serait pas entaché par le métier si exigeant de Mike… Car il avait décidé de s'octroyer deux ou trois années sabbatiques, loin des plateaux de cinéma, loin de Hollywood. Ensuite, il aviserait. Dans un premier temps, il voulait se consacrer entièrement à sa vie de famille et au ranch…

C'était un autre miracle. Et Scarlett était prête à parier qu'il y en aurait encore…

Et encore…

Comment aurait-elle pu imaginer, en venant frapper à la porte de Pebblebrook trois semaines plus tôt, que sa vie changerait aussi radicalement ? Mais n'avait-elle pas toujours su que l'avenir recelait de belles surprises à ceux qui gardaient le cœur ouvert ? Ce qu'elle vivait à présent, cet amour aussi improbable que magnifique, en était la preuve…

MAISEY YATES

Un mariage sous condition

Traduction française de
ÉDOUARD DIAZ

Passions

HARLEQUIN

Titre original :
CLAIM ME, COWBOY

Prologue

1er novembre 2017

CHERCHE UNE ÉPOUSE

Célibataire fortuné, 34 ans, cherche épouse.

Jamais marié, pas d'enfants. Cherche compagne capable de figurer à ses côtés lors d'événements internationaux, mondains ou du domaine des affaires. Doit accepter de résider à Copper Ridge, Oregon. Avantages incluent nombreux voyages, généreuse allocation, résidence dans plusieurs propriétés de grand luxe.

5 novembre 2017

CHERCHE UNE ÉPOUSE INCOMPATIBLE

Célibataire fortuné, 34 ans, cherche jeune femme pour jouer le rôle de ma fiancée dans le but de donner une bonne leçon à mon père qui se mêle de tout. J'ai besoin d'une candidate particulièrement insupportable. Doit accepter de séjourner à Copper Ridge durant un mois au minimum. Rémunération généreuse.

- 1 -

— Non, inutile de m'envoyer ce genre de photos.

Joshua Grayson tourna son regard vers la fenêtre de son bureau, luttant contre sa frustration.

Il avait quitté Seattle six mois plus tôt pour revenir s'installer ici, à Copper Ridge, se détournant sans aucun regret des silhouettes rectangulaires des immeubles de la métropole pour le spectacle des montagnes.

Lorsqu'il contemplait les montagnes, il avait l'impression de se ressourcer.

Pouvoir remonter à cheval y contribuait aussi beaucoup. Il adorait galoper d'un bout à l'autre de la propriété, sans autre son dans les oreilles que le bruit du vent et le martèlement des sabots sur le sol.

Mais, à cet instant précis, même cela n'aurait pu soulager l'état de tension où il vivait depuis qu'il devait gérer les résultats de la petite annonce ridicule que son père avait fait paraître dans le journal – à son insu. Une nouvelle tentative du vieil homme afin de contraindre Joshua à adopter le seul style de vie qu'il jugeait convenable pour son fils : une épouse et des enfants.

Son père n'arrivait pas à comprendre que Joshua avait d'autres priorités.

Non, décidément, ce genre de vie n'était pas pour

lui. Et c'était pour cette raison qu'il avait décidé de donner à son père une bonne leçon.

Mais certainement pas avec Brindy, qui proposait de lui envoyer des selfies « au naturel ».

— Mais, protesta-t-elle d'un ton grincheux, votre petite annonce disait…

— Ce n'était pas ma petite annonce, coupa-t-il. Au revoir.

Ce n'était pas lui qui avait placé la première de ces deux annonces dans l'un des plus grands journaux du pays, soi-disant afin de trouver une épouse pour la vie. En revanche, il était bien l'auteur de la seconde, qui demandait aux candidates d'être les plus extravagantes possible, pour tenir un rôle uniquement temporaire.

Il en avait assez des machinations de son père, même si elles partaient d'une bonne intention. Il en avait assez qu'on lui présente les filles de « vieux amis » à toutes les réunions de famille. Il en avait assez de devoir éviter ces femmes qui le traquaient sans relâche comme s'il était le renard dans une chasse à courre.

Mais c'était lui qui gagnerait cette partie. Une bonne fois pour toutes. Et il comptait sur la femme qui devait bientôt arriver pour être son joker.

La première femme à avoir répondu à sa contre-annonce s'appelait Danielle Kelly, et elle n'avait que vingt-deux ans – ce qui servait très bien ses projets. Son père penserait qu'elle était trop jeune pour lui. À vrai dire, Joshua était du même avis. Il préférait les femmes plus mûres.

Il savait que la jeunesse, l'idée des corps lisses et fermes, alimentaient les fantasmes de certains hommes.

Mais, dans son expérience, plus la femme était jeune et moins elle était à l'écoute de sa propre sensualité. Il n'avait pas la patience de devenir leur professeur.

Ce qu'il entreprenait en ce moment ne l'enchantait pas non plus, mais les jeux étaient faits. Plus vite il mettrait un terme à cette farce, et plus vite il pourrait retourner à sa vie réelle.

Le carillon de l'entrée sonna, il se leva et fit le tour de sa table de travail. Elle était arrivée.

Un coup d'œil à sa montre lui indiqua qu'elle était en retard et il esquissa un sourire.

Encore mieux.

Il dévala l'escalier, impatient de rencontrer son épouse temporaire. De mettre en œuvre son plan génial et d'en finir le plus vite possible. Il traversa le hall à grands pas, ouvrit la porte d'un geste brusque…

Et il se figea.

La femme plantée sur le seuil était petite. Et aussi très jeune, comme il s'y était attendu, mais… Elle ne portait aucun maquillage, ce qui la rajeunissait encore, lui donnait l'air d'une adolescente. Elle avait des traits fins et délicats, des cheveux lisses brun foncé sous un bonnet de laine si effiloché qu'il semblait sur le point de se détricoter sur sa tête.

Il ne s'attarda pas sur le reste – son vieux pull aux manches trop longues, son jean moulant qui avait vu de meilleurs jours –, car un autre détail venait d'attirer son attention. Un petit paquet qu'elle portait entre ses bras.

Un bébé.

Son épouse temporaire était venue avec un bébé.

De mieux en mieux.

*
* *

Danielle priait pour que cet homme ne soit pas un tueur en série. Car il y avait tout de même de quoi se poser des questions. Quel idiot irait placer une petite annonce dans le journal pour trouver une épouse temporaire ?

Apparemment, cet idiot-là.

Danielle mit un instant à comprendre qu'elle fixait le centre d'un large torse masculin aux muscles saillants. Elle dut lever un peu la tête pour voir son visage. Il était très… grand. Et très séduisant.

Incroyablement séduisant.

Large d'épaules, doté d'une puissante musculature, avec une ombre de barbe sur ses joues qui conférait une certaine rudesse masculine à un visage trop joliment classique.

— S'il vous plaît, dites-moi que vous n'êtes pas Danielle Kelly, dit-il, croisant ses bras sur le large torse qu'elle avait peine à quitter des yeux.

— Si, si, c'est moi, assura-t-elle. Attendiez-vous quelqu'un d'autre ? Je suppose que j'aurais dû le prévoir. Je ne dois pas être la seule à avoir répondu à votre annonce, même si j'avoue que je l'ai trouvée un peu étrange. La promesse d'une généreuse rémunération était tentante. Mais, si je peux vous donner mon avis, vous devriez espacer davantage vos rendez-vous.

— Vous avez un bébé, observa-t-il.

— Oui, convint Danielle, baissant les yeux vers le paquet dans ses bras.

— Vous ne l'aviez pas signalé, dans vos mails.

— Bien sûr que non. Je m'étais dit qu'il vous serait trop facile d'écarter ma candidature.

Cette réponse le fit rire malgré lui, mais il se reprit vite.

— Vous aviez supposé juste, convint-il.

— Mais, à présent, je suis ici. Et je n'ai plus de quoi payer l'essence pour rentrer chez moi. Je vous rappelle que vous aviez demandé quelqu'un qui ne fasse pas du tout l'affaire.

Elle repositionna Riley dans ses bras, avant d'ajouter :

— À mon avis, vous trouverez difficilement une femme moins bien qualifiée que moi pour vous épouser.

Elle imaginait facilement l'image qu'elle devait offrir, avec son épave de voiture toute rafistolée garée dans l'allée et elle-même vêtue de ces guenilles. Elle avait faim et elle savait qu'elle avait perdu du poids au cours des dernières semaines. Elle avait été mince, mais, à présent, elle avait les os saillants et des cernes si sombres qu'on aurait dit qu'elle avait les deux yeux pochés.

— En tout cas, je me suis dit que je ferais une piètre fiancée pour un homme d'affaires comme vous, ajouta-t-elle. N'êtes-vous pas de mon avis ?

— Et le bébé ?

— Oui, quoi ?

— Avez-vous prévu qu'il vive ici, avec vous ?

— Bien sûr que non, répliqua-t-elle, sarcastique. Il vivra dans ma voiture pendant que je ferai la fête dans votre belle maison de star.

— Un bébé ne faisait pas partie de l'accord, grogna-t-il.

— Quel est le problème ? Votre mail disait que ce serait seulement jusqu'à Noël. Pouvez-vous vous imaginer en train de raconter à votre père que vous aviez choisi d'épouser une Cendrillon des bas quartiers de Portland et qu'elle s'est présentée à votre porte avec un bébé dans les bras ? Ce sera incroyablement embarrassant, bien entendu, mais pour finir tout le monde en rira.

— Entrez, marmonna-t-il en s'effaçant pour la laisser pénétrer dans sa somptueuse maison, l'air toujours aussi taciturne.

Serrant Riley contre sa poitrine, elle traversa le seuil, admirant les hauts plafonds, les immenses baies vitrées qui offraient une vue grandiose sur les montagnes.

Portland n'était pas une ville désagréable. L'air n'y était pas trop pollué et, une fois que l'on avait dépassé les gratte-ciel, la nature n'était jamais très loin.

Mais ce panorama, c'était tout de même autre chose.

Elle abaissa le regard vers le sol et, surprise, elle fit précipitamment un pas en arrière en s'apercevant qu'elle se tenait sur un sol de verre. Un clair ruisseau coulait sous la dalle transparente, et on y distinguait même quelques poissons entre les rochers, juste sous la surface de l'eau.

— C'est une réalisation de ma sœur, expliqua-t-il. Elle est la nouvelle architecte en vogue dans la région et, le plus extraordinaire, c'est qu'elle a à peine plus de vingt ans. Ses innovations bousculent sérieusement les anciens standards de sa profession.

— On croirait entendre une citation de magazine.

— Cela pourrait le devenir, répondit-il en riant. C'est moi qui écris les communiqués de presse de Faith. C'est mon métier, voyez-vous. Je suis responsable des relations publiques de notre firme. Nous nous sommes beaucoup développés récemment, et pas seulement dans le domaine de la conception, mais aussi de la construction proprement dite. Comme vous le constatez, le travail de Faith est très spécialisé et très envié.

Danielle demeura songeuse un instant. Elle ne parvenait même pas à imaginer que l'on puisse connaître un tel succès à un si jeune âge. Naturellement, Joshua et sa sœur devaient être issus d'une famille fortunée. Il était impossible de se construire une telle vie en partant de rien.

Danielle avait le même âge, et elle n'avait même pas de compte bancaire à son nom et, moins encore, une florissante entreprise à elle.

Tout cela devait changer. Pour Riley.

Après tout, c'était pour lui qu'elle était ici.

En vérité, rien d'autre n'aurait pu la convaincre de répondre à cette petite annonce. Elle avait vécu dans la pauvreté durant toute sa vie. Mais Riley méritait mieux : une vie stable. Et il ne méritait certainement pas de finir dans une famille d'accueil pour l'unique raison qu'elle n'arrivait pas à mettre sa vie en ordre.

— Dites m'en davantage, concernant cet arrangement, dit-elle en traversant prudemment la surface de verre transparente. Qu'attendez-vous de moi, au juste ?

Elle tenait à être fixée dès le départ. Connaître les termes et les conditions de leur contrat qu'il n'avait pas précisés dans ses mails. Si quelque chose ne lui convenait pas, elle était prête à faire immédiatement demi-tour. Et, s'il essayait de l'arrêter, il le regretterait.

— Mon père a placé une petite annonce dans un quotidien national prétendant que je cherchais une épouse, expliqua-t-il. J'ai eu la surprise de recevoir une avalanche de réponses avant même d'avoir lu l'annonce. Mon père croyait bien faire, mademoiselle

Kelly. Il est prêt à tout pour que ses enfants soient heureux. Le problème, c'est que, pour lui, il n'existe qu'une seule façon d'y parvenir.

Il désigna d'un geste circulaire l'espace qui les entourait, la maison magnifique et le paysage, avant d'ajouter :

— Il ne croit pas que tout ceci puisse me rendre heureux. Il se trompe, mais il refuse de l'entendre. Je voudrais bien lui donner une leçon.

— En le laissant croire qu'il a gagné ?

— En quelque sorte. C'est là que vous intervenez. Comme je vous le disais, il ne comprend pas qu'on puisse avoir un point de vue différent du sien. Pour lui, une épouse doit rester à la maison et me masser les pieds lorsque je rentre du travail. Il veut me marier à une femme qui accepte cette tradition, une femme douce et docile. Et j'imagine que vous n'êtes pas ce genre de femme, ajouta-t-il en la toisant de la tête aux pieds.

— Pas vraiment, convint-elle, s'abstenant de préciser que, dans l'environnement où elle avait vécu, il n'y avait pas vraiment de place pour cette sorte de douceur.

— Et vous avez raison, il ne va pas du tout apprécier que vous soyez venue avec un bébé. En fait, il vous considérera sûrement comme une aventurière.

— C'est ce que je suis, répliqua-t-elle. Si vous n'aviez pas proposé de l'argent, je ne serais pas ici. J'ai besoin d'argent, monsieur Grayson, pas d'un fiancé.

— Appelez-moi Joshua. Suivez-moi, s'il vous plaît.

Elle lui emboîta le pas. Après avoir traversé un salon qui paraissait tout droit sorti des pages d'un magazine d'art de vivre, ils entrèrent dans la cuisine.

Cet espace la laissa pantoise. Tout ici brillait de mille feux. Acier inoxydable et bois précieux, c'était un mélange éclectique de modernité et tradition, à mille lieues de la cuisine de sa mère au sol de linoléum usé, avec des fleurs en plastique dans un horrible vase pour unique fantaisie.

— Vous vivrez ici durant toute la période de notre accord, déclara-t-il. Vous m'accompagnerez aux réunions de famille et aux événements professionnels auxquels je serai appelé à participer.

— N'êtes-vous pas inquiet à l'idée que je sois aussi incompatible avec votre milieu professionnel ?

— Pas vraiment. Nos partenaires en affaires sont fascinés par tout ce qui rompt avec la tradition. Comme je vous le disais tout à l'heure, ma sœur Faith est une sorte de pionnière en la matière.

— Génial, répondit-elle sans enthousiasme. Je me réjouis d'être une valeur non traditionnelle pour vous.

— Que vous en soyez heureuse ou non n'est pas mon affaire, observa-t-il. Comme vous serez payée, alors vous n'avez pas besoin d'être heureuse.

— Eh bien je n'ai pas envie d'être malheureuse non plus, répliqua-t-elle, fronçant les sourcils. C'est l'autre détail dont nous devons discuter : les conditions et tout le reste. J'ignore ce que vous pensez obtenir de moi, mais je ne suis pas ici pour être votre partenaire sexuelle. Je suis venue pour jouer le rôle de votre fiancée, comme le disait l'annonce.

L'expression de dédain qu'elle vit apparaître sur le visage de son interlocuteur était presque comique. Presque. Car elle mettait sérieusement à mal son ego féminin.

— Je crois que je serai capable de me contrôler, mademoiselle Kelly.

— Si je vous appelle Joshua, vous pouvez m'appeler Danielle, répondit-elle seulement.

— J'en prends bonne note.

Le ton de sa voix suggérait qu'il ne tiendrait pas forcément compte de ses souhaits. Un caractère difficile. Pas étonnant qu'il n'ait trouvé aucune femme qui accepte de l'épouser. Elle aurait dû se douter que quelque chose n'allait pas chez lui. Après tout, il était très riche et plus séduisant qu'elle n'aimait le reconnaître. Le père de Joshua n'aurait pas dû avoir besoin d'une petite annonce pour lui trouver une épouse.

Un claquement de doigts et elles auraient accouru en masse.

Cette idée provoqua un nouveau frisson d'inquiétude en elle. Elle devrait peut-être écouter ces signaux d'alerte.

Mais il y avait la question de l'argent. Elle avait besoin de ce salaire.

— Que suis-je censée faire avec le reste de mon temps ? s'enquit-elle.

— Simplement rester là, répondit-il comme si c'était la chose la plus naturelle du monde, comme si l'idée de rester à ne rien faire dans ce palais n'était pas étrange du tout. De plus, vous avez votre bébé. Je suppose que ça prend beaucoup de temps.

— « Il », corrigea-t-elle. Il s'appelle Riley. Et vous avez raison, il m'occupe une bonne partie de la journée. Riley est un bébé, vous savez, totalement sans défense, et il a besoin de quelqu'un pour satisfaire tous ses besoins, physiques et émotionnels. Visiblement, vous l'ignorez.

— Je ne m'en cache pas, répondit-il, la fusillant du regard.

— De toute façon, cette maison est suffisamment grande pour que vous n'ayez jamais à vous en soucier.

— J'ai des horaires particuliers, observa-t-il. Je travaille avec des clients dans le monde entier et je dois rester disponible pour communiquer avec eux au téléphone, ce qui signifie que je dors rarement plus de deux heures de suite. Je passe aussi énormément de temps à l'extérieur.

Elle s'en serait doutée. Bien sûr, il se comportait comme un homme d'affaires coincé, mais il portait un jean et un T-shirt. Et il était dans une forme physique qui ne pouvait pas avoir été acquise uniquement dans une salle de sport. Mais, bien sûr, concernant les hommes et leur physique, elle n'était pas vraiment une experte.

— Alors, où est le piège ? s'enquit-elle.

Rien dans la vie ne vous était donné aussi facilement, elle en était certaine. Elle s'attendait encore à ce qu'il la conduise dans son donjon et qu'il lui montre où il rangeait ses instruments de torture.

— Il n'y a aucun piège, assura-t-il. C'est seulement ce qui arrive lorsqu'un homme trop riche et doté d'un sens de l'humour un peu pervers décide de donner une leçon à son enquiquineur de père.

— Donc, si j'ai bien compris, je vis dans cette magnifique maison, je porte votre bague, je rencontre votre famille et je me conduis de façon abominable. Et, ensuite, je suis payée ?

— C'est exactement notre accord, mademoiselle Kelly.

— Et si j'en profitais pour voler votre argenterie ?

— Dans ce cas, je gagne encore, répondit-il en riant. Si vous vous enfuyez en pleine nuit, je n'ai pas à vous payer, et je peux déclarer à mon père qu'à cause de ses manigances j'ai été victime d'une intrigante et que j'en ai le cœur brisé.

Il avait vraiment pensé à tout. C'était sûrement l'une des raisons qui expliquaient sa réussite.

— Alors… Euh… Allons-nous le faire ?

— Vous aurez des papiers à signer, mais oui, nous allons nous lancer, répondit-il d'un ton assuré.

Il tira un petit écrin de velours de la poche de son jean et fit basculer le couvercle, révélant une bague ornée d'un diamant si énorme qu'il en paraissait obscène.

C'était le moment qu'elle redoutait. Il allait sûrement lui ordonner de se promener toute la journée déguisée en ours en peluche ou quelque chose du même genre.

Au lieu de cela, il tira la bague de son écrin et la lui tendit.

— Donnez-moi votre main.

Elle obéit automatiquement, son corps décidant à sa place. Allait-il mettre un genou à terre devant elle ou simplement glisser la bague à son annulaire ?

Il ne fit ni l'un ni l'autre. Il se contenta de déposer le précieux bijou au creux de sa paume.

Elle referma les doigts sur la bague avec l'impression d'avoir reçu une décharge électrique, consciente qu'elle tenait dans sa main une somme d'argent supérieure à ce qu'elle gagnerait probablement durant toute sa vie.

À la réflexion, ce n'était pas vrai. Car, au cours du mois à venir, elle allait gagner assez d'argent pour régler tous ses problèmes et ceux de Riley, et obtenir sa garde permanente.

Sa vie n'avait été qu'une succession d'épreuves, entre de constants déménagements et les « tontons » de plus en plus douteux que sa mère ramenait à la maison. La faim, le froid, la peur, l'incertitude…

Elle ne permettrait pas que Riley subisse le même sort. Elle allait tout faire pour que son demi-frère soit protégé. Cet accord, même si Joshua avait exigé d'elle qu'elle se déguise en oursonne sexy, était un prix à payer modeste pour offrir un avenir à Riley.

- 2 -

En suivant Danielle dans le couloir, Joshua regrettait de ne pas avoir de gouvernante chez lui. Une vieille dame britannique aurait été bien pratique en un moment comme celui-ci. Elle aurait sûrement trouvé Danielle et son bébé adorables. Ce qui n'était pas du tout son cas.

Au contraire, il avait l'impression que son intimité avait été envahie. C'était idiot, bien entendu, car il avait lui-même créé cette situation. Toutefois, il ne l'avait fait qu'après avoir lu la petite annonce de son père et décidé que ce vieil entremetteur avait besoin d'une bonne leçon qui le découragerait à l'avenir de se mêler de sa vie.

Il importait peu que son père ait un cœur d'or ou qu'il soit bien intentionné. Joshua en avait assez d'être harcelé avec la même question chaque fois qu'il dînait chez ses parents : quand comptait-il fonder une famille ?

Cela n'arriverait jamais.

À une autre époque de sa vie, il avait cru que tel était son destin. Il avait été impatient de se marier. Mais les gens qui vous déclarent qu'il vaut mieux avoir aimé et perdu que de n'avoir jamais aimé n'ont visiblement jamais été les responsables de la rupture.

Aujourd'hui, il était plutôt satisfait de vivre seul. Et,

lorsque sa solitude lui pesait, il appelait simplement une femme et passait quelques heures avec elle dans son lit. Trouver l'amour ne faisait pas partie de ses projets.

— C'est vraiment une grande maison, remarqua-t-elle.

Le ton était vaguement désapprobateur, ce qui lui sembla un comble. Soit, il avait payé une femme pour qu'elle prétende être sa fiancée durant quelque temps. Et il était vrai aussi que sa maison comportait plus de pièces qu'il ne pouvait en utiliser. Mais elle avait répondu à l'annonce d'un parfait inconnu en quête d'une fiancée temporaire. Honnêtement, elle était mal placée pour le juger.

— Oui, en effet, grommela-t-il.

— Pourquoi ? insista-t-elle. Vous vivez seul, n'est-ce pas ?

— Parce que la taille compte, répondit-il, ignorant le bébé qu'il venait d'entendre gémir dans ses bras.

— Oui, je vois, dit-elle d'un ton sans chaleur. J'ai déjà habité dans des immeubles plus petits que cette maison.

— Et que suis-je censé en conclure ? grogna-t-il en s'arrêtant pour lui faire face. Dois-je me sentir coupable d'habiter dans une grande maison ? Croyez-moi, mes débuts ont été plus que modestes. J'ai simplement choisi un mode de vie différent de celui de mes parents parce que j'en ai les moyens et que je l'ai mérité.

— Oh ! je vois. Alors, je suppose que, moi aussi, j'ai mérité de me retrouver dans une situation désespérée.

— Je ne connais pas votre vie, Danielle, répliqua-t-il, vaguement conscient qu'il prononçait son prénom pour la première fois. Et, plus important encore, je ne veux pas la connaître.

— Tant mieux, car, moi non plus, je n'ai pas envie de connaître la vôtre. Seulement, comme je vais habiter chez vous, je serai sûrement amenée à… entrevoir certains détails de votre vie. Et cela pourrait donner lieu à des conversations comme celle-ci. Si vous vous permettez de faire des suppositions à mon sujet, vous devez être préparé à ce que je fasse de même.

— Je n'ai aucune obligation envers vous. Je vous rappelle que je suis votre employeur et que vous travaillez pour moi. Cela signifie que, s'il me prend envie de vous raconter les traumatismes émotionnels de mon enfance, vous restez assise à m'écouter religieusement. Et, à l'inverse, si je n'ai pas envie d'écouter les vôtres, rien ne m'y oblige. Il me suffit de vous jeter de l'argent jusqu'à ce que vous vous taisiez.

— Fichtre ! Voilà l'offre d'emploi que j'ai attendue toute ma vie. Vous verrez, j'ai la langue bien pendue, et beaucoup de mal à me taire. Cela signifie que vous allez devoir me couvrir d'or.

— N'éprouvez pas ma patience, mademoiselle Kelly, répliqua-t-il, revenant à son nom de famille pour reprendre ses distances.

Il n'avait vraiment pas envie qu'elle lui raconte son enfance ou lui explique les raisons qui l'avaient amenée chez lui. Il n'avait aucun désir de se poser des questions au sujet de son passé, de son enfance pas davantage que de sa vie d'adulte. Il ne voulait pas connaître le nom du père de son enfant, ni savoir pourquoi elle se trouvait dans une telle situation. Ce n'était pas ses affaires et il s'en fichait.

— « N'éprouvez pas ma patience, mademoiselle Kelly », gronda-t-elle, singeant le ton de sa voix.

— Vraiment, je…

— Quoi ? l'interrompit-elle. Vous ne pouvez pas vous comporter comme un parfait goujat et espérer que la personne en face ne vous renvoie pas la balle.

— Je fais ce qui me plaît, puisque je vous paie pour être ici.

— Vous n'avez pas l'intention de me regarder passer l'aspirateur déguisée en ours en peluche, n'est-ce pas ?

— Quoi ?

— Certains hommes ont ce genre de fantasmes. Ils aiment les animaux en peluche. Ou, plutôt, les gens en costume d'animaux en peluche.

— Pas moi.

— Vous m'en voyez soulagée.

— J'aime les femmes, précisa-t-il. Vêtues comme des femmes. Ou, mieux encore, nues.

— Je ne vous juge pas. Votre père avait sûrement une bonne raison pour placer cette fameuse annonce dans le journal. Il tient visiblement à vous voir marié.

— Il ne comprend pas qu'on puisse choisir une autre vie que la sienne. Il a été heureux avec une famille et un ranch. Mais aucun de ses enfants ne partage son point de vue et il n'y a rien de mal à cela.

— Alors, aucun de vous n'est marié ?

— L'un de nous a franchi le pas. Le seul de mes frères qui rêvait de vivre dans un ranch.

Il s'arrêta devant la porte tout au bout du couloir, se réjouissant secrètement d'avoir réservé cette chambre pour la femme qui répondrait à sa petite annonce. Il ignorait alors qu'elle allait arriver chargée d'un bébé, mais, à présent, il tenait d'autant plus à l'éloigner le plus possible de lui.

— Est-ce ma chambre ? s'enquit-elle.

— Oui, confirma-t-il, ouvrant la porte en grand.

Elle s'immobilisa sur le seuil de la chambre, bouche bée, et il dut reconnaître qu'il ressentit une certaine satisfaction à voir sa réaction. Elle avait l'air... éblouie. Comme une personne découvrant une magnifique œuvre d'art. Sauf qu'il s'agissait seulement d'une chambre. Plutôt fastueuse, il devait en convenir, jusque dans les petits détails.

Le grand lit avait été confectionné avec des branches naturelles aux formes irrégulières, soutenues par des piliers faits de troncs d'arbres laqués et brillants, qui allaient du sol jusqu'au plafond en conservant la forme qu'ils avaient dans les bois. Ce lit transformait la pièce en une sorte de forêt enchantée. Un peu trop fantaisiste à son goût, certes – sa propre chambre était d'ailleurs d'un style beaucoup plus épuré –, mais, à l'évidence, Danielle était conquise.

Ce qui aurait dû le laisser indifférent.

— J'ai déjà vécu dans des appartements plus petits que cette chambre, c'est certain, observa-t-elle en parcourant la pièce d'un regard circulaire, son bébé serré dans ses bras.

Elle leva les yeux vers la mezzanine, conçue pour avoir l'air suspendue entre les branches, avant d'ajouter, d'un air émerveillé :

— Et, là-haut... Est-ce un coin de lecture ?

— Je n'en suis pas vraiment sûr.

Il supposait que ce perchoir était probablement plutôt destiné à des ébats coquins, mais, bien sûr, c'était seulement une opinion. Si cette chambre avait été la sienne, c'est ainsi qu'il l'aurait utilisée. En amour, il fallait savoir être créatif.

— Nous avions un coin de lecture similaire, remarqua-t-elle d'un air songeur. Pas chez nous, bien sûr, mais à l'école communale. Notre maîtresse adorait les livres et elle aimait nous les faire lire. Alors nous avions le droit de rester allongés en classe avec un livre et…

Elle se tut brusquement, comme si elle venait de prendre conscience de ce qu'elle faisait.

— Cela ne fait rien, marmonna-t-elle. D'ailleurs, je vous ennuie. Disons seulement que ce sera mon coin de lecture.

— Vous pouvez vous y installer déguisée en ourse en peluche si cela vous tente, rétorqua-t-il. Je m'en fiche.

— C'est votre fantasme, pas le mien.

— Avez-vous des bagages que je dois aller chercher dans votre voiture ?

— Je ne vous ai rien demandé, répondit-elle, visiblement étonnée par cette proposition.

Il comprit tout à coup qu'elle le croyait en train d'essayer de se montrer charmant avec elle. Pour lui, cette offre était simplement de rigueur. C'était ce que son père lui avait inculqué depuis sa plus tendre enfance : lorsqu'on croise une femme lourdement chargée et qu'on ne lui propose pas de porter ses paquets, on n'est pas un homme digne de ce nom.

— Cela ne me dérange pas, grogna-t-il.

— D'ailleurs, il n'y a qu'un seul sac, observa-t-elle.

Il la dévisagea, stupéfait. Elle était une femme. Une maman. Il était certain que la plupart des mamans voyageaient avec une tonne de bagages.

— Un seul sac ?

— Oui, confirma-t-elle, haussant les épaules. Nous voyageons léger.

— Je vais aller vous le chercher, déclara-t-il en tournant les talons pour sortir de la chambre.

— C'est inutile, insista-t-elle. Je vais aller le chercher moi-même.

— Je vous ai dit que je m'en chargeais, grogna-t-il.

— Ma voiture est fermée à clé.

Il se contenta de l'ignorer et poursuivit imperturbablement son chemin jusqu'à la porte d'entrée, puis il sortit du même pas pour se diriger vers la monstrueuse antiquité couleur bordeaux, garée dans son allée.

La portière était un peu de travers. Il lui suffit de la soulever un peu et de tirer fort pour réussir à l'ouvrir.

— Pas très bien fermée, remarqua-t-il.

— Vous êtes insupportable, marmonna-t-elle en le fusillant du regard.

Sur le siège arrière, il ne vit qu'un sac de sport usé jusqu'à la corde, à l'évidence son seul bagage, qui en des temps meilleurs avait été bleu ciel. La fermeture à glissière cassée avait été remplacée par quatre grosses épingles à nourrice. Pas très pratique, tout cela.

— Ce soir, vous sortirez tout le contenu de cette chose et j'en ferai un grand feu.

— C'est le seul sac que je possède, protesta-t-elle.

— Je vous en achèterai un neuf.

— J'espère qu'il ne sera pas retiré de ma paie.

— Vous avez ma parole que toutes les dépenses nécessaires pour vous aider à tenir votre place dans cet environnement ou pour m'éviter d'attraper la gale seront à ma charge.

— Je n'ai pas la gale ! s'insurgea-t-elle.

— Je n'ai pas dit que vous l'aviez, observa-t-il. Mais ce sac de sport m'inquiète davantage.

— Ce sac est propre, rétorqua-t-elle. Et moi aussi.

Jetant le fameux sac sur son épaule, il reprit le chemin de la maison à grands pas, Danielle trottinant derrière lui comme une nymphe enragée, minuscule mais incroyablement intense. Il sentait son regard planté dans son dos comme un poignard, juste entre ses omoplates.

Cette femme n'était pas du genre à se laisser intimider.

C'était peut-être le signe qu'il devrait la traiter avec douceur. Pas parce qu'elle en avait besoin, mais parce que, à l'évidence, personne n'avait encore jamais essayé d'être aimable avec elle. Le problème, c'était qu'il ne savait pas comment s'y prendre. Sans oublier qu'il la payait une fortune pour qu'elle l'accepte tel qu'il était.

Et qu'elle avait amené un bébé dans sa maison.

— Vous allez avoir besoin de quelques petites choses, observa-t-il en fronçant les sourcils.

— Quelle sorte de petites choses ? s'enquit-elle alors qu'ils entraient dans la chambre qu'il lui avait réservée.

— Un berceau, par exemple, précisa-t-il en laissant négligemment tomber le sac de sport sur le sol. Pour le reste, je m'en remets à vous, car je n'ai aucune idée des besoins d'un bébé.

Elle lui décocha un regard noir, puis elle se pencha pour ouvrir le sac, d'où elle retira d'abord un biberon et une boîte de lait en poudre qu'elle jeta sur le lit, puis une couverture qu'elle étala sur le sol avant de coucher le bébé en son centre.

— Nous n'avions pas profité d'un tel confort depuis longtemps, répondit-elle, mais je suppose que quelques articles pour chambre d'enfant seraient les bienvenus. Cela dit, jusqu'ici, Riley et moi nous en sommes très bien passés. Au fond, peut-être pas si bien que cela, corrigea-t-elle après une pause. Si c'était le cas, je n'aurais sûrement pas répondu à votre annonce. En tout cas, ce que j'ai me suffit pour le moment. Lorsque vous m'aurez payée, Riley et moi allons commencer une nouvelle vie. Entre-temps, tout cela n'a aucune importance.

— Qu'est devenu le père de Riley ? Il me semble qu'il devrait vous verser une pension alimentaire, non ?

— Croyez-vous vraiment que je sais qui il est ?

Elle avait dû lire une expression de désapprobation sur son visage, car elle rougit et lui lança un regard irrité.

— Ce que je veux dire, c'est que j'ignore où il se trouve, ajouta-t-elle. Il s'est bien gardé de laisser une adresse. D'ailleurs, je ne suis même pas sûre de connaître son véritable nom.

— Je vais appeler Poppy, mon assistante au bureau. Elle saura probablement mieux que moi de quoi vous pourriez avoir besoin.

En fait, Poppy était l'assistante de son frère Isaiah, mais elle donnait occasionnellement un coup de main à Joshua et à Faith. Poppy pouvait faire en sorte que tout ce dont le bébé pourrait exiger soit livré à la maison sous vingt-quatre heures.

— C'est inutile, assura-t-elle. Vous n'avez pas besoin de vous mettre en quatre pour nous.

— Je suis censé convaincre mes parents que je m'apprête à vous épouser, rétorqua-t-il. Je ne pense pas qu'ils puissent croire que je laisse ma fiancée vivre dans le dénuement. Tout doit être impeccable ou ils se méfieront. Considérez qu'il s'agit d'un bonus qui vient compléter votre salaire.

Elle le dévisagea un instant, ses yeux lançant des éclairs, puis elle hocha la tête.

— Bon, d'accord.

Sans trop savoir pourquoi, il s'était attendu à ce qu'elle refuse. Mais, après tout, c'était la promesse d'un gain financier qui l'avait incitée de répondre à son annonce. Pourquoi contesterait-elle un bonus ?

— Parfait, conclut-il. Vous ne me verrez probablement pas très souvent. Je travaille beaucoup. Nous dînons chez mes parents après-demain. Entre-temps, sentez-vous libre d'explorer la maison et la propriété. Cette maison est aussi la vôtre. Pour le moment.

Il ne faisait pas cela par générosité. Simplement, il n'avait pas envie de devoir répondre à des questions ou s'inquiéter qu'elle soit constamment à lui demander ce qu'elle pouvait faire et ce qui lui était interdit. Il désirait les installer dans cette chambre, elle et le bébé, et les oublier jusqu'à ce qu'il ait besoin d'eux comme accessoires utiles à son plan.

— Vraiment ? s'étonna-t-elle, sa méfiance naturelle refaisant surface.

— Je suis un homme très occupé, mademoiselle Kelly, répondit-il. Je n'ai pas l'intention de jouer les baby-sitters. Pour vous ou pour le bébé.

Et, sur ces mots, il tourna les talons et la laissa seule.

- 3 -

Danielle avait mal dormi, cette nuit-là. Et, naturellement, elle n'avait pas quitté sa chambre depuis qu'il l'y avait laissée. Toutefois, tôt le lendemain matin, un fourgon de livraison était arrivé. Et c'était sa signature qu'on lui avait demandée. Ensuite, cela avait été un défilé de cartons, comme une parade de Noël sans emballage cadeau.

Toute une équipe d'hommes avaient monté les cartons à l'étage. Ils avaient assemblé un berceau, une chaise pour bébé et une série d'accessoires dont elle ignorait même l'existence. Comment aurait-elle pu les connaître ? Elle ne s'était jamais attendue à devoir s'occuper d'un bébé.

Lorsque sa mère avait fait une réapparition dans sa vie – seule et enceinte –, Danielle venait enfin de vivre deux années sans souci dans son propre espace. Pour la première fois de sa vie, elle avait été enfin libre de ne s'occuper que d'elle-même, mais elle avait accueilli chaleureusement sa mère et avait tout fait pour qu'elle se sente bien. Elle avait même payé de sa poche une assurance médicale, afin que le coût de la prise en charge de sa grossesse ne la dissuade pas de s'occuper correctement d'elle-même et du bébé.

Plus tard, lorsque sa mère avait à nouveau disparu en les abandonnant, Riley et elle, Danielle avait compris que son petit frère allait probablement rester à sa charge et elle avait contacté les services sociaux.

Deux possibilités s'offraient à elle. Riley pouvait être confié à une famille d'accueil ou bien Danielle acceptait de suivre des cours pour nouveaux parents, auquel cas elle serait temporairement nommée sa tutrice légale.

Elle avait choisi la seconde solution.

Mais elle avait le plus grand mal à joindre les deux bouts, et cette vie-là ressemblait trop à celle qu'elle-même avait vécue depuis son enfance. Elle désirait davantage pour Riley. Pour eux deux. Un emploi à temps partiel de caissière de supermarché n'était déjà pas très lucratif lorsqu'elle était seule, mais avec Riley, il serait impossible d'en vivre.

Elle avait pourtant fait de son mieux, échangeant des heures de baby-sitting avec une autre célibataire, une voisine dans son immeuble, mais leurs emplois du temps respectifs ne le permettaient pas toujours. Après avoir manqué trop de journées de travail, Danielle avait été licenciée.

Ce qui lui avait valu un premier avertissement des services sociaux.

Au moins, aujourd'hui, elle avait retrouvé un emploi.

Et elle y gagnait une chambre d'enfant complète.

Par bonheur, Joshua n'était nulle part en vue, ce qui lui laissait le temps de réfléchir tranquillement à sa nouvelle situation. Sans sa présence renfrognée, elle avait l'impression de vivre dans la villa de vacances la plus luxueuse du monde. En tout cas, la plus luxueuse qu'elle puisse imaginer.

Elle avait un moniteur pour bébé dans sa poche, qui lui permettrait d'entendre Riley s'il se réveillait.

L'instrument lui procurait une liberté dont elle avait été privée depuis la naissance de Riley. Mais, bien sûr, un tel appareil aurait été inutile dans son petit appartement, où elle aurait entendu le bébé pleurer où qu'elle soit.

En revanche, dans cette immense maison, il lui aurait été impossible de descendre se préparer un sandwich à la cuisine pendant que Riley faisait sa sieste dans son berceau tout neuf – le premier qu'il ait eu de sa vie. De plus, comme le moniteur pour bébé disposait aussi d'un vibreur, elle pouvait même écouter de la musique.

Danielle possédait encore l'antique baladeur MP3 que sa mère lui avait offert pour son seizième anniversaire, des années plus tôt. Elle avait appris très tôt à soigner les quelques objets en sa possession, car elle n'était jamais sûre de pouvoir les remplacer. Naturellement, sa musique était aussi ancienne que son support, mais cela ne la préoccupait pas : toute la musique produite depuis ses seize ans était à jeter.

Balançant les hanches en cadence, elle traversa la cuisine en chantonnant à mi-voix. Elle entreprit aussitôt d'explorer les placards et tomba en arrêt devant des tartelettes aux fruits d'une marque que sa mère n'achetait jamais parce qu'elles étaient trop chères. Il y en avait même de plusieurs parfums et elle décida d'en goûter une de chaque pour décider laquelle était la meilleure.

Elle ne s'était pas rendu compte à quel point elle avait faim, mais la sensation n'était pas nouvelle. Elle la traînait avec elle depuis des jours, voire des semaines.

Et, assise sur le luxueux canapé du coin salon,

dégustant les délicieuses pâtisseries l'une après l'autre, elle sentit tout à coup que sa vue se brouillait de larmes de soulagement. Car Riley et elle étaient en sécurité, maintenant, bien au chaud. Et elle voyait enfin poindre une lueur d'espoir à l'horizon. La fin du terrible dénuement dans lequel elle avait vécu durant toute sa vie.

À vrai dire, cela semblait presque trop beau pour être vrai. Elle avait peine à croire qu'elle avait effectué un tel bond en avant. Qu'elle était réellement en train de s'extraire de ce gouffre sans fond sans sombrer dans la prostitution.

Bien entendu, certains esprits étroits pourraient décréter que l'accord conclu avec Joshua n'était qu'une forme de prostitution, mais elle n'était pas du tout de leur avis. Il n'avait jamais été question de sexe entre eux.

À cette pensée, elle faillit s'étouffer avec la tartelette qu'elle dégustait. Malgré tout, elle ne pouvait s'empêcher de se demander ce qu'elle ressentirait dans les bras de Joshua. Ou ceux d'un autre homme, d'ailleurs. Les frasques de sa mère avaient à jamais dégoûté Danielle des hommes. Mais, à bien y réfléchir, ce qui lui répugnait, c'était plutôt la manière dont ces derniers s'étaient comportés avec sa mère.

Celle-ci s'exposait à la souffrance, à dépendre volontairement d'une autre personne, jusqu'à ce que cette personne la quitte un jour en la laissant encore plus misérable qu'avant.

Non, merci.

Mais elle comprenait qu'une femme puisse perdre l'esprit au point d'accepter un tel risque. Surtout lorsque le responsable de ce coup de folie avait des yeux aussi bleus que Joshua.

Oubliant la tartelette qu'elle tenait entre ses doigts, elle s'adossa au canapé, le regard perdu dans le vide. La veille, elle avait remarqué une légère ombre de barbe dorée sur son visage énergique, ses yeux étincelants d'irritation. Logiquement, cela n'aurait pas dû lui apparaître comme un avantage, un bonus supplémentaire. Sauf que son irritation lui donnait envie de relever le défi tacite qu'elle représentait. D'essayer de transformer cette étincelle en autre chose. En une flamme plus…

— Êtes-vous en train de dévorer toutes mes tartelettes ?

Elle sursauta en entendant cette voix par-dessus la musique, et la tartelette qu'elle dégustait lui échappa des mains. Arrachant précipitamment son casque, elle se retourna face à Joshua, qui la fusillait du regard, ses bras croisés sur son large torse.

— Vous m'aviez dit que je pouvais faire comme chez moi, rappela-t-elle d'une toute petite voix. Et, d'ailleurs, vous auriez pu frapper avant d'entrer. Vous avez failli me faire mourir de peur. Au fond, c'était peut-être ce que vous cherchiez. Si ça se trouve, vous êtes un tueur en série.

— C'est ridicule, grogna-t-il. Si vous pensiez cela, vous ne seriez pas ici.

— Je n'avais pas vraiment le choix, répliqua-t-elle, essuyant un reste de confiture sur sa lèvre.

— Vous n'en avez pas laissé une seule, remarqua-t-il d'un ton accusateur.

— Vous aviez dit que je pouvais manger ce dont j'avais envie. Eh bien, j'avais envie de ces tartelettes.

— Vous les avez toutes mangées.

— D'ailleurs, pourquoi aviez-vous de telles gourmandises chez vous ? Cela n'a pas l'air d'être votre genre.

— J'aime bien déguster une ou deux de ces tartelettes. Surtout lorsque j'ai travaillé à l'extérieur.

— Vous travaillez à l'extérieur ?

— Oui, confirma-t-il. J'ai des chevaux.

Tout à coup, l'irritation qu'elle ressentait à son encontre se dissipa comme par magie. La magie des chevaux.

— Vous avez des chevaux ? répéta-t-elle, s'efforçant vainement de dissimuler son émerveillement.

— Oui.

— Pourrais-je... Pourrais-je les voir ?

— Si vous y tenez, oui.

Elle avait déjà vérifié la portée du moniteur pour bébé. Si les chevaux n'étaient pas trop loin de la maison, elle pourrait aller les voir pendant que Riley faisait sa sieste.

— Peut-on voir la maison depuis l'écurie ? s'enquit-elle.

— Oui, bien sûr, le bâtiment se trouve juste de l'autre côté de l'allée.

— Pourrais-je les voir maintenant ?

— Je ne sais pas. Vous avez mangé toutes mes tartelettes. Pire encore, vous avez jeté la dernière sur le sol.

— Je suis désolée, s'excusa-t-elle en soupirant. Mais je suis sûre qu'un homme capable de faire apparaître une chambre d'enfant complète jusqu'au dernier détail en moins de vingt-quatre heures peut certainement se procurer des tartelettes aux fruits d'un claquement de doigts.

— Ou simplement passer au magasin.

Elle imaginait mal un homme comme Joshua Grayson déambulant entre les rayonnages d'une épicerie. L'image était même presque comique. Il était trop imposant. Trop… masculin pour des activités aussi domestiques.

— Qu'y a-t-il ? fit-il en la dévisageant.

— C'est seulement que je n'arrive pas à vous imaginer en train de faire vos courses à l'épicerie.

— Eh bien, détrompez-vous, parce que je le fais souvent. J'aime manger. Et tout spécialement ces tartelettes aux fruits.

— Ma mère ne m'en achetait jamais, avoua-t-elle. Elles étaient trop chères.

— Ma mère ne m'aurait jamais acheté ce genre de sucreries non plus, reconnut-il en riant.

— C'est l'avantage d'être adulte, même si ce n'est pas toujours facile.

— Se gaver de tartelettes aux fruits lorsqu'on en a envie ?

— Oui, exactement.

— Vous ne placez pas la barre très haut, remarqua-t-il.

— Peut-être. Mais qu'est-ce que c'est bon !

— Si cela vous fait plaisir, je n'y trouve rien à redire, conclut-il. Et maintenant, si nous allions voir les chevaux ?

En accompagnant Danielle à l'extérieur pour lui montrer ses chevaux, Joshua ne savait pas trop à quoi s'attendre. Il s'était senti irrité en constatant qu'elle avait dévoré les tartelettes qui constituaient son goûter préféré, lors de sa pause d'après-midi. Et, paradoxalement, encore plus irrité qu'elle l'ait questionné sur le choix de son goûter préféré. Il détestait avoir à expliquer à qui que ce soit ce qu'il faisait de son temps ou sa façon de s'alimenter.

Puis elle aperçut les chevaux. Et l'expression qu'il vit apparaître sur son visage dissipa instantanément toute son irritation. Elle était… transfigurée. Émerveillée devant un spectacle devenu banal pour lui.

Le fait même qu'il se soit senti obligé d'acquérir des chevaux, lorsqu'il s'était installé dans cette maison, était consternant. Lorsqu'il était enfant, il avait détesté les corvées du ranch. Il lui tardait de quitter la maison pour aller vivre en ville. Toutefois, au cours de ces dernières années, son sentiment à ce sujet avait évolué. Il s'était découvert un besoin nouveau de renouer avec ses racines, de rentrer chez lui.

Or, pour le meilleur ou pour le pire, c'était ici qu'il se sentait chez lui. Et ce n'était pas uniquement la côte brumeuse de l'Oregon, ni la ville de Copper Creek, mais aussi un ranch. Des chevaux. Chevaucher dans l'air frais du matin jusqu'à ce que le soleil apparaisse au-dessus des montagnes, colorant toute la nature d'or pâle.

Oui, c'était ici qu'il était chez lui.

Il devinait que, pour Danielle qui contemplait les chevaux et l'intérieur de l'écurie comme une scène magique, ce ranch qu'il aimait n'était pas simplement une résidence temporaire.

Aujourd'hui, elle ne portait pas son bonnet de laine. Ses longs cheveux lisses d'un brun sombre encadraient son joli visage un peu pâle, au petit menton pointu. Son nez était tout aussi petit et l'ensemble lui évoquait une nymphe des bois. Ce n'était pas une beauté spectaculaire, mais quelque chose chez elle captivait l'imagination. Fascinait. Sans trop savoir pourquoi, il ne se lassait pas de l'observer tandis qu'elle buvait des yeux les puissants animaux.

— Vous n'avez jamais eu de chevaux, en grandissant ?

— Non, convint-elle en s'approchant timidement de l'un des box. J'ai grandi à Portland.

— Ah, fit-il. Je vois.

— Toujours dans des appartements, ajouta-t-elle en fronçant les sourcils. Nous déménagions souvent. Quelquefois, nous habitions chez l'un des petits amis de ma mère, dans un endroit un peu plus luxueux. C'était le seul avantage.

— Que voulez-vous dire ?

— Ma mère est une toxicomane aux mœurs légères, expliqua-t-elle d'une voix dénuée d'émotion.

— Ah.

Il n'arrivait pas à décider si elle plaisantait ou non. En grandissant, il avait toujours vécu dans la même maison. Ses parents vivaient encore au ranch, qui était dans sa famille depuis deux générations. Il avait quitté le foyer familial pour aller à l'université, puis pour créer sa société, mais son cas était totalement différent. Il avait toujours su qu'il pouvait y retourner quand ça lui plairait. Il avait des racines.

— Allez-vous retourner à Portland à la fin de votre mission ici ? s'enquit-il.

— Je n'en suis pas sûre, répondit-elle d'un air un peu gêné. Jusqu'à présent, je n'avais jamais eu la possibilité de choisir ma résidence.

Il comprit à cet instant qu'elle devait être jeune. Mais jeune à quel point ?

— Vous avez vingt-deux ans, disiez-vous ?

— Oui, convint-elle d'un ton un peu défensif. Alors, je n'ai pas encore eu l'occasion de décider ce que je veux faire – ce que je veux être – lorsque je serai grande, vous voyez ?

— Oui, répondit-il. Je vois.

Il avait mis un peu de temps à trouver sa voie, mais, avant même d'avoir terminé le lycée, il savait déjà que la vie du ranch à Copper Ridge n'était pas pour lui. Il avait décidé de s'installer en ville. Il rêvait d'un destin plus grand. Il avait étudié le marketing, car il avait un certain talent pour vendre des idées ou des produits. Pas nécessairement ceux qu'il avait conçus lui-même, mais c'était lui qui faisait en sorte que le client comprenne, en les découvrant, que c'était exactement ce qui avait manqué dans son existence jusque-là.

C'était grâce à lui qu'une idée se transformait en or.

Il avait toujours aimé son métier, mais sa réussite aurait été réellement satisfaisante s'il avait pu commencer sa carrière en fondant une société avec son frère et sa sœur. En révélant au monde l'extraordinaire talent de Faith comme il le faisait aujourd'hui. Pourtant, la passion qu'il avait mise dans son travail, à ses débuts, avait été davantage motivée par son besoin de réussite et d'enrichissement que par l'amour de sa profession. Et, à l'époque, cela signifiait laisser sa sœur et son frère derrière lui. Mais, plus tard, cette carrière qu'il avait choisie était bel et bien devenue une passion. Et il avait compris qu'il était le relais dont tout le monde avait besoin.

Beaucoup de gens avaient des idées, mais seulement quelques-uns possédaient le talent de les mener jusqu'au bout. Et plus rares encore étaient ceux qui savaient ferrer le client. C'était là qu'il intervenait.

Il avait fait son premier stage de formation en entreprise à l'âge de vingt ans. Il lui était difficile d'imaginer qu'on puisse ne pas avoir encore de but dans sa vie à vingt-deux ans.

Mais, bien sûr, Danielle avait la charge d'un bébé, et il ne pouvait pas imaginer non plus avoir un enfant à cet âge-là.

À cette idée, il sentit son cœur se serrer.

Il n'aimait pas penser aux bébés, point final.

— Vous me jugez, observa-t-elle en s'éloignant du box.

— Pas du tout. Vous pouvez vous approcher davantage des chevaux, vous savez. Vous pouvez même les caresser.

Elle tourna vivement la tête vers les chevaux et, lorsqu'elle se retourna face à lui, il vit briller un espoir presque comique dans ses grands yeux.

— Vraiment ? Je peux ?

— Oui, naturellement. Ils ne vous mordront pas, si vous ne mettez pas vos doigts dans leur bouche.

— Je ne sais pas, répondit-elle d'un air craintif, fourrant les mains dans ses poches.

Mais il voyait qu'elle en mourait d'envie. Seulement, elle avait peur. Alors, il insista d'une voix douce :

— Ne craignez rien, Danielle, caressez ces chevaux.

Elle lui lança un regard surpris en l'entendant prononcer son nom, mais sortit les mains de ses poches et, s'avançant d'un pas, elle tendit une main hésitante… avant de la retirer vivement.

Joshua arrivait au bout de sa patience. D'abord, elle ne savait pas ce qu'elle ferait lorsqu'elle serait plus âgée et, maintenant, elle avait peur de toucher un cheval ? Qui était cette femme ? Il se rapprocha et, refermant les doigts autour de son poignet, il la tira plus près du portillon du box.

— Tout ira bien, assura-t-il.

Il venait à peine de prononcer ces mots que son corps enregistra ce qu'il avait fait. Et il prit conscience qu'elle était merveilleusement tiède et sa peau incroyablement douce.

Et, aussi, qu'elle était beaucoup trop mince.

Une étrange combinaison de sensations s'empara de tout son corps. Son cœur se serrait de compassion pour elle, tandis qu'un début d'érection tendait son jean.

— Allons, n'ayez pas peur, insista-t-il, s'efforçant de se ressaisir.

Il remarqua qu'elle avait le feu aux joues. Était-elle en colère ? Ou bien avait-elle ressenti cet éclair de désir brûlant, elle aussi ? Au fond, quelle importance ?

— Venez, dit-il en l'entraînant plus près du portillon. Voilà, nous y sommes. Tendez votre main bien à plat, comme ceci.

Elle obéit docilement et il la relâcha, s'efforçant d'ignorer la sensation persistante de la chaleur de sa peau contre sa paume.

L'un de ses chevaux – une jument grise du nom de Blue – s'approcha du portillon et posa les naseaux sur la main tendue de Danielle, qui la retira vivement, étouffant un petit cri, avant d'éclater de rire.

— Elle a des moustaches très douces, remarqua-t-elle.

— C'est une remarque juste, reconnut-il, esquissant

un sourire. Et il n'y a pas plus doux que Blue. Vous n'avez pas à avoir peur d'elle.

— Je n'ai peur de rien, répliqua Danielle, tendant à nouveau sa main et laissant la jument la renifler à sa guise.

Il ne le croyait pas une seconde, mais il devait reconnaître qu'elle était brave. Et fragile. Elle était de ces personnes qui pouvaient presque tout supporter, mais qui avaient un point faible dans leur cuirasse, où le moindre coup serait fatal.

— Aimeriez-vous faire une promenade à cheval, à l'occasion ? s'enquit-il.

Elle retira à nouveau la main et une expression indéfinissable apparut dans son regard. Une douceur teintée de crainte et de méfiance.

— Je ne sais pas. Pourquoi ?

— Vous paraissez aimer les chevaux.

— C'est vrai, mais je n'en ai jamais monté.

— Je serais votre professeur.

— Je ne sais pas, répondit-elle en s'éloignant de lui et du box de Blue. Je dois garder un œil sur Riley.

— Je vais engager une nounou, s'entendit-il déclarer.

— Pourquoi ? fit-elle, visiblement soupçonneuse.

— Dans l'éventualité où j'aurais besoin de vous dans des situations incompatibles avec la présence d'un bébé, répondit-il. Ce qui se produira probablement. Nous allons passer plus d'un mois ensemble et il est impossible de prévoir les situations où nous allons nous trouver. Je ne m'attendais pas à ce que vous soyez accompagnée d'un bébé. Je reconnais que cet enfant m'aidera à prouver que vous n'êtes pas l'épouse qu'il me faut, mais il se pourrait aussi que nous ayons à sortir sans lui.

Cette idée n'avait pas l'air d'emballer Danielle et il en comprenait parfaitement la raison. Elle s'accrochait à ce bébé comme à une bouée de sauvetage. Comme si, en le lâchant, elle risquait de couler à pic.

— Et j'aurais le droit de monter ces chevaux ? s'enquit-elle, encore méfiante.

— Oui, je vous l'ai déjà dit.

— Bien sûr. Mais cela ne veut pas dire grand-chose pour moi. La parole des gens ne me suffit pas. Je préfère les documents signés.

— Je n'ai pas l'intention de vous signer un contrat m'engageant à vous donner des leçons d'équitation, grogna-t-il. Vous allez devoir me faire confiance.

— Vous me demandez de faire confiance à un type bizarre cousu d'or, qui a passé une petite annonce dans le journal pour se trouver une fausse épouse ?

— Je suis le diable avec qui vous avez pactisé, mademoiselle Kelly, rappela-t-il. Je crois qu'il serait dans votre intérêt de lui faire confiance.

— Au moins, j'exige une poignée de main pour sceller notre accord.

Elle lui tendit sa main et il lut dans ses yeux qu'elle était totalement sincère. Alors, il serra cette paume dans la sienne, émerveillé par son incroyable délicatesse. À présent, il se sentait coupable de s'être mis en colère parce qu'elle avait mangé toutes ses tartelettes. Cette femme avait besoin qu'il engage un chef étoilé juste pour elle. Il allait s'assurer qu'elle ferait trois bons repas par jour. Depuis combien de temps ne s'était-elle plus alimentée convenablement ? Elle n'avait vraiment pas l'air d'une femme venant tout juste d'accoucher. Elle ne paraissait pas avoir grossi d'un gramme, et il se demanda comment elle avait pu survivre aux épreuves épuisantes de la grossesse et de l'accouchement. Naturellement, il ne lui poserait aucune question à ce sujet. Ce n'était pas son affaire. Et de tels sujets n'auraient même pas dû l'intéresser.

— Soit, déclara-t-elle enfin. Vous pouvez engager quelqu'un et j'apprendrai à monter à cheval.

— Vous êtes une négociatrice redoutable, observa-t-il en libérant sa main.

— Je devrais peut-être en faire ma profession.

Il essaya d'imaginer cette créature fragile comme une porcelaine dans une salle de conseil d'administration et il faillit éclater de rire. Mais il s'en garda bien, car il pressentait qu'elle se jetterait sur lui toutes griffes dehors s'il osait se moquer d'elle.

— Si c'est ce que vous désirez, pourquoi pas ?

— Je devrais retourner dans la maison, observa-t-elle. Riley pourrait bientôt se réveiller. Sans compter que je ne connais pas bien ce moniteur pour bébé. Je ne suis pas sûre de pouvoir lui faire confiance.

— Je comprends, répondit-il sans y croire.

Ils retournèrent ensemble vers la maison et il continua à observer du coin de l'œil la femme menue mais déterminée qui marchait à ses côtés, le front haut, les mains au fond de ses poches, comme si elle défiait le monde entier de se mettre en travers de son chemin. Ou comme si elle faisait semblant de ne pas avoir peur.

Puis il se rappela sévèrement que tout cela était sans importance. Elle n'était qu'un moyen de parvenir à son but, même s'il découvrait chez elle une complexité tout à fait inattendue.

Ces nombreuses facettes de sa personnalité n'étaient pas ce dont il avait besoin chez elle. Danielle Kelly n'avait qu'un unique rôle à jouer dans sa vie : être présentée à ses parents et jugée totalement inapte à devenir son épouse.

Il tourna à nouveau son regard vers elle, marchant à grands pas à ses côtés comme un elfe intransigeant, et il réprima un sourire.

Oui, songea-t-il, elle accomplirait parfaitement la mission qu'il lui avait assignée.

- 4 -

Danielle n'était pas encore tout à fait remise de cet épisode avec Joshua, aux écuries. Elle avait touché un cheval. Et elle l'avait touché, lui. Deux actions aussi inattendues l'une que l'autre. Il lui avait déclaré qu'ils dîneraient ensemble, ce soir, et qu'elle aurait droit à un cours intensif d'histoire familiale des Grayson. Elle n'était pas tout à fait sûre d'être prête pour cela non plus.

Elle avait passé sa maigre garde-robe en revue, à la recherche d'une tenue pouvant convenir à un dîner avec un milliardaire. Elle n'avait rien trouvé. Naturellement.

L'idée même de chercher un tel article dans ce sac qu'il soupçonnait d'être infecté par la gale était ridicule. Agacée, elle enfila le jean délavé qu'elle portait la veille.

Il n'avait probablement jamais connu de femme qui porte ses vêtements deux fois. Et moins encore le même vêtement deux jours de suite. Cette idée lui procura un plaisir un peu pervers. Après tout, elle était ici pour être jugée imprésentable. Autant commencer tout de suite.

Elle jeta un coup d'œil à son reflet dans le miroir et, glissant les doigts dans ses longs cheveux, elle fronça les sourcils. Qu'importait l'état de sa coiffure ?

Joshua était si séduisant qu'elle avait l'impression d'être une souris grise lorsqu'elle se plaçait près de lui. Elle trouvait totalement injuste qu'un homme qui disposait de ressources illimitées pour s'acheter de beaux vêtements soit en même temps beau comme un dieu.

Poussant un soupir découragé, elle souleva Riley hors de son berceau et l'installa dans le couffin pour l'emmener au dîner. À cet instant, il était réveillé et jetait des regards curieux autour de lui. Elle préférait l'emmener plutôt que le laisser seul dans la chambre.

Riley était un bébé facile à vivre. Il ne pleurait presque jamais. Mais elle savait que, durant les premiers jours de sa vie, sa mère l'avait beaucoup négligé, le laissant seul trop souvent pour aller s'amuser avec ses amis. Danielle n'aimait pas le quitter à moins qu'il ne soit endormi.

— Notre dîner est prêt, l'informa Joshua lorsqu'elle entra dans la salle à manger. Je l'ai mis à réchauffer dans le four.

— Est-ce vous qui l'avez cuisiné ?

Il quitta la pièce sans répondre à sa question, pour revenir un instant plus tard, portant deux assiettes fumantes sur un plateau. Elle mourait de faim et il lui importait peu de savoir ce qu'il y avait dans son assiette. Pour elle, ce serait forcément un repas de gourmet. C'était chaud, et cela ne provenait pas d'une boîte de conserve. Sans compter qu'ils allaient dîner à une jolie table dans une luxueuse salle à manger. Ils étaient très loin de son minuscule appartement, avec sa table pliante de camping.

C'était un repas impeccablement diététique, ce qui

la surprit un peu après avoir découvert son goût immodéré pour les tartelettes aux fruits hypercaloriques.

— Poulet au risotto, annonça-t-il.

— « Risotto » ? s'étonna-t-elle. Qu'est-ce que c'est ?

— Pour faire simple, c'est une spécialité italienne de riz au bouillon avec divers ingrédients, expliqua-t-il.

Au moins, songea-t-elle, il ne l'avait pas dévisagée comme si elle avait été une extraterrestre parce qu'elle ignorait ce qu'était le risotto. Puis elle se souvint qu'il lui avait déclaré être d'origine modeste. Peut-être avait-il l'habitude de côtoyer des gens au palais moins sophistiqué que le sien.

À présent curieuse, elle ramassa sa fourchette et goûta prudemment une première bouchée. C'était bon. C'était même délicieux. Et, presque sans s'en rendre compte, elle fit disparaître le contenu de son assiette. Levant alors les yeux, elle s'aperçut qu'il avait à peine avalé deux bouchées et elle se sentit rougir jusqu'aux oreilles.

— Il reste encore du risotto, observa-t-il.

Là-dessus, il ramassa l'assiette devant elle et retourna dans la cuisine, la laissant seule, et plus qu'un peu embarrassée, à attendre son retour.

Il réapparut un instant plus tard avec son assiette à nouveau bien garnie et la casserole contenant le reste du risotto dans l'autre main.

— Régalez-vous, dit-il en posant le tout devant elle.

C'était une excellente suggestion et elle n'allait certes pas le contrarier. Elle termina le poulet avec délectation, puis elle se servit une troisième portion de risotto. Enfin, elle prit le temps de passer à la salade.

— Ne devions-nous pas discuter de mes devoirs

de fiancée, et de tout le reste ? remarqua-t-elle, s'apercevant soudain qu'il la dévisageait en silence.

— J'ai pensé qu'il serait préférable de vous laisser d'abord dîner tranquillement.

— C'est étonnamment aimable de votre part, commenta-t-elle, avalant une nouvelle bouchée.

— Vous semblez… avoir faim.

C'était l'euphémisme du siècle. Elle avait faim. Faim d'une multitude de choses. La nourriture n'était qu'une nécessité secondaire.

— Ces quelques derniers mois ont été plutôt chaotiques, expliqua-t-elle en soupirant.

— Quel âge a le bébé ? Quel âge a… euh… Riley ?

Pour la première fois, elle nota qu'il semblait éviter d'appeler Riley par son nom. Et même qu'il faisait de son mieux pour l'ignorer complètement.

À l'évidence, Riley n'en était pas du tout incommodé. Confortablement allongé dans son couffin, il contemplait le plafond de ses yeux bleu-gris, mâchonnant avec indolence son petit poing.

C'était au moins un côté positif de cette situation. Riley était si petit que tous ces bouleversements ne le perturbaient pas beaucoup. Il avait survécu à toutes les erreurs de leur mère sans trop en souffrir. Tout du moins Danielle l'espérait-elle de tout cœur.

— Il a presque quatre mois, précisa-t-elle, esquissant un doux sourire.

Certes, il n'avait pas été facile de s'occuper de son demi-frère. Elle avait dû surmonter de nombreuses difficultés. Mais ce bébé avait fait naître en elle une motivation qui, jusque-là, avait été absente dans sa vie.

Avant Riley, elle s'était plus ou moins contentée de savourer sa nouvelle liberté, de ne plus devoir constamment réparer les catastrophes que sa mère semait sur son chemin. Elle travaillait dans un magasin et elle sortait avec des amies après le travail, pour prendre un café ou déguster des *burritos* au restaurant mexicain ouvert la nuit.

Elle menait une vie simple et presque sans souci. C'était un luxe qui lui avait été refusé durant les années qu'elle avait vécues avec sa mère, à gérer ses innombrables drames amoureux, ses plans boiteux pour améliorer leur quotidien et ses interminables crises de déprime.

De longues années durant lesquelles elle aurait dû mener la vie d'une enfant, mais où elle avait dû assumer un rôle de parent. Lorsque sa mère s'écroulait dans la salle de bains parce qu'elle avait trop bu, c'était Danielle qui devait s'occuper d'elle, placer un oreiller sous sa tête, avant de se préparer un toast en guise de dîner et de faire ses devoirs pour l'école.

C'est pourquoi s'occuper uniquement d'elle-même lui avait semblé aussi simple. Pour être honnête, elle en avait un peu voulu à Riley, au début. Elle redoutait de devoir à nouveau prendre en charge une autre personne. Mais, s'occuper d'un bébé s'était avéré très différent. Cet enfant n'était pas la victime de ses propres choix erronés, mais de circonstances extérieures.

Pour elle, Riley était un reflet de l'enfant qu'elle avait été autrefois.

À la différence qu'elle-même n'avait eu personne pour intervenir en sa faveur et s'occuper d'elle lorsque sa mère manquait à ses devoirs les plus élémentaires. Riley, lui, avait quelqu'un sur qui il pouvait compter. Et c'était cette idée qui la motivait passionnément et lui donnait de l'énergie. Et ce besoin de dévouement était accompagné d'un amour inconditionnel, tel qu'elle n'en avait jamais ressenti pour un autre être humain. Elle ferait tout pour Riley. Elle lui donnerait tout.

— Dois-je comprendre que vous êtes restée seule avec lui durant tout ce temps ?

Elle ne savait pas vraiment pourquoi elle hésitait tant à lui avouer que Riley n'était pas son fils. Peut-être parce que, en pratique, ce bébé était son fils. Elle projetait de l'adopter officiellement aussitôt qu'elle en aurait les moyens, lorsque sa propre vie serait suffisamment en ordre pour que les services sociaux lui donnent une réponse favorable.

L'autre argument, c'était que, tant que les gens le pensaient son fils, ils s'abstenaient de lui suggérer d'autres solutions pour son bien. Joshua Grayson était un homme froid. Il semblait avoir une famille qui l'aimait et qui essayait de le soutenir, mais, au lieu de l'attendrir, cette affection dont il était entouré le faisait enrager. Il se servait d'elle pour punir son père d'être intervenu dans sa vie d'une façon qu'elle jugeait tout à fait innocente. C'était mesquin de sa part, d'autant que, bénéficiaire de son plan idiot, elle était mal placée pour le juger.

Elle avait tout de même le pressentiment que, s'il apprenait que Riley n'était pas son fils, Joshua lui suggérerait de se conduire en « personne responsable ». C'est-à-dire de confier Riley à une vraie famille, avec deux parents. Elle n'avait pas du tout envie d'avoir une telle discussion avec lui. Ni avec personne d'autre, d'ailleurs. Elle n'avait déjà que trop de handicaps. Elle n'avait pas envie de se disputer avec lui à ce sujet-là aussi.

— La plupart du temps, oui, reconnut-elle, naviguant

prudemment entre vérité et mensonge. Depuis qu'il a trois semaines. Et j'ai pensé… J'ai pensé que j'en étais capable. J'étais indépendante depuis longtemps. Ensuite, je me suis aperçue que les problèmes logistiques s'accumulent lorsqu'on ne peut pas quitter son appartement en cas de besoin. Il est plus difficile de trouver du travail et je n'avais pas les moyens de payer une garde d'enfants. Les établissements subventionnés sont toujours pleins, alors j'échangeais des heures dc baby-sitting avec une voisine, mais nos horaires n'étaient pas toujours compatibles. Enfin, bref, c'était difficile. Vous comprendrez donc sûrement pourquoi répondre à votre annonce m'est apparu comme la meilleure solution possible.

— Comme je vous l'ai déjà dit, je n'ai pas l'intention de vous juger pour avoir accepté ma proposition.

— J'essaie seulement de vous expliquer que, dans d'autres circonstances, je l'aurais probablement ignorée. Mais ma vie s'était terriblement compliquée. J'ai perdu mon emploi parce que mes horaires n'étaient pas assez flexibles et que je manquais trop souvent le travail lorsque je ne trouvais personne pour garder Riley.

— Eh bien, répondit-il, une expression indéfinissable sur son visage, vous devriez bientôt avoir un souci de moins. Vous aurez largement les moyens de faire garder votre fils.

Et pas seulement cela, songea-t-elle. Elle allait enfin pouvoir prendre de vraies décisions concernant sa vie et ce qu'elle en attendait. Plus tôt ce jour-là, lorsque Joshua lui avait demandé si elle comptait ou non retourner à Portland, elle avait soudain compris que c'était la première fois de sa vie qu'elle serait libre de décider de son lieu de résidence, au lieu de rester où elle était parce que c'était plus simple. Elle allait enfin pouvoir prendre son destin en main.

— Oui, sans doute, répondit-elle, déterminée à ramener cette conversation dans la bonne direction. Alors, je suppose que nous devrions parler de votre famille.

Elle n'avait pas besoin de lui parler d'elle-même. Il était inutile qu'ils cherchent à mieux se connaître. Elle devait seulement accomplir la mission pour laquelle il la payait : tromper sa famille, mentir et faire tout ce qu'il lui demanderait dans ce sens. Pour que Riley et elle puissent commencer leur nouvelle vie.

— Je vous ai déjà dit que ma sœur est une architecte de génie. Mon frère aîné, Isaiah, est l'expert financier de la famille, et mon domaine à moi, c'est la communication. Nous avons aussi un autre frère nommé Devlin, marié et père de deux enfants, qui dirige un petit ranch dans les environs. Et, enfin, il y a mes parents.

— Raison pour laquelle nous nous trouvons dans cette situation, conclut-elle.

En prononçant ces mots, elle jeta un regard en coin à la casserole de risotto et décida de s'en servir une autre cuillerée tout en poursuivant leur conversation.

— Il ne s'agit pas tant de ma mère, précisa-t-il. Elle se désole pour moi, bien sûr, me lance des regards tristes et rêve de me voir marié. Mais c'est mon père qui fait de l'ingérence active.

— C'est assez surprenant, observa-t-elle. Enfin, bien sûr, ce que je sais des pères, je l'ai appris par la télévision. Je n'ai jamais eu de père moi-même. Oui, enfin, je suppose que j'en ai un quelque part, mais je ne l'ai jamais rencontré, ajouta-t-elle comme il la dévisageait d'un air surpris. Je ne connais même pas son nom.

Elle se rendit soudain compte que sa propre histoire était très similaire à ce qu'elle lui avait raconté au sujet de Riley, sauf que le problème ne venait pas d'elle, mais de sa mère. Et du fait que celle-ci répétait le même cycle encore et encore, sans faire le moindre effort pour changer.

— Vous avez dû en souffrir, remarqua-t-il. Je suis désolé.

— Ne le soyez pas. Je parie que c'était un bon à rien. C'est bien ce que les circonstances semblent indiquer, non ?

— En effet, c'est fort probable, convint-il.

— Mais le sujet, ici, n'est pas mon manque de figure paternelle, rappela-t-elle. Nous parlons de la présence envahissante de votre géniteur.

— Ma mère est assez vieux jeu, observa-t-il en riant. Et mon père également. Mon frère Devlin l'est aussi un peu, mais il y a quand même un côté rebelle chez lui, comme ses tatouages, entre autres choses. Il deviendra probablement votre allié, car il n'est marié que depuis quelques mois. Autrement dit, tout ce qui touche à l'amour le rend sentimental. Mon frère Isaiah ne vous appréciera pas du tout. Ma sœur fera de son mieux pour vous accepter. Pour résumer, si vous poussez des jurons, si vous mangez la bouche grande ouverte, si vous posez les coudes sur la table, ou si, en règle générale, vous vous conduisez comme une chatte de gouttière, ma famille vous trouvera probablement indigne de m'épouser. Si vous pouviez, en outre, déclarer en quelques occasions que vous êtres impatiente de dépenser mon argent et que vous avez déjà mis au monde un bébé il y a quatre mois de cela, ce serait parfait, conclut-il après une pause.

— Le fait que je sois accompagnée d'un bébé de quatre mois devrait suffire à le prouver, observa-t-elle.

L'idée de se présenter au ranch de sa famille et de se comporter comme un cauchemar ambulant ne lui paraissait plus aussi anodine qu'au départ. Désormais, elle connaissait les noms de tous les membres de sa famille et ils commençaient à devenir beaucoup plus réels.

— C'est un petit plus, bien sûr, reconnut-il. Dommage qu'il soit si calme. Cela pourrait nous aider, s'il hurlait un peu.

— Je n'en suis pas aussi sûre que vous, répliqua-t-elle en riant. Je soupçonne que votre mère et votre sœur pourraient être tentées de le prendre dans leurs bras. Le vrai problème serait là. Pas qu'ils me détestent tous – cette partie-là sera facile –, mais qu'ils ne puissent pas s'empêcher d'aimer Riley.

Ce commentaire lui fit l'effet d'un coup de poing au plexus. Elle commençait à comprendre les risques de leur petit jeu. Elle allait mentir à tous ces gens. Certes, sa mission était de se rendre insupportable, mais ils penseraient qu'elle était sur le point de devenir leur belle-fille, leur belle-sœur… et que Riley serait leur petit-fils, leur neveu.

Toutefois, ce serait un mensonge.

C'est le jeu, petite gourde, se tança-t-elle. *Et quelle importance ? Ce ne sont que des inconnus, pour toi. Riley est toute ta vie. Il est sous ta responsabilité. Alors que tu ne reverras jamais les autres.*

— Nous ne les laisserons pas prendre le bébé, voilà tout, décréta-t-il d'un ton coupant, comme s'il avait compris la justesse de son argument et que cela l'agaçait.

Elle aurait aimé comprendre pourquoi il était à ce point déterminé à mettre un terme aux tentatives de son père de jouer les entremetteurs. Pour une personne comme elle, qui n'avait jamais beaucoup compté pour ses parents, cette irritation envers une famille qui ne voulait que son bien était presque incompréhensible.

— D'accord, consentit-elle, cela me convient. Dois-je comprendre que vous suggérez que… je laisse simplement s'exprimer mon charme naturel ?

— Bien sûr, nous allons devoir mettre au point une histoire, concernant notre relation. Au moins, nous n'aurons pas à inventer les circonstances de notre rencontre. Nous pouvons déclarer que c'est grâce à une petite annonce que nous nous sommes connus.

— Celle de votre père, je suppose. Pas la vôtre.

— Naturellement.

Elle contempla un instant Joshua, assis en face d'elle à la grande table, et jugea qu'il aurait été difficile de trouver deux personnes moins susceptibles qu'eux de former un couple heureux sur toute la surface de la terre.

Deux étrangers s'observant de part et d'autre d'une rue avaient plus de chances de passer pour des amoureux que Joshua et elle.

— Je doute que nous convainquions qui que ce soit, remarqua-t-elle en soupirant.

— Que voulez-vous dire ? grogna-t-il.

— Nous ne sommes pas des fiancés crédibles.

Elle se leva et, faisant le tour de la table, alla s'asseoir sur la chaise voisine de la sienne. Elle l'observa un instant, notant son menton volontaire, ses lèvres au dessin ferme. Il était très, très bel homme. Mais, aussi, désespérément sévère.

— Si je comprends bien, vous désirez faire croire à votre famille que vous avez perdu la raison en vous fiançant avec une femme indigne de vous, c'est bien cela ?

— C'est l'idée, oui.

— Dans ce cas, vous devez absolument leur faire croire que vous êtes fou de moi. Malheureusement, Joshua, je vous trouve bien trop lucide. Vous êtes… responsable. Une véritable figure de pouvoir. Personne n'ira croire que vous êtes amoureux de moi. En tout cas, pas si vous n'avez pas l'air un peu plus… détendu.

L'ombre d'un sourire étira ces lèvres qui avaient déjà attiré son attention un peu plus tôt. Ses yeux d'azur se firent plus chaleureux et cette nouvelle chaleur se réverbéra dans son propre corps comme une onde brûlante.

— Ce que vous voulez dire, c'est que nous devrions avoir l'air d'entretenir une relation plus… intime, c'est ça ?

— Ce… n'était qu'une suggestion, bredouilla-t-elle, la gorge sèche.

— Une suggestion essentielle, il me semble, murmura-t-il en se penchant vers elle, son regard rivé au sien.

Puis il leva une main vers son visage et elle recula si précipitamment qu'elle faillit faire basculer sa chaise.

— On dirait que je ne suis pas le seul à me sentir un peu stressé, remarqua-t-il.

— Moi ? se défendit-elle, respirant bien à fond pour se calmer. Pas du tout !

Elle n'avait pas l'habitude des hommes, ni que les

hommes la touchent. De temps à autre, certains petits amis de sa mère avaient habité chez elles, mais aucun d'eux n'avait jamais eu de comportement inapproprié avec Danielle. En outre, elle ne s'était jamais sentie assez proche d'eux pour même les serrer dans ses bras, quelle que soit l'occasion.

Et, surtout, elle n'était pas habituée à côtoyer des hommes si beaux que le simple fait de les regarder en face confinait à la souffrance physique.

— Vous aviez raison, nous devrions nous appliquer davantage à avoir l'air d'un couple. Et cela signifie que vous devrez éviter de courir vous réfugier sous les meubles chaque fois que je m'approche de vous.

Elle s'assit bien droite, les mains immobiles sur ses genoux, avant de marmonner :

— Je ne me suis pas enfuie, vous voyez ?

— Vous en avez été dangereusement proche, observa-t-il.

— Ce n'est pas vrai. Je…

Au même instant, la paume tiède de Joshua entra en contact avec sa joue et elle cessa de respirer. Son pouce glissa lentement sur la courbe de son visage jusqu'au léger creux, juste sous ses lèvres, sans que ses yeux quittent les siens une seule seconde. Elle se sentait… étourdie, et elle avait chaud. Très chaud. Elle brûlait comme si une chaudière s'était allumée dans son corps à la seconde où sa main s'était posée sur sa peau nue.

Il s'attendait sûrement à ce qu'elle flirte avec lui. Qu'elle joue à fond le rôle de la fille de petite vertu avide d'argent qu'il lui avait réservé. C'était ce que sa famille était censée penser d'elle. Mais, à cet instant précis, elle se sentait totalement paralysée par le choc.

Elle prit une profonde inspiration, s'efforçant de se ressaisir. Pourtant, lorsque le pouce de Joshua effleura ses lèvres d'une caresse sensuelle, sa façade de sérénité se désintégra tout à fait. Ce contact était presque trop intime, comme une douce transgression de toutes les convenances. Une sensation qu'elle éprouvait pour la toute première fois mais, qui n'était pas franchement déplaisante.

Une nouvelle femme semblait s'éveiller en elle. Comme si elle découvrait soudain certaines parties de son corps qui lui étaient restées inconnues jusque-là.

Comme il l'avait suggéré tout à l'heure, elle avait envie de courir se réfugier sous les meubles ou de s'enfuir à toutes jambes dans la nuit. De se mettre à l'abri d'un danger qu'elle ne faisait que pressentir.

Le problème, c'était qu'il la tenait encore sous le feu de son regard. Ces yeux d'azur étaient comme des chaînes qui l'attachaient solidement à son siège. Et son pouce, pressant contre ses lèvres, était lourd, trop lourd pour qu'elle puisse le repousser. Pour qu'elle essaie même de lutter. Mais, à la réflexion, en avait-elle réellement envie ?

Cette sensation gagna lentement la totalité de son corps, faisant tomber une à une toutes ses barrières, éveillant en elle des désirs inattendus.

La caresse de son doigt lui communiquait une promesse qu'elle n'avait jamais su avoir besoin qu'on lui fasse.

Elle était sur le point de reprendre ses esprits, de s'écarter de lui, lorsqu'il referma la distance entre eux et l'embrassa.

Ses lèvres étaient tièdes et fermes, son baiser très différent de tout ce qu'elle avait pu imaginer. Elle avait toujours cru qu'un baiser vous faisait perdre la raison, vous transformait, que c'était une force irrésistible, à en juger par la façon dont sa mère se comportait.

Lorsque sa mère était amoureuse – tout du moins c'était ainsi qu'elle nommait cet état, même si Danielle avait toujours su que ce n'était que du désir sexuel –, elle devenait une tout autre personne.

Bien sûr, Danielle avait toujours su qu'un baiser pouvait avoir de puissants effets. Mais elle n'avait certes pas imaginé qu'elle resterait à ce point elle-même lorsqu'un homme posait ses lèvres sur les siennes, qu'elle serait parfaitement consciente de tout ce qui l'entourait et de ce qu'elle était en train de faire : de la pression de ses lèvres généreuses contre les siennes, de la chaleur de sa main contre sa joue, de cet incendie de désir qui s'était allumé en son centre et qui lui criait que ce baiser ne suffirait pas.

Un désir qui lui fit comprendre qu'elle espérait bien davantage. Il existait autre chose qu'elle devait découvrir.

Cet homme quasiment étranger l'embrassait si bien qu'elle aurait voulu que cela ne s'arrête jamais.

Dans un geste instinctif, elle leva son visage vers le sien, entrouvrant ses lèvres, lui permettant d'approfondir son baiser, éprouvant une excitation immodérée à goûter cette douce invasion. Elle découvrait, éblouie, tout ce qui lui avait manqué sans qu'elle s'en doute.

C'était là une seconde surprise. Car elle n'avait pas seulement imaginé qu'une femme perdait toute volonté lorsqu'un homme l'embrassait. Elle s'était aussi imaginé qu'elle-même était totalement immunisée contre cette faiblesse. Parce qu'elle en avait vu cent fois le résultat. Elle connaissait le prix à payer.

Et cependant, elle était assise là et elle permettait à cet homme de l'embrasser et de l'embrasser, encore et encore. Elle était Danielle Kelly et elle se soumettait à cet assaut sensuel avec un abandon presque choquant.

Elle avait gardé les mains sur ses genoux dans une attitude presque guindée, mais elle répondait à son baiser avec délices, avec reconnaissance, savourant sa lenteur sensuelle. Excitante. Délicieusement troublante.

Les mains de Joshua se remirent alors en mouvement, glissant sur sa nuque, sur ses épaules, descendant jusqu'à sa taille pour l'enlacer. Elle creusa instinctivement les reins, regrettant de ne pas pouvoir presser son corps contre le sien, annuler la distance qui les séparait. Car il était toujours assis sur sa chaise, et elle sur la sienne.

Quand il recula un peu, elle suivit docilement le mouvement, se blottissant contre lui avec un abandon presque humiliant. Elle désirait retrouver le goût de sa bouche, que Joshua Grayson, son complice dans une manipulation absurde, l'homme qui l'avait engagée comme fausse fiancée, l'embrasse encore.

— Cela ira, déclara-t-il brusquement en lui pinçant gentiment le menton, ses yeux d'azur brillant rivés aux siens. Oui, mademoiselle Kelly. Je crois que cela ira très bien.

Puis il acheva de la relâcher, s'adossant à nouveau à sa chaise pour retourner son attention vers son dîner.

Elle se sentit rougir jusqu'aux oreilles. Il n'avait rien ressenti du tout. Il n'avait fait que lui prouver un fait. C'était une simple répétition destinée à mettre au point la comédie qu'ils devaient jouer devant sa famille le lendemain soir. Ce baiser n'avait rien changé pour lui. Ce n'était que la rencontre de deux bouches, rien de plus.

Pour elle, c'était le tout premier baiser. Tout un monde s'était révélé à elle.

Et, à cet instant précis, elle entrevit pour la première fois à quel point un homme pouvait faire souffrir une femme en l'humiliant. Simultanément, elle fit pour la première fois l'expérience personnelle de la furie d'une femme blessée dans son orgueil.

Elle se leva et alla se placer derrière lui, puis, sans réfléchir à ce qu'elle faisait, elle plaça les mains sur ses larges épaules. Alors, se penchant un peu, elle glissa les mains sous le col de sa chemise pour les poser sur son torse.

Ses paumes rencontrèrent une peau brûlante, des muscles durs et elle faillit laisser échapper un gémissement. Elle dut faire appel à toute sa volonté pour résister à son envie de s'enfuir et de retirer précipitamment les mains, comme une enfant qui vient de se brûler en ouvrant le four.

Elle n'avait jamais touché un homme de cette façon et elle était épouvantée de découvrir à quel point cette petite vengeance, cette petite rébellion contre son attitude blasée, était excitante.

— Oui, murmura-t-elle, se penchant pour mordiller le lobe de son oreille, je pense effectivement que c'était très convaincant.

Elle se redressa, laissant traîner lentement les doigts sur sa peau, ignorant d'où lui venait cette assurance nouvelle, cette connaissance intuitive, cet instinct féminin apparemment inné qui lui permettait de jouer de la sorte avec lui. Mais elle le sentait, aucun doute là-dessus.

Elle était officiellement en train de jouer le rôle de la petite coquine impertinente. Étant donné que c'était dans ce but qu'elle avait été engagée, il était parfaitement raisonnable qu'elle ait flirté ainsi avec lui. Mais, lorsqu'elle retourna vers Riley et qu'elle souleva son couffin de transport, son cœur battait à tout rompre.

— Je crois que je vais aller dormir, déclara-t-elle. Je dois être fraîche et dispose pour rencontrer votre famille demain.

— Demain, vous porterez une autre tenue, déclara-t-il d'un ton qui n'admettait aucune réplique.

— Pourquoi ? s'étonna-t-elle, baissant les yeux vers son vieux pull et son jean délavé. Cela n'a aucun sens. Vous désiriez que je sois le plus choquant possible. Autant garder ces vêtements-là.

— Non, répliqua-t-il. Ma famille doit vous désapprouver, mais il faut tout de même que la situation reste crédible. De plus, je pense qu'une croqueuse de diamants exigerait tout de suite une somptueuse nouvelle garde-robe, n'êtes-vous pas de mon avis ?

Elle crut le voir réprimer un sourire. Il devait essayer de la punir pour sa petite démonstration de tout à l'heure. Elle se demandait seulement où était le piège.

— Je ne sais pas, grommela-t-elle.

— Voyons, mademoiselle Kelly, ne m'avez-vous pas déclaré vous-même que vous étiez une croqueuse de diamants ? C'est pour cela que vous êtes venue, non ? Pour mon argent.

— Oui, je suppose que c'est vrai, convint-elle d'un ton froid. Pour l'argent, pas pour une garde-robe neuve. Cela signifie donc que c'est encore à vous de payer pour ces extras.

— Considérez que c'est fait, répondit-il en rivant ses yeux d'azur brillant dans les siens.

Cet homme représentait un danger pour elle. Et si elle avait appris une chose concernant Joshua Grayson, c'était que, s'il déclarait qu'un événement allait se produire, il se produisait toujours.

- 5 -

Joshua ne comptait pas essayer de transformer Danielle en femme du monde en un seul jour. Il faisait aussi de son mieux pour ne pas trop penser à la douceur de ses lèvres sur les siennes. À la sensation de ses mains parcourant son torse.

Ce qui était vrai, en revanche, c'était qu'il devait faire en sorte qu'ils aient l'air d'un couple. Mais il ne devait à aucun prix se laisser distraire par sa beauté. Il avait mille bonnes raisons pour rester le plus loin possible de Danielle Kelly – sauf, naturellement, lorsqu'ils jouaient la comédie du couple. Ils allaient devoir se toucher quelquefois, bien entendu, mais il n'avait pas l'intention de profiter d'elle.

En premier lieu, elle était financièrement à sa merci. Ensuite, cette femme était synonyme de complications. Et il désirait que sa vie reste calme.

En temps normal, il se contrôlait parfaitement. Si une situation ne se prêtait pas à une aventure sexuelle, il s'en abstenait, tout simplement. Et c'était justement le cas à cet instant, ce qui signifiait qu'il allait devoir mettre sa sexualité à la diète jusqu'à la fin de son association avec Danielle.

Ce qui ne devrait pas lui poser de problème notable.

Il avait en réserve une petite liste de femmes qu'il voyait de temps à autre. Il en choisirait une, qu'il contacterait après le départ de Danielle. Il lui restait seulement à convaincre son corps et son cœur que c'était la seule voie raisonnable.

Hélas, le souvenir de leur baiser de la veille – et de l'invraisemblable chaleur qui s'en était dégagée – ne cessait de le hanter.

Puis Danielle apparut, vêtue de la petite robe noire qu'il lui avait fait livrer.

Il eut la confirmation qu'il allait lui falloir plus de vingt-quatre heures pour lui apprendre la sophistication. Ses longs cheveux bruns et lisses lui descendaient toujours jusqu'à sa taille et, pour tout maquillage, elle ne portait qu'une touche de brillant à lèvres rose pâle.

Mais la coupe toute simple de la robe mettait en valeur sa silhouette mince et ses petits seins adorables, jusque-là dissimulés sous son pull informe.

Elle descendait les marches, portant à deux mains le siège pour bébé avec une difficulté visible. Craignant de la voir chuter, il se précipita pour la soulager de ce fardeau. Lorsqu'il baissa les yeux vers l'enfant, une étrange émotion lui serra le cœur.

— Je ne voudrais pas que ce bébé ou vous vous rompiez le cou en tombant, remarqua-t-il d'un ton plus bougon qu'il n'en avait eu l'intention. Cette charge est trop lourde pour vous.

— Dans ce cas, proposez-moi votre aide plus tôt la prochaine fois, répliqua-t-elle. D'ailleurs je monte et descends des escaliers en portant Riley depuis sa naissance. J'habitais un appartement au troisième étage sans ascenseur.

— J'imagine qu'il est plus lourd aujourd'hui.

— Ah, parce que vous êtes aussi un expert en développement de l'enfant ? ironisa-t-elle.

— Pas vraiment, convint-il en se renfrognant.

Ensemble ils se dirigèrent vers la porte. Soucieux d'établir clairement qu'il était responsable de la soirée, il posa sa main au creux de son dos, juste au-dessus de ce que la robe suggérait être un magnifique derrière.

Il avait placé sa main là exprès pour la troubler. Mais, ce qu'il n'avait pas anticipé, c'était qu'il serait lui-même au moins aussi troublé qu'elle par ce contact.

Il sortit rapidement, lui proposa de porter Riley et lui laissa le siège afin qu'elle l'installe elle-même sur la base spéciale qu'il avait fait livrer avec toutes les fournitures pour bébé. Puis il se mit au volant et attendit qu'elle monte à l'avant.

— Pourriez-vous allumer le chauffage ? suggéra-t-elle en frottant ses bras nus comme si elle avait froid.

— Pourquoi n'avez-vous pas emporté une veste ? observa-t-il alors qu'ils sortaient du parking.

— Je n'en ai aucune, répondit-elle. Je ne possède que deux pulls et je doute que l'un ou l'autre soit assorti à ma robe.

Il arrêta brusquement le moteur pour, ôtant sa propre veste, la lui tendre. Elle se contenta de la fixer comme s'il lui montrait un ragondin vivant.

— Prenez-la, insista-t-il.

Elle fronça les sourcils, puis, après une brève hésitation, lui prit la veste des mains et l'enfila.

— Merci, lâcha-t-elle d'une voix presque inaudible.

Ils roulèrent en silence jusqu'à la maison de ses parents. Dans la voiture, les seuls sons provenaient du bébé confortablement assis à l'arrière. Un rappel fort à propos de la soirée qui les attendait. Il s'apprêtait à présenter une fiancée surprise – et un bébé surprise – à ses parents. Or, tout à coup, son plan ne lui apparaissait plus tout à fait sous le même jour.

Il allait jeter Danielle et Riley dans la fosse aux lions.

Joshua serra les dents, ses mains crispées sur le volant. L'interminable traversée de la ville touchait à sa fin. Il tourna à gauche sur une route secondaire, puis s'engagea sur un chemin de terre et ils arrivèrent bientôt en vue du modeste ranch qui était toujours le foyer de ses parents.

Et qu'une partie de son cœur considérait toujours comme son propre foyer.

Il se tourna vers Danielle et constata qu'elle avait pâli.

— Tout ira bien, la rassura-t-il.

Elle contempla un instant la bague à son doigt, puis releva les yeux vers lui.

— Je suppose qu'il est temps d'entrer en scène.

Danielle se sentait nerveuse. Elle avait si chaud qu'elle n'avait plus du tout besoin de la veste de Joshua. Mais ce n'était pas la robe ni les chaussures neuves qu'il lui avait commandées qui avaient fait grimper sa température. C'était la veste. Bien sûr, c'était le but même d'une veste, mais dans ce cas-ci la raison était tout autre : Joshua avait remarqué qu'elle avait froid et cela ne l'avait pas laissé indifférent.

Il lui avait offert sa propre veste afin qu'elle se sente bien.

Le vêtement était trop grand pour elle et ses manches étaient si longues que ses mains y disparaissaient entièrement. Et il était imprégné de son odeur. Depuis l'instant où elle l'avait enfilée, elle luttait contre un impérieux besoin d'enfouir son visage dans le tissu et de se perdre tout entière dans cette fragrance masculine qui lui rappelait celle de sa peau… Sa peau qu'elle avait goûtée avec délices la veille.

Debout sous le porche de cette modeste bâtisse où Joshua avait grandi, même s'il était difficile de le croire, sa veste sur les épaules et Joshua lui-même portant Riley dans son siège auto, il n'aurait été que trop facile de croire qu'ils étaient un vrai couple et qu'il s'apprêtait à la présenter à ses parents.

Elle portait même sa veste. Sa veste encore tiède de la chaleur de son corps et qui sentait…

Elle était encore perdue dans ses rêveries lorsque la porte s'ouvrit. Une femme blonde aux cheveux grisonnants et aux yeux exactement du même bleu que ceux de son fils leur offrit un sourire de bienvenue.

— Ah, c'est toi, Joshua, dit-elle, lançant un regard en coin à Danielle et s'efforçant visiblement de n'avoir pas l'air choquée. Je ne t'attendais pas si tôt. Et j'ignorais que tu nous amenais une invitée.

Son regard descendit vers le siège auto, et elle corrigea :

— Euh… Deux invités.

— J'ai pensé que ce serait une bonne surprise, répondit-il.

— Quoi donc, mon chéri ?

Un homme qui ne pouvait être que le père de Joshua apparut derrière elle sur le seuil. Il était grand, avec des cheveux et des yeux bruns. Lui aussi avait l'air très aimable. Chez l'une comme chez l'autre, il y avait une chaleur et une gentillesse naturelle qui paraissaient absentes chez leur fils.

Danielle sentit à nouveau la chaleur de la veste, et elle tempéra cette opinion. Joshua ne respirait peut-être pas la gentillesse, mais elle était là, enfouie au fond de lui. Ce qu'elle ne parvenait pas à comprendre, c'était pourquoi il cherchait à la dissimuler.

Elle-même était susceptible et d'un caractère difficile, mais, au moins, elle avait une excuse. Sa famille était la pire qui puisse exister. Alors que, d'après ce qu'elle savait, la famille de Joshua était seulement coupable de trop l'aimer. Comment avoir pitié d'un homme riche à millions, aux parents aimants dont la seule faute était d'intervenir dans sa vie davantage qu'il ne le jugeait raisonnable ?

— Qui est cette jeune femme ? s'enquit son père.

— Danielle, je te présente mes parents, Todd et Nancy Grayson, dit Joshua d'une voix suave, en passant au tutoiement de circonstance. Maman, papa, j'ai le plaisir de vous présenter Danielle Kelly. Merci, papa, car c'est à toi que je dois de l'avoir rencontrée.

— Vraiment ? fit son père d'un air stupéfait.

— Oui, naturellement, confirma Joshua. Elle a répondu à ton annonce dans le journal. Danielle est ma fiancée.

Après ce bref échange, ils furent précipitamment introduits dans la maison, où un concert d'exclamations les accueillit. La maison était déjà pleine de gens. Une jeune femme était assise dans un coin, près d'un colosse tatoué bâti comme un lutteur, visiblement un parent de Joshua, qui tenait sa main. Un autre homme, aussi grand que Joshua, aux yeux du même bleu, mais aux cheveux un peu plus sombres, se trouvait près d'eux.

— Mon frère Devlin, dit Joshua, désignant le colosse aux tatouages avant d'enlacer la taille de Danielle. Et son épouse, Mia. Et voici mon frère Isaiah. Je suis surpris de voir que sa brillante assistante, Poppy, n'est pas ici avec lui.

— Isaiah ? lança une petite femme aux cheveux sombres, attachés en chignon, qui apparut sur le seuil de la cuisine. Voulez-vous une bière ou un whisky ?

Depuis son élégant chignon d'où s'échappaient quelques boucles folles encadrant son joli visage, jusqu'à ses pieds minuscules chaussés d'escarpins à hauts talons, elle était impeccable. Elle portait une jupe légèrement évasée aux hanches et recouvrant ses genoux, et un haut de couleur unie très près du corps.

— C'est sa… petite amie ? s'enquit Danielle.

— Absolument pas, corrigea Poppy en riant. Je suis son assistante.

Danielle trouva curieux qu'une assistante soit présente à une réunion de famille, mais elle se garda bien d'en faire la remarque.

— Poppy est bien plus qu'une assistante, observa Nancy Grayson. Elle fait partie de la famille. Elle est avec eux depuis qu'ils ont créé leur société.

Danielle n'avait reçu aucune information concernant leurs relations familiales parce qu'elle était ici uniquement pour se faire détester, pas pour se lier d'amitié avec eux.

La porte se rouvrit à cet instant et, cette fois-ci, ce fut une femme blonde, plus jeune, qui fit son entrée.

— Désolée d'être en retard, s'excusa-t-elle. Je terminais un projet et je n'ai pas vu le temps passer.

Elle avait les mêmes yeux que Joshua. C'était sûrement sa sœur, Faith, l'architecte dont il lui avait parlé avec tant de joie et d'orgueil. Une femme du même âge que Danielle, mais infiniment plus accomplie, à tel point qu'elles auraient pu appartenir à des espèces totalement différentes.

— Cette jeune femme est la fiancée de Joshua, expliqua Todd Grayson à la nouvelle venue. Il lui a demandé de l'épouser.

— Ferme la porte, papa, dit Faith. C'est vrai, Joshua ?

— Oui, mentit Joshua sans tiquer.

— C'est merveilleux, assura Faith en s'avançant pour serrer son frère dans scs bras, avant de faire de même avec Danielle.

— Dois-je comprendre que personne ne va poser de questions au sujet du bébé ? intervint Isaiah.

— À l'évidence, tu comptes t'en charger, remarqua Devlin.

— Tout de même, je trouve votre silence assourdissant, observa Isaiah.

— C'est mon bébé, déclara Danielle, le sang aux joues.

Elle remarqua un subtil changement dans l'expression du père de Joshua. Mais, n'était-ce pas l'effet recherché ? D'éveiller ses soupçons ? De lui faire croire que son fils était tombé entre les griffes d'une aventurière avide d'argent ?

— Ah, fit la mère de Joshua. C'est… C'est très inattendu.

Ces mots avaient à peine franchi ses lèvres qu'elle se tourna vers Danielle, s'excusant déjà de les avoir prononcés :

— Joshua n'avait pas semblé manifester beaucoup d'intérêt pour le mariage ou pour la famille, expliqua-t-elle.

Danielle soupçonnait que c'était un euphémisme. Si

Joshua était disposé à aller aussi loin pour décourager son père de se mêler de ses affaires, c'était probablement parce qu'il était l'ennemi juré du mariage.

— Eh bien, il se trouve que c'est grâce à papa que Danielle et moi avons fait connaissance, répliqua Joshua.

— Et comment vous a-t-il aidés ? s'enquit sa mère, rivant son regard d'azur sur l'intéressé.

— Euh… J'ai pensé qu'il n'y avait pas de mal à lui donner un petit coup de main, expliqua son père d'un air coupable.

— Et comment l'as-tu aidé ? insista sa mère.

— Un homme ne doit pas rester seul, déclara-t-il. Et surtout pas nos garçons.

— Certains d'entre nous aiment être seuls, remarqua Isaiah.

— Tu ne parlerais pas ainsi si tu n'avais pas une femme qui te fait la cuisine et qui se charge de toutes les corvées à ta place, rétorqua son père, tournant son regard vers Poppy.

— Elle est mon employée, rappela Isaiah.

Poppy parut plus irritée par le commentaire d'Isaiah que par la déclaration du patriarche des Grayson. Mais elle ne fit aucun commentaire.

— Tu avais raison, déclara Joshua. J'avais seulement besoin de rencontrer la femme idéale. Tu as placé cette petite annonce dans le journal avec la liste de toutes mes qualités, et la femme de mes rêves y a répondu.

C'était totalement ridicule et Danielle se sentit rougir. Les qualités auxquelles le père de Joshua avait fait allusion ne concernaient que son compte en banque. Et c'était forcément à cela que toute la famille devait penser.

Elle savait que c'était l'occasion idéale de confirmer son personnage de croqueuse de diamants. Mais, au même instant, Riley se mit à pleurer.

— Oh ! fit-elle en rougissant. Je… Je dois…

Elle fouilla dans le sac à langer tout neuf, à la recherche d'un biberon, puis elle alla extraire le bébé de son siège auto.

— Laissez-moi vous aider, intervint la mère de Joshua.

Devant tant de gentillesse, Danielle se sentit affreusement coupable, mais, avant qu'elle n'ait eu le temps de protester, Nancy Grayson lui prit le bébé des bras. Riley s'agita un peu, pleurnichant toujours, mais dès que la mère de Joshua eut placé la tétine dans la bouche du bébé, il se calma instantanément.

— Ce bébé est si sage ! remarqua-t-elle. Est-il habitué aux inconnus ?

— À part une voisine qui le connaît depuis qu'il est né, j'ai toujours été la seule à m'occuper de lui, répondit Danielle.

— N'avez-vous pas de famille ?

Luttant contre l'impression d'être une bête curieuse, elle fit signe que non. Tous les regards dans la pièce convergeaient sur elle et elle sut qu'ils attendaient tous de la voir commettre une erreur. Or c'était exactement ce qu'elle était censée faire. Commettre une grossière erreur. C'était pour cela que Joshua la payait.

— Non, je n'ai aucune famille, déclara-t-elle d'un ton ferme. Depuis le début, il n'y a que Riley et moi.

— Vous devez vous sentir soulagée d'avoir quelqu'un pour vous aider, aujourd'hui, observa Faith, sans aucune méchanceté mais visiblement curieuse.

— C'est vrai, répondit Danielle. S'occuper seule

d'un bébé est une tâche épuisante. Et je ne gagnais pas suffisamment d'argent pour… Enfin pour tout. Alors, j'ai eu de la chance d'avoir rencontré Joshua. Parce qu'il… m'aide beaucoup.

Au même instant, la sonnerie du four tinta dans la pièce voisine et Nancy tourna la tête.

— Oh ! fit-elle, je dois m'occuper de notre dîner. Tiens, Joshua, puisque tu es un homme si serviable…

Et, avant que Danielle ait pu protester, avant que Joshua ait pu dire un mot, Nancy lui colla le bébé dans les bras.

Il parut aussi paniqué que si sa mère lui avait confié une bombe à retardement et Danielle elle-même craignit une explosion imminente. Il ne lui avait pas échappé que Joshua n'avait jamais touché Riley. Certes, il avait porté son siège auto, mais il n'avait jamais volontairement touché le bébé. Et, à la réflexion, elle ne pouvait s'empêcher de penser qu'il avait consciemment évité le moindre contact avec lui. Bien sûr, tout le monde n'aime pas les bébés. Elle-même n'avait jamais ressenti une attirance particulière pour eux avant l'arrivée de Riley. Joshua était peut-être dans le même cas.

Elle devinait à sa posture un peu raide qu'il n'avait pas du tout l'habitude de porter un enfant. Serré contre son large torse d'athlète, Riley paraissait encore plus minuscule.

La réaction de Joshua contribuerait probablement à prouver qu'elle n'était pas du tout l'épouse qu'il lui fallait. Peut-être pas de la façon qu'il avait prévu, mais d'une manière tout aussi efficace.

Il prit place sur le canapé, Riley toujours serré

contre lui, visiblement décidé à poursuivre cette farce jusqu'au bout.

— Alors, si je comprends bien, vous vous êtes rencontrés grâce à une petite annonce, remarqua Isaiah d'un ton franchement incrédule. Une annonce que papa aurait placée dans le journal.

Tous les regards se tournèrent vers Todd, qui haussa les épaules.

— J'ai seulement fait ce que n'importe quel autre père soucieux du bonheur de ses enfants aurait fait à ma place.

— Personnellement, je remercie le ciel d'avoir trouvé mon épouse tout seul, déclara Devlin.

— Tu as trouvé une épouse en braconnant dans mon groupe d'amies, corrigea Faith d'un ton désapprobateur. Isaiah et Joshua ont trop de classe pour cibler des femmes aussi jeunes.

— En fait, intervint Danielle, décidant que c'était une parfaite occasion de mettre en avant une autre de ses nombreuses lacunes, j'ai à peine vingt-deux ans.

Le père de Joshua se tourna vers son fils pour le fusiller du regard.

— Vraiment ?

— Oui, confirma Danielle. Vraiment.

— Voilà qui est un peu inattendu de ta part, observa Todd.

— C'est justement pour cette raison que notre rencontre a été extraordinaire, affirma Joshua. Si j'avais cherché tout seul une compagne pour la vie, j'aurais probablement choisi une femme avec un profil totalement différent. Il y a quelques semaines seulement, si tu m'avais posé la question, je t'aurais déclaré que je ne voulais pas d'enfants. Et, aujourd'hui, regardez-moi !

Tout le monde le regardait et Joshua était visiblement très mal à l'aise. Danielle n'était pas très sûre qu'il ait convaincu son auditoire autant qu'il l'espérait, mais c'était un tableau assez amusant, elle devait en convenir.

— J'aurais aussi choisi une femme d'un âge plus proche du mien, poursuivit-il. Mais l'une des principales qualités de Danielle est sa grande maturité. C'est sans doute parce qu'elle est maman. Certes, les circonstances dans lesquelles elle l'est devenue n'étaient pas idéales, mais le courage avec lequel elle a fait face à ses difficultés et résolu ses problèmes – en répondant à cette petite annonce – est l'une des nombreuses qualités qui m'ont séduit chez elle.

Elle avait envie de lui envoyer un bon coup de pied dans les tibias. Il la faisait passer pour une petite intrigante. D'accord, c'était le but de l'opération. Et, pour être honnête, compte tenu des informations dont Joshua disposait, concernant sa vie… il imaginait probablement que c'était exactement ce qu'elle était. C'était stupide et injuste, bien sûr. Tout le monde avait des relations sexuelles, mais une femme devenait une paria à la seconde où elle exhibait la preuve vivante de cette activité. C'était l'une des leçons qu'elle avait apprises au sujet des gens, depuis qu'elle était devenue l'unique soutien de Riley.

Tout ce qui importait, pour ces hypocrites, c'était que Danielle semblait être une fille facile. Et donc, elle l'était forcément. Alors qu'en réalité elle était vierge.

C'était un mot qu'elle devait absolument chasser

de son esprit tant qu'elle serait assise dans le salon des Grayson.

Ses joues étaient brûlantes, comme si un essaim d'abeilles l'avait piquée.

— Le destin vous joue des tours curieux, observa-t-elle.

Se rapprochant de Joshua, elle lui prit Riley des bras et la hâte avec laquelle il renonça à l'enfant lui montra éloquemment qu'il n'attendait que cela.

Le reste de la soirée s'écoula dans une sorte de brouillard, fait de moments de gêne et de conversations languissantes. À l'évidence, la famille de Joshua était composée de gens merveilleux, de gens bienveillants, mais ils étaient sérieusement intrigués par les circonstances dans lesquelles il avait pris sa décision. Todd Grayson avait l'air de s'attendre à ce que son épouse s'en prenne physiquement à lui d'une seconde à l'autre.

En bref, tout se passait exactement comme Joshua l'avait prévu. Pourtant elle ne parvenait pas à s'en réjouir. Elle n'en tirait aucune satisfaction. C'était un sentiment horrible.

L'heure du départ arriva enfin et, à ce stade, elle avait hâte de franchir cette porte au pas de course et de continuer à courir, de laisser loin derrière elle toute la famille Grayson – Joshua y compris.

Elle rassemblait ses affaires et Joshua parlait avec l'un de ses frères lorsque Faith s'approcha d'elle.

— Nous n'avons pas encore eu l'occasion de bavarder, toutes les deux, observa-t-elle.

— Non, en effet, convint Danielle, aussitôt sur ses gardes, craignant la direction que pourrait prendre une franche conversation avec la jeune sœur de Joshua.

— Je suis sûre qu'il vous a parlé de moi, remarqua Faith.

— Oui, naturellement, reconnut Danielle d'un ton un peu méfiant, soupçonnant qu'il s'agissait d'une sorte de test.

— Parfait. Alors, voilà. Joshua n'est pas du genre « mariage et bébés ». Mon frère fréquente en général des top-modèles dont la plus petite est de quinze centimètres plus grande que vous, même sans ses ridicules talons aiguilles. Et, autre détail important, il préfère les blondes.

Sous le regard critique de cette jeune femme qui l'avait jugée et déclarée inférieure, Danielle sentit ses joues s'enflammer à nouveau.

— Vraiment ? répliqua-t-elle. C'est peut-être à cause de ma brillante conversation. Ou alors, parce que j'ai d'autres talents qu'il apprécie.

Elle vit l'autre femme rougir à son tour et elle en tira une amère satisfaction. Danielle, la vierge ignorante, avait fait rougir Faith Grayson, une femme infiniment plus sophistiquée qu'elle.

— Je vois, répondit celle-ci. Eh bien, si vous projetez de le mener par le bout du… pour arriver à son portefeuille, sachez que je ferai tout pour m'y opposer. S'il évite tout engagement sérieux depuis si longtemps, c'est pour une bonne raison. Et je ne vous permettrai pas de lui faire du mal. Il n'a déjà que trop souffert.

— Je n'ai aucune intention de rompre avec lui, répliqua Danielle, se demandant ce qui avait bien pu faire souffrir un homme aussi insensible en apparence. Pourquoi le ferais-je ? Je préfère vivre dans sa maison que dans un foyer pour mères célibataires.

Elle se détestait d'avoir tenu de tels propos. À l'évidence, Faith avait déjà deviné qu'elle était avec Joshua pour son argent – même si ce n'était pas de la façon dont elle le supposait. Et Danielle était censée lui offrir la pire image possible d'elle-même. Mais, simultanément, elle souffrait que l'autre femme se soit forgé une image aussi négative d'elle sur la seule base de son origine sociale. De son apparence.

Les gens l'avaient considérée pendant si longtemps comme une miséreuse, un cas social – pas tout à fait à tort – que c'était resté un point sensible pour elle.

— Nous sommes une famille très unie, poursuivit Faith, et nous veillons les uns sur les autres. Souvenez-vous de cela.

— Mais votre frère m'aime.

— Si c'est vrai, alors j'espère que vous serez très heureux ensemble. Pour être honnête, j'espère que c'est le cas. Le problème, c'est que je ne suis pas sûre de le croire.

— Pourquoi ? rétorqua Danielle.

Elle était furieuse, à présent, même si elle n'avait aucun droit de l'être. Il n'y avait aucune raison pour qu'elle se sente touchée personnellement, pourtant c'était bien le cas.

D'un simple regard, Faith Grayson l'avait jugée. Elle l'avait placée dans la catégorie qui, au fond, était réellement la sienne : une moins que rien, une pauvresse qui convoitait seulement l'argent et la sécurité que Joshua pouvait lui offrir. Danielle avait déjà renoncé à sa dignité en acceptant de participer à cette comédie. S'efforcer d'en sauver quelques lambeaux était stupide. Mais elle ne put s'empêcher d'essayer.

— Est-ce parce que je suis une espèce de traînée qu'il ne s'abaisserait jamais normalement à fréquenter ?

— C'est surtout parce que je connais mon frère, précisa Faith. Et je sais qu'il n'a pas l'intention de s'engager dans une autre relation sérieuse, quelle qu'elle soit.

Une autre relation sérieuse.

Ces mots résonnèrent dans l'esprit de Danielle comme un coup de tonnerre. Ils signifiaient que Joshua avait vécu une relation sérieuse par le passé. Or, il n'en avait pas soufflé mot. Il lui avait seulement déclaré qu'il désirait mettre un terme aux manigances de son père, qu'il n'avait aucune envie de se marier. Il s'était bien gardé de mentionner que c'était parce qu'il avait déjà échoué une première fois.

Elle s'efforçait encore d'assimiler cette information lorsque, profitant de ce silence momentané, Faith poursuivit :

— On dirait que vous ne le connaissez pas aussi bien que vous le pensez. En réalité, vous ne le connaissez pas du tout, n'est-ce pas ? Vous savez uniquement de lui qu'il est riche.

— Et qu'il est très sexy, observa Danielle.

Il n'était pas question de revenir sur leur accord. Il était trop tard pour cela. Mais elle comptait bien dire ses quatre vérités à Joshua après leur départ.

Il ne l'avait pas préparée à cette situation. Auprès de sa famille, elle passait pour une idiote. Alors qu'elle rassemblait ses affaires, il lui revint à l'esprit qu'avoir l'air d'une idiote avait toujours été son objectif. Elle pouvait se rendre insupportable à leurs yeux de bien des façons, après tout. Le fait qu'elle ne sache rien au sujet de son soi-disant fiancé contribuait à les faire paraître encore moins compatibles.

Lorsque, après de démonstratives embrassades, ils eurent enfin pris congé de la famille et regagné la voiture, Danielle eut l'impression de respirer enfin librement pour la première fois depuis au moins deux heures. Cette famille si chaleureuse, cette maison si cosy et vibrante d'un amour comme elle n'en avait vu que dans les films, l'avait laissée émue au point qu'elle avait l'impression d'étouffer.

Ils montèrent dans la voiture et elle appuya sa tête à la vitre glacée du côté passager. Sa respiration la couvrit instantanément de buée. Elle n'essaya même pas de résister à l'envie d'y dessiner un cœur.

— Vous sentez-vous encore dans la peau de votre personnage ? ironisa-t-il en faisant sa marche arrière.

— Pas particulièrement, répondit-elle en effaçant son œuvre d'un geste impatient. Je ne comprends pas, c'est tout. Et, à présent que je les ai rencontrés, je comprends moins encore. Votre sœur m'a fait subir un interrogatoire en règle dès qu'elle a eu l'occasion de me parler en privé. Votre père s'inquiète beaucoup de la situation. Votre mère fait de son mieux pour l'accepter, bien que nous soyons le couple le plus mal assorti de tous les temps. Pourquoi vous conduire ainsi, Joshua ? Je ne comprends vraiment pas.

Elle n'avait pas eu l'intention de le critiquer aussi ouvertement. Après tout, ses motivations ne la regardaient pas. Il la payait. Le fait qu'il soit un riche, excentrique et idiot jouait en sa faveur, dans une certaine mesure. Mais cette soirée l'avait mise mal à l'aise. Et même si, dans son cas, elle devait placer une plus haute priorité sur sa survie que sur les nuances subtiles du bien et du mal, leur stratagème commençait à lui peser sérieusement.

— Je vous ai déjà tout expliqué, répliqua-t-il d'un ton si dur que le bébé à l'arrière gémit doucement.

— Ne réveillez pas Riley, le gronda-t-elle.

— Nous formons un couple parfaitement crédible, insista-t-il d'un ton impatient.

— Pas aux yeux de votre sœur, rappela-t-elle. Elle m'a déclaré que notre couple n'était absolument pas crédible, parce que vous n'avez jamais eu l'intention de tomber amoureux une « seconde fois ».

Il faisait sombre dans la voiture, mais elle vit ses mains se crisper sur le volant.

— C'est justement cela, le problème, marmonna-t-il. Ils sont tous au courant. Parce qu'une famille comme la mienne ne sait jamais tourner la page. Ils désirent tout savoir de vos blessures et, ensuite, ils deviennent obsédés par l'idée qu'ils pourraient vous aider à les guérir. Et ils ne vous écoutent pas lorsque vous leur dites qu'il n'y a rien à guérir.

— Écoutez, coupa-t-elle d'un ton exaspéré, je ne suis qu'une bimbo idiote que vous avez trouvée grâce à une petite annonce et qui a besoin de votre argent. Alors, je ne comprends pas toutes ces sottises codées. Expliquez-moi ce qui se passe en toute simplicité. Surtout si je vais devoir assister à d'autres soirées comme celle-ci, à essayer de me faire détester par votre famille. Laquelle, entre nous soit dit, m'a tout l'air d'une de ces familles idéales qu'on ne voit qu'à la télévision.

— J'ai déjà aimé une femme avant, Danielle. Croyez-moi, cela n'en vaut pas la peine. Et moins encore si l'on songe à la souffrance qui accompagne la fin de l'amour. Ou, pire encore, à la souffrance qu'on a infligée à l'autre.

Il avait parlé d'une voix monocorde et, sur le moment, elle ne sut pas quoi répondre.

— Je ne…

— Les détails sont secondaires, l'interrompit-il, quittant la route pour s'engager sur la longue allée qui conduisait à sa maison. Quelqu'un vous a déjà fait souffrir, vous aussi, n'est-ce pas ?

— Oui, reconnut-elle en prenant une profondc inspiration.

— Était-ce le père de Riley ?

— Pas exactement, répondit-elle en se tortillant inconfortablement sur son siège.

— N'étiez-vous pas amoureuse de lui ?

— Non, convint-elle. Je ne l'aimais pas. Mais ma mère m'a joué un de ses tours. Je comprends que l'amour fait souffrir. Je comprends aussi qu'on ne peut pas toujours compter sur le soutien de sa famille.

— Oui, marmonna Joshua en arrêtant la voiture et en coupant le contact. C'est vraiment formidable, d'avoir une famille aux petits soins pour vous.

Et, sur ces mots, il descendit du véhicule et s'éloigna à grands pas en direction de la maison.

Fronçant les sourcils, elle déboucla sa ceinture et retroussa les manches de la veste de Joshua avant de libérer le siège auto de sa base. Puis elle le suivit à l'intérieur de la maison.

— Pourtant, vous essayez de faire souffrir la vôtre, remarqua-t-elle en le rejoignant. Vous m'excuserez de ne pas très bien vous comprendre.

— Je n'essaie pas de faire souffrir ma famille, répliqua-t-il en pivotant vers elle, ses yeux plus bleus et plus brillants que jamais. Je voudrais seulement qu'ils tournent la page une bonne fois pour toutes. Mon père ne comprend pas. Il est persuadé qu'il me suffirait de trouver une nouvelle personne à aimer pour que tout s'arrange. Mais rien ne peut s'arranger. Je ne peux pas être guéri. Je ne le veux pas. Et je vous concède que cette comédie est peut-être un peu extrême, mais comment qualifier l'idée de placer une petite annonce dans le journal pour trouver une épouse à son fils ? Je ne fais que lui rendre la monnaie de sa pièce.

— Vous pourriez peut-être en discuter avec lui.

— Croyez-vous que je ne l'aie pas fait ? Que j'aie eu tout de suite l'idée de recourir à cette comédie idiote ? J'ai essayé tous les arguments raisonnables, mais il est impossible de raisonner avec un homme aussi entêté que mon père.

— Oui, sûrement, répondit-elle d'un ton dubitatif. J'ai vu le monstre qu'il était. Totalement dévoué à votre mère, et qui vous a élevés et a veillé sur vous jusqu'à ce que vous soyez assez forts pour quitter la maison et réussir plus brillamment que lui.

Elle posa le siège auto sur le canapé et, libérant Riley de sa sangle, le souleva dans ses bras et se dirigea vers l'escalier.

— Lorsque j'étais enfant, nous n'avions rien, lança-t-il derrière elle d'une étrange voix sans timbre.

— Je suis désolée, répondit-elle, la gorge serrée. Mais à moins que vous n'ayez été à la rue ou que vous ne soyez resté seul des journées entières pendant que l'un de vos parents partait travailler – vraiment seul, sans frère ni sœur pour vous tenir compagnie –, nous avons probablement des définitions différentes de ce que signifie « ne rien avoir ».

— Soit, convint-il, nous n'étions pas pauvres à ce point. Mais nous n'avions que le strict nécessaire. Et, par ici, quand on n'a pas d'argent, il n'y a pas grand-chose à faire, à part s'attirer des ennuis.

— Quelle sorte d'ennuis ? s'enquit-elle, intriguée.

— Les choses habituelles : traîner dans les bois, l'alcool, le sexe…

— Avec ce que vous dépensiez en alcool, observa-t-elle, serrant Riley un peu plus fort contre elle, vous auriez pu vous payer une place de cinéma.

— Nous mettions tout notre argent en commun, répliqua-t-il d'un ton impatient. Nous ne réfléchissions pas à l'avenir. Ni à quoi que ce soit d'autre, d'ailleurs.

— Qu'est-ce qui a changé ? Car vous n'êtes pas resté ici. Vous avez trouvé un but à votre existence.

— Un jour, je me suis réveillé et j'ai compris que je n'aurais jamais davantage que ce que j'avais déjà, à moins de changer radicalement de vie. L'avenir qui m'attendait ici n'avait rien d'excitant, croyez-moi. Une vie de petit éleveur, faite d'incertitudes constantes et de privations. C'était le lot de mon père et je détestais cette existence-là. Je buvais dans les bois tous les soirs avec mes copains pour échapper à cette réalité. Je ne voulais pas vivre la même vie que mon père. Alors j'ai changé. Pas assez vite pour améliorer mes notes et obtenir une bourse d'études dans une université prestigieuse, mais je suis parti m'installer à Seattle et j'ai décroché un poste subalterne dans une firme de relations publiques.

— Vous êtes allé là-bas sans connaître qui que ce soit ?

— Je me suis fait de nouvelles connaissances. Et j'ai découvert que j'avais un certain talent pour communiquer avec les gens. À Seattle, personne ne me connaissait. Personne ne savait qui était mon père et on me jugeait uniquement sur mes propres mérites. Je pouvais réécrire l'histoire de ma vie. Je n'étais plus le jeune vaurien d'une petite ville, mais un jeune homme brillant à l'avenir prometteur.

Elle était fascinée par cette histoire et par sa façon de la raconter. Par l'idée d'une nouvelle naissance, d'une nouvelle page blanche. Naturellement, avec un bébé sur les bras, une telle métamorphose serait beaucoup plus difficile. Mais son association avec Joshua lui permettrait de réussir.

Elle ne parvenait pas encore à croire qu'il ait dû transformer aussi radicalement sa vie. Et, même si elle était encore irritée contre lui à cet instant, cette idée lui insuffla un nouveau courage.

— Cela a dû être une expérience incroyable, remarqua-t-elle en déposant un baiser sur la tête de Riley. Et terrifiante.

— Si quelque chose m'effrayait, c'était idée de retourner d'où j'étais venu sans avoir rien changé à ma vie. Et il n'était pas question que cela se produise. Alors, j'ai travaillé plus dur que n'importe qui. Je me suis fixé des objectifs et je les ai atteints. Puis j'ai rencontré Shannon.

Danielle eut l'impression que son cœur cessait de battre en entendant le nom de cette femme. Ce qui n'avait aucun sens, bien sûr. Elle ressentait de la curiosité, mais sous une forme désespérée. Comme s'il était vital pour elle de tout savoir au sujet de cette inconnue qui avait partagé la vie de Joshua et avait vraisemblablement fait de lui l'homme qu'elle voyait planté devant elle. À moins de connaître cette femme, elle ne parviendrait jamais à le comprendre.

— Ah ? fit-elle, incapable de dissimuler son désespoir. Et qui était cette Shannon ?

— Elle a été ma petite amie pendant quatre ans, alors que je m'installais à Seattle pour y rester. Nous vivions ensemble. J'allais lui demander de m'épouser. Puis elle a découvert qu'elle était enceinte, poursuivit-il en détournant le regard, alors que ses yeux bleus étaient devenus froids et distants. Et je me suis dit que nous pouvions sauter l'étape des fiançailles et passer directement au mariage.

Elle le connaissait assez bien pour deviner que cette histoire n'aurait pas de fin heureuse. Joshua n'avait pas d'épouse. Il n'avait aucun enfant et, à en juger par ses interactions avec Riley – ou plutôt le soin qu'il mettait à éviter toute interaction avec lui –, elle était certaine qu'il n'avait jamais été papa.

— Mais cela ne s'est jamais produit, n'est-ce pas ?

— Elle préférait attendre la naissance du bébé avant de m'épouser, et je me suis rendu à ses raisons. Malheureusement, elle a fait une fausse couche au cinquième mois. Pour elle comme pour moi, cela a été une terrible épreuve, physique et mentale. Et sa convalescence a été pire encore. Je ne savais plus quoi faire. Alors, je me suis remis au travail. Nous avions un très bel appartement en ville et, si je travaillais, elle pouvait rester à la maison. Je m'occuperais d'elle, ferais de mon mieux pour la rendre heureuse. J'essaierais de faire en sorte que notre mariage soit son seul souci.

Il ne tenait visiblement pas à s'attarder sur la douleur dévastatrice qu'il avait ressentie à la perte de cet enfant. Les faits étaient simples. Il avait aimé une femme de tout son cœur et il avait eu l'intention de l'épouser. Ils attendaient un enfant ensemble, puis ils l'avaient perdu.

Elle serra Riley un peu plus fort dans ses bras.

— Mais, sur le plan émotionnel, elle allait de plus en plus mal, poursuivit-il. D'abord, elle a commencé à faire chambre à part, puis elle n'a plus quitté le lit. Elle souffrait beaucoup. Au début, je ne me suis pas interrogé sur ces changements. Il m'a semblé logique qu'elle ait besoin de médicaments antidouleur après les épreuves qu'elle venait de traverser. Mais elle a continué à les prendre. Et moi, j'ai commencé à m'inquiéter. Nous nous sommes même disputés à ce sujet. Elle m'a déclaré que je n'avais pas le droit de mettre en doute la réalité de sa souffrance – physique et psychologique. Et… je me suis dit qu'elle avait probablement raison. Alors, je l'ai laissé faire durant toute une année. Puis j'ai appris que l'abus de ce type de médicaments était un problème d'échelle nationale et j'ai essayé de la mettre en garde. Mais, lorsque j'évoquais ce sujet, Shannon se mettait toujours en colère.

Danielle avait peine à imaginer ce qu'elle entendait : cette autre vie qu'il avait vécue, dans une autre ville, avec une femme qu'il avait aimée, où il avait rêvé de fonder une famille et d'élever un enfant, où il s'était perdu dans le travail pour éviter d'avoir à affronter la douleur de la perte qu'ils avaient subie, où la femme qu'il aimait s'était perdue elle-même d'une autre façon.

Cette histoire semblait être à des années-lumière de l'homme qu'il était aujourd'hui, avec cette expression intraitable, ce regard étincelant et cette attitude froidement déterminée. Il lui était impossible de l'imaginer totalement désarmé et impuissant.

— Elle a entamé une liaison avec un autre homme, un de mes collègues de travail, poursuivit-il d'une voix morne. Peut-être se voyaient-ils déjà secrètement avant qu'elle ne me quitte. Je n'en suis pas sûr. Tout ce que je sais, c'est qu'elle ne dormait plus avec moi depuis longtemps. Je n'ai même pas eu l'impression qu'elle me trompait. Le problème, ce n'était pas tant cette relation, mais le fait que l'homme en question était amateur de drogues dures et qu'il lui en procurait à volonté.

— C'est… c'est affreux, Joshua ! murmura-t-elle. J'ai vu les ravages que ces substances peuvent causer. Je sais le mal qu'elles engendrent.

— Imaginez-vous ce que je ressentais ? s'enquit-il tristement. Lorsque cette femme est entrée dans ma vie, elle était ravissante, heureuse. Celle qui m'a quitté était une femme brisée, une toxicomane. J'ai ruiné sa vie.

— Non ! s'écria-t-elle en reculant d'un pas, la gorge nouée. Vous n'êtes pas responsable. Ce sont les drogues qui…

— Je n'ai pas été là pour elle, Danielle, insista-t-il d'un ton douloureux. Je n'ai jamais aimé les difficultés. Je n'ai pas su réagir.

— Mais cela, c'était autrefois, argua-t-elle. Aujourd'hui, vous êtes un homme différent. Et vos futures relations…

— Et voilà justement le problème, coupa-t-il. Vous ne me connaissez pas. Vous n'appréciez pas du tout le peu que vous savez de moi et, néanmoins, vous essayez de m'aider à régler mon problème et de me convaincre de ne pas fermer la porte aux futures relations. Cela a été votre premier réflexe, alors même que vous n'avez aucune sympathie pour moi. Mon père a été incapable de s'en empêcher, lui non plus. C'est pour cela que vous et moi sommes en train de jouer cette comédie. Parce qu'il a été jusqu'à placer une petite annonce dans le journal et refuse de m'écouter. Mon père sait que mon ex est une junkie qui vit aujourd'hui dans la rue et que je me sens responsable. Il désire encore que je vive une vie rangée comme la sienne où il n'a jamais commis d'erreur et où il n'a jamais abandonné personne à son sort.

Danielle ne savait pas quoi répondre à cela. Elle imaginait que le père de Joshua avait probablement commis quelques erreurs, mais qu'en savait-elle ? Tout ce qu'elle connaissait, c'étaient les pères absents et les mères qui traitaient leurs enfants comme des erreurs à oublier le plus vite possible.

Soudain, elle eut l'impression qu'un étau lui comprimait la poitrine.

— Je vais monter et mettre Riley au lit, déclara-t-elle en se détournant pour se diriger vers l'escalier.

Elle ne se retourna pas, mais entendit des pas lourds derrière elle. Sans qu'elle comprenne pourquoi, il la suivait.

Elle entra dans sa chambre et, laissant la porte ouverte, alla coucher Riley dans son berceau. Le bébé s'agita un instant, mais sans se réveiller. Elle transpirait un peu d'avoir porté son petit corps tout chaud contre sa poitrine, mais c'était une sensation divine. En songeant à Joshua et à ce qu'il avait perdu, elle mesurait sa propre chance.

Il était resté planté sur le seuil à l'observer.

— Avez-vous encore envie de vous disputer avec moi ?

— Non, répondit-elle. Cela n'a jamais été mon intention.

Elle tenta de le contourner, mais sa carrure massive lui barrait la porte. Il refusait de bouger, ses yeux d'azur brillant rivés aux siens.

— Vous paraissiez prête à en découdre avec moi, dit-il.

— Pas du tout, se défendit-elle, avançant la main pour l'écarter de son chemin. J'avais seulement besoin d'une explication.

À l'instant où ses doigts entrèrent en contact avec la musculature de son épaule, elle eut la sensation qu'un arc électrique la traversait de part en part, un choc incroyablement excitant qui la ramenait à cette étrange tension au centre de son corps, qu'elle avait éprouvée lorsqu'il avait mentionné Shannon pour la première fois.

Les deux sentiments étaient liés. La jalousie avait été le premier. Celui-ci avait pour nom « désir ».

Elle leva ses yeux vers son visage, nota la barbe naissante aux reflets d'or sur son menton volontaire et supposa qu'elle devait piquer. Elle était très tentée de caresser son visage pour vérifier si c'était vrai. Ce serait une folie, décida-t-elle.

Alors, sa main se referma et retomba à son côté.

— Et vous ? murmura-t-il d'une voix rauque. Après avoir traversé toutes ces épreuves, avoir été enceinte et abandonnée, vous n'avez pas envie de replonger dans une relation, n'est-ce pas ?

Il ne connaissait pas sa situation. Et il l'ignorait

parce qu'elle la lui avait délibérément dissimulée. Mais, à cause des circonstances entourant la naissance de Riley, parce que sa mère avait toujours agi ainsi dans ses relations avec les hommes et parce que ces relations finissaient toujours mal, elle désirait éviter tout engagement romantique.

— Je ne suis pas pressée de me marier, répondit-elle. Mais il y a une différence entre la prudence et le refus total.

— Vraiment ?

Il avait incliné légèrement la tête vers elle et la dominait de toute sa taille. Sa fragrance masculine parvenait jusqu'à ses narines à chacune de ses respirations. La chaleur qu'elle ressentait rayonnait de son grand corps.

Soudain, elle avait la bouche sèche. Elle désirait... qu'il pose ses lèvres sur les siennes. Elle désirait connaître le goût de ses baisers. Elle désirait le caresser.

Se rappelait-il leur baiser, lui aussi ? Bien sûr, pour lui, un baiser était probablement un événement sans importance, banal. Pour elle, cela avait été une expérience unique.

— Vous ne pouvez pas honnêtement m'affirmer que vous comptez rester seul toute votre vie, remarqua-t-elle.

— Je suis seul uniquement lorsque j'en ai envie, murmura-t-il d'une voix caressante. Il existe une grande différence entre désirer passer toute sa vie auprès d'une personne et avoir envie de quelques heures au lit avec elle. Dites-moi, Danielle, ajouta-t-il après une pause, avez-vous partagé votre lit avec un homme depuis la naissance de Riley ?

Elle secoua la tête en silence. Les mots, les explications refusaient de franchir ses lèvres. Puis, de toute façon, il fut trop tard. Car il s'avança d'un pas et sa bouche vint se poser sur la sienne.

- 6 -

Il irait tout droit en enfer, c'était certain. Après tout ce qui s'était passé ce soir avec sa famille, après Shannon, son sort était scellé. Ce baiser suffirait à le faire damner pour l'éternité.

Danielle était très jeune, elle était vulnérable et, d'un point de vue contractuel, pratiquement à sa merci. L'avoir embrassée, avoir songé à faire bien davantage avec elle, c'était pousser la scélératesse jusqu'à son extrême limite.

Mais, à cet instant précis, cela lui était égal.

Si l'enfer consistait à l'embrasser, à se délecter sans limite du goût de sa bouche, il serait heureux d'y rester à demeure.

Elle resta immobile un instant, serrée contre lui, puis elle leva son visage vers le sien et noua les bras autour de son cou, glissant les doigts dans ses cheveux pour attirer fiévreusement sa bouche contre la sienne. Comme si elle craignait qu'il la repousse. Comme s'il était capable d'une telle folie.

Il avait perdu toute capacité de raisonnement dès l'instant où il s'était approché d'elle, et probablement pour longtemps.

Comment aurait-il pu rester lucide alors qu'elle gémissait contre sa bouche comme un chaton, qu'elle l'embrassait, timidement d'abord, puis avec une hardiesse croissante ?

Il l'adossa au montant de la porte, serrant son corps délicat tout contre le sien. Il était en érection et savait qu'elle sentirait l'intensité de son désir.

Ses mains quittèrent sa taille fine pour glisser sur ses fesses fermes et descendre jusqu'à l'ourlet de sa robe. Il releva le tissu d'un geste décidé, renonçant à toute délicatesse, à toute élégance, poussé par un besoin désespéré de la pénétrer. De se perdre dans son corps et d'oublier tout le reste : la manière dont il l'avait connue, la raison pour laquelle elle était ici, ce qui s'était passé chez ses parents, ce soir, l'horrible, l'incommensurable tristesse dont les murs de son somptueux appartement en terrasse au sommet de la plus haute tour de la ville avaient été les témoins et qui lui collait à la peau. Ce luxueux refuge aurait pourtant dû le protéger de toutes les peines et de tous les malheurs.

Oui, il désirait effacer tout cela de sa mémoire.

Il désirait ne penser à rien d'autre qu'au goût de la bouche de Danielle, à la douceur de sa peau sous ses doigts. Et il ne comprenait toujours pas comment une gamine maigre et dépenaillée avait soudain réussi à allumer ce feu ravageur en lui.

Mais, pour le moment, l'origine de cet incendie lui était totalement indifférente. Il désirait seulement s'y brûler.

Il glissa une main entre ses jambes, effleurant le tissu soyeux de sa culotte et il sentit qu'elle cessait de respirer, puis qu'elle cambrait les reins pour aller à la rencontre de ses caresses, cessant de l'embrasser pour laisser retomber sa nuque contre le montant de la porte.

C'était une invitation évidente et il glissa ses doigts sous l'élastique. En rencontrant sa peau brûlante et humide, qui trahissait à quel point elle le désirait aussi, il dut serrer les dents pour ne pas perdre instantanément le contrôle de lui-même, comme un adolescent à sa première expérience sexuelle.

Il ne se souvenait pas de la dernière occasion où une femme lui avait fait un pareil effet, ni même si cela s'était déjà produit. Un simple contact et la promesse de délices à venir le poussaient tout près du bord du précipice.

Très peu de causes avaient d'immenses effets.

Il continua à la caresser, concentrant son attention sur le bouton ultrasensible, et elle ouvrit brusquement les yeux, comme s'il venait de lui révéler une zone totalement inexplorée de son corps et qu'elle venait de découvrir un phénomène totalement nouveau. Cette réaction éveilla en lui des sentiments confus qu'il pressentait dangereux pour sa tranquillité d'esprit.

Ce qu'ils faisaient maintenant ne devait pas être important. Elle ne devait pas être importante pour lui.

— Tu dois être à moi, murmura-t-il d'une voix rauque tout contre sa bouche.

Ces mots presque brutaux, très loin de sa façon habituelle de déclarer son désir à une jeune femme, parurent causer un choc à Danielle, comme si elle venait de toucher un fil électrique. Elle se figea dans ses bras, puis s'écarta pour le dévisager d'un air stupéfait.

— Que sommes-nous en train de faire ?

Elle était totalement sincère, sa voix un peu tremblante, une expression d'incompréhension et même de crainte sur son joli visage.

— Je crois que nous étions sur le point de faire l'amour, répondit-il d'une voix douce, soudain conscient de cette étrange vulnérabilité au fond de son regard.

Elle secoua la tête et, se libérant de son étreinte d'un mouvement souple, elle s'éloigna de la porte pour reculer jusqu'au berceau.

— Nous ne pouvons pas, murmura-t-elle, pressant la main contre sa joue.

Elle avait l'air du stéréotype de la femme en détresse des films muets. C'était comique et il en aurait ri si elle n'avait pas réussi à lui donner l'impression d'être le méchant du film.

— Ce serait… Ce serait mal, balbutia-t-elle.

— Pourquoi, exactement ?

— Parce que vous me payez pour que je sois ici. Vous me payez pour jouer le rôle de votre fiancée. Et si notre relation devenait physique, je ne vois pas en quoi je serais différente de n'importe quelle prostituée.

— Je ne vous paie pas pour le sexe, argua-t-il. Je vous paie seulement pour que vous fassiez semblant d'être ma fiancée. Mais je vous désire et cela n'a rien à voir avec le reste.

— Je ne suis pas du même avis, répliqua-t-elle, les yeux brillant de larmes contenues. Je m'en veux déjà horriblement pour ce que j'ai fait à votre famille. Nous les avons dupés ce soir, et nous allons continuer à les duper. Je ne peux pas ajouter le sexe à cette situation. Je dois mettre un terme à cette histoire, Joshua. Je dois partir avant d'avoir l'impression de m'être perdue en acceptant tout ceci. Je ne supporte pas l'idée de n'avoir trouvé une solution à mes problèmes d'argent et de logement qu'au prix de la perte de ce qui était jusque-là mon unique trésor : ma dignité. Non, vraiment, je ne peux pas.

Il n'avait jamais supplié une femme de toute sa vie, mais, à cet instant, il comprit qu'il était sur le point de le faire, pour essayer de la convaincre que l'expérience serait suffisamment agréable pour qu'ils en ignorent les conséquences éventuelles.

Puis son regard se posa sur le berceau – le berceau où dormait son bébé – et il comprit que cet argument ne fonctionnerait pas avec elle.

Elle avait été maltraitée, malmenée par la vie et, même si elle ne lui avait jamais donné aucun détail à ce sujet, il en avait la preuve devant les yeux. Elle était seule. Elle avait été abandonnée au moment où elle était le plus vulnérable. Pour elle, les conséquences du sexe n'avaient rien d'hypothétique.

Pour lui non plus, d'ailleurs, car il était un fidèle adepte de la protection. Ce problème ne se posait pas entre eux. Mais il ne pouvait pas lui en vouloir de ne pas lui faire confiance, bien sûr. Il serait plus sage pour lui de chercher une femme moins compliquée. Une femme qui ne porterait pas en elle le fardeau de son passé, comme c'était le cas de Danielle.

Malgré cela, il brûlait d'envie de la supplier de lui accorder ses faveurs, comme un mendiant d'amour.

Mais il n'en fit rien.

— Le sexe n'est pas si important pour moi, assura-t-il. Si vous n'êtes pas d'humeur, tant pis.

— Bien, répondit-elle d'une voix mal assurée. C'est probablement une autre bonne raison de ne pas le faire.

— Je vais commencer à organiser quelques entretiens pour trouver une nounou, déclara-t-il, changeant brusquement de sujet pour refouler l'image de son corps nu dans ses bras.

— D'accord, balbutia-t-elle, comme si elle n'était pas encore remise du choc.

— Ainsi, vous aurez plus de liberté et nous pourrons faire quelques promenades à cheval.

— Pourquoi ? s'étonna-t-elle. Je viens de vous repousser. Pour quelle raison feriez-vous quoi que ce soit pour moi ?

— Je vous l'ai déjà dit. Il ne s'agit pas d'un bonus en échange de vos faveurs. Le fait que vous m'ayez repoussé ne change rien à mes intentions.

— Je ne comprends pas, répondit-elle. Tout a un prix, dans la vie. Il n'y a aucune raison pour que vous fassiez quelque chose pour moi sans rien attendre en retour.

— La vie n'est pas faite uniquement de transactions intéressées, Danielle, lui rappela-t-il d'une voix douce.

— Je suppose que c'est vrai quand on aime quelqu'un, convint-elle d'un air pensif. Mais personne ne s'est jamais vraiment soucié de moi.

S'il n'avait pas déjà eu l'impression d'être le roi des crétins, ces paroles auraient suffi à lui ouvrir les yeux. Parce que sa famille était aux petits soins pour lui. Parce que, toute sa vie, une foule de gens avaient fait des choses pour lui, pour l'unique raison qu'ils avaient envie de lui offrir quelque chose qui vienne d'eux, sans rien attendre en retour.

Mais, après Shannon, quelque chose avait changé en lui. Il avait éprouvé le besoin de tenir les autres à distance, car exprimer ses sentiments lui était devenu impossible.

Il n'avait plus envie de donner aux autres, de créer des liens avec eux depuis très, très longtemps. Néanmoins, pour une raison mystérieuse, il avait envie de tisser des liens avec Danielle. Il désirait tout donner à cette jeune femme si fragile et si douce.

Ce n'était pas de l'altruisme. Pas vraiment. Elle avait si peu qu'il ne lui aurait pas été très difficile de changer sa vie de façon positive sans que cela lui coûte un gros effort. Elle n'avait jamais eu affaire à de la gentillesse, ce qui signifiait que le plus petit geste de générosité suffirait à la combler.

— Les premières candidates doivent se présenter pour l'emploi de nounou dès demain matin, dit-il. Aimeriez-vous avoir votre mot à dire ?

— Que mon opinion compte pour choisir la personne qui va garder mon bébé ? Oui, ce serait une bonne idée.

Elle porta la main à ses lèvres d'un geste inconscient, puis elle l'abaissa précipitamment.

— Bonne nuit, dit-elle d'un ton embarrassé.

— Bonne nuit, grogna-t-il.

Et, sur ces mots, il se détourna d'elle et referma la porte derrière lui d'un geste décidé. C'était l'unique façon de continuer à se conduire en homme civilisé. Il devait absolument la laisser tranquille. Il allait faire quelque chose pour l'aider. Comme si cela pouvait suffire à effacer toutes ses fautes passées.

Bien sûr, ce ne serait probablement pas suffisant. Mais, en tout cas, cela l'aiderait, elle. Et, pour une raison qu'il ne comprenait pas vraiment, c'était important.

Cela signifiait peut-être qu'il n'était pas encore au-delà de toute rédemption.

*
* *

Danielle n'avait jamais fait passer un entretien d'embauche à une personne qui devait travailler pour elle. Jusque-là, c'était toujours elle qui sollicitait l'emploi. Il lui semblait étrange – et assez plaisant – de se trouver de l'autre côté de la table. Elle ressentait une curieuse sensation de puissance, d'autant plus agréable que le fait était rarissime.

Elle ne se sentait certes pas puissante, l'autre soir, lorsque Joshua l'avait embrassée. Elle s'était sentie faible comme un chaton nouveau-né, prête à s'abandonner et à lui donner tout ce qu'il désirait.

Sauf qu'elle ne l'avait pas fait. Elle avait refusé. Elle était très fière d'elle-même pour s'être montrée aussi ferme, même si elle se désolait secrètement d'avoir manqué cette occasion de se pâmer de plaisir dans ses bras.

Mais le plaisir était secondaire. Elle devait d'abord préserver son estime d'elle-même.

C'était une question de fierté et d'instinct de survie. Elle pensait réellement ce qu'elle lui avait dit. Si elle repartait d'ici brisée, incapable de se libérer de lui, de cette vie, parce qu'elle s'était laissé emprisonner par des liens qu'elle n'avait pas anticipés, elle ne se le pardonnerait jamais. Elle ne serait sortie de sa pauvreté que pour tomber dans un piège qui lui apporterait seulement d'autres souffrances.

Car elle avait beau se répéter que Joshua n'était pour elle qu'un moyen d'accéder à une vie normale et qu'il ne méritait pas la famille merveilleuse qu'il avait, elle commençait à éprouver certains sentiments pour lui. Des sentiments qu'elle ne pouvait pas se permettre d'éprouver.

L'histoire de sa petite amie l'avait bouleversée. Elle avait ébranlé ses défenses patiemment construites.

Qu'allait-elle faire ?

Prenant une profonde inspiration, elle tourna son regard vers la nouvelle nounou, Janine, qui venait de commencer son travail ce jour-là et qui allait garder Riley pendant que Joshua et elle feraient une promenade à cheval.

Danielle était nerveuse. C'était la première fois qu'elle quittait Riley depuis longtemps. Lorsqu'elle travaillait comme caissière, elle n'avait pas eu d'autre choix, mais, cette fois-ci, c'était différent. Ce n'était qu'un luxe et elle se sentait coupable de l'abandonner pour le plaisir.

Elle refoula aussitôt cette idée. C'était une réaction ridicule, quoique préférable, bien sûr, à l'indifférence de sa mère pour ses enfants. Au moment de la naissance de Riley, elle avait probablement déjà épuisé le peu d'instinct maternel qu'elle avait pu posséder.

Poussant un profond soupir, Danielle se tourna à nouveau vers Janine.

— Pendant notre absence, Riley devrait dormir la plupart du temps, assura-t-elle. Et, même s'il se réveille, il est généralement de bonne humeur.

— Ce n'est qu'un bébé, répondit Janine en souriant. J'en ai déjà gardé beaucoup. Ne craignez rien, je m'occuperai bien de lui.

Au même instant, Joshua entra dans la pièce et Danielle cessa de respirer.

Il était vêtu d'une chemise de coton bleu marine, d'un jean et coiffé d'un Stetson blanc qui lui donnait l'air du héros d'un vieux western.

Ne sois pas stupide, se tança-t-elle. *Joshua est peut-être un héros, mais il n'est pas ton héros.*

Les filles comme elle ne rencontraient pas de héros. C'étaient à elles de se montrer intrépides. Et cela lui convenait très bien. Le problème, c'était d'en convaincre son pauvre cœur stupide qui, à cet instant, battait à tout rompre.

Il n'était que trop facile de se souvenir de la sensation qu'elle avait éprouvée en l'embrassant, lorsque sa barbe naissante un peu rêche lui avait effleuré la joue. Une sensation follement excitante, grisante. Elle faisait pour la première fois l'expérience de la différence entre les hommes et les femmes.

Mais c'était dangereux. Elle avait entrouvert une porte sans en avoir eu l'intention et, désormais, il était trop tard pour la refermer.

— Prête ? s'enquit-il.

Leurs yeux se rencontrèrent et elle ne put s'empêcher de songer qu'ils étaient parfaitement assortis à sa chemise. Le bleu du ciel et celui de l'océan.

Qu'est-ce qui n'allait pas chez elle ? Elle ne s'était jamais sentie aussi stupide devant un homme avant lui.

— Oui, répondit-elle d'une voix un peu étranglée. Je suis prête.

— Ne soyez pas aussi nerveuse, observa-t-il avec un sourire en coin. Je serai doux avec vous.

— Voilà qui est plutôt rassurant, marmonna-t-elle en rougissant. Sauf que c'est plutôt le comportement du cheval qui m'inquiète.

— Elle sera douce comme un agneau, la rassura-t-il, je vous le promets. Je n'ai jamais enseigné l'équitation à qui que ce soit, mais je suis sûr de réussir avec vous.

Remarquant que ses paroles pouvaient avoir un double sens, elle repoussa aussitôt cette hypothèse.

Mais, au fond, c'était peut-être bien vrai.

Il n'avait montré aucune timidité en lui expliquant ce qu'il attendait exactement d'elle, l'autre soir. Il avait glissé la main entre ses jambes. Il l'avait touchée là où aucun autre homme ne l'avait jamais touchée. Il lui avait fait tutoyer les étoiles et jaillir des gerbes d'étincelles sur la peau.

Il était normal que cette expérience l'ait bouleversée. Mais, comme il l'avait déclaré lui-même, le sexe n'était pas très important à ses yeux. Une affaire banale. Alors, pourquoi y penserait-il maintenant ? Il avait probablement déjà tout oublié. Ce baiser n'était plus qu'un vague souvenir, perdu parmi ses innombrables expériences sexuelles précédentes.

Elle, en revanche, n'avait aucun autre point de comparaison, et cette expérience-ci était restée gravée dans sa mémoire. Le responsable était planté devant elle, sa présence très réelle.

— Je suis prête, s'entendit-elle répondre. Totalement prête.

— Parfait. Allons-y.

En proposant cette promenade à cheval à Danielle, Joshua se soumettait à une forme très particulière de torture, il devait le reconnaître. Mais il avait déjà l'habitude de se punir et il restait donc dans son personnage.

Depuis qu'ils s'étaient embrassés – et même un peu plus – dans sa chambre, l'autre soir, il n'avait pas cessé de penser à elle un seul instant. Il avait fait de son mieux pour l'éviter en s'immergeant dans le travail, mais il se réveillait encore la nuit, couvert de transpiration et en pleine érection. L'esprit encore embrumé de rêves d'elle, de sa bouche brûlante, de la merveilleuse fragrance de sa peau.

Habituellement, le grand air lui éclaircissait les idées. Longer les limites de sa propriété à cheval était sa thérapie personnelle. Galoper sur les pentes des collines, avec le majestueux spectacle des crêtes des montagnes pour horizon, lui rappelait sa propre insignifiance. Certains jours, il y puisait une sortc de réconfort.

Mais pas aujourd'hui.

Aujourd'hui, une pensée l'obsédait. Il fixait d'un regard fasciné l'adorable postérieur de Danielle, qui chevauchait devant lui. Le pas de sa jument lui imprimait des oscillations affolantes et il ne pouvait s'empêcher d'imaginer la jeune femme en train de le chevaucher de la même manière.

Il ne comprenait pas ce qui lui arrivait ni son obsession pour elle.

Elle n'était pas du tout comme les femmes sophistiquées qu'il préférait d'ordinaire. Par certains côtés, elle lui rappelait le type de filles qu'il fréquentait autrefois ici, lorsqu'il n'était qu'un adolescent qui passait son temps libre à boire et à faire des galipettes dans les bois.

À l'époque, il aimait les filles simples et directes qui désiraient les mêmes choses que lui : quelques heures d'escapade, un peu de distraction.

Le problème, c'était qu'il savait déjà que ce n'était pas du tout ce que Danielle désirait. Elle n'était pas à la recherche d'aventures sans lendemain. Or, c'était tout ce qu'il avait à lui proposer.

Et il y avait un second problème. Les sentiments qu'il éprouvait pour elle n'avaient rien d'anodin. Une simple attirance sexuelle n'aurait jamais tourné à l'obsession. Or il devait malheureusement reconnaître qu'il en était là.

Au cours des deux semaines qu'elle avait passées chez lui, elle avait repris un petit peu de poids. Il devinait déjà ce que serait sa silhouette si elle vivait confortablement, au lieu de se contenter de survivre. Elle était naturellement mince, mais dotée de courbes d'une élégance subtile.

Pourtant, ce qu'il aimait plus encore que ses seins hauts et impertinents ou ses hanches gentiment évasées, c'était le dessin ferme de son menton, qui annonçait une volonté de fer, ses épaules délicates mais bien droites, qui suggéraient à la fois la force et la fragilité.

Elle paraissait indomptable, toutefois il soupçonnait que, si un homme trouvait son point faible, elle ne serait pas seulement brisée, elle serait anéantie.

Il s'obligea à détourner le regard, pour se concentrer sur le paysage qui les entourait. Derrière la dernière pente des montagnes, on apercevait déjà l'océan gris et tumultueux dans la distance.

— Que pensez-vous de mes talents de cavalière ? s'enquit-elle en se tournant vers lui.

— Au moins, vous n'êtes pas encore tombée, répondit-il un peu méchamment, incapable de s'empêcher de fixer à nouveau ses jolies fesses rondes.

— Pas encore ? répéta-t-elle avec un rire de dérision, une lueur de défi dans ses beaux yeux marron. Je n'ai pas l'intention de tomber, Joshua Grayson. Il en faudrait beaucoup plus pour me faire mordre la poussière.

— Vous trembliez, tout à l'heure, lorsque je vous ai aidée à vous hisser en selle.

— Eh bien, regardez-moi maintenant, répliqua-t-elle en serrant les rênes dans une seule main pour lever l'autre en l'air. Je commence à me sentir très à l'aise dans mes étriers.

— Une vraie cow-girl, commenta-t-il.

Tout à coup, il désirait que ce soit vrai, et cette idée le stupéfia. Il désirait qu'elle aussi profite de cet exutoire à toutes les pressions, de cette liberté. Elle méritait mieux qu'un petit appartement, mieux que de devoir lutter chaque jour pour sa survie.

Tu lui donnes déjà tout cela. C'est exactement le sens de cet arrangement. Comme elle l'a dit elle-même, elle est une croqueuse de diamants et tu lui offres une vie d'aisance.

Oui, mais il désirait lui donner bien davantage.

Ainsi qu'il l'avait déclaré, il ne désirait pas lui offrir un simple échange. Il tenait à ce qu'elle ait quelque chose qui leur appartienne en propre. À elle et à Riley. C'était peut-être une tentative maladroite d'expier pour ce qu'il n'avait pas su offrir à Shannon ni pu offrir à l'enfant qu'il avait perdu.

Il prit une profonde inspiration, emplissant ses poumons des senteurs des pins et de l'océan, s'efforçant de dissiper la tension qui lui serrait la poitrine.

Elle se tourna à nouveau vers lui et, cette fois-ci, elle lui offrit un sourire éblouissant, qui soulagea instantanément la tension dans sa poitrine et lui coupa le souffle.

— Êtes-vous prête à rentrer ? s'enquit-il, s'efforçant de se ressaisir.

— Non. Je ne suis même pas sûre de jamais vouloir quitter ce lieu. C'était… Merci infiniment.

Cette fois, elle ne le regardait pas en face. Sans doute parce qu'elle était beaucoup moins à l'aise avec l'expression sincère des sentiments qu'avec le sarcasme.

Exactement comme lui.

— Tout le plaisir a été pour moi, assura-t-il, fixant la limite de la forêt.

Il talonna son cheval pour passer devant elle et prendre la tête pour le retour vers l'écurie. Ils chevauchèrent un moment en silence, pourtant il sentait à chaque instant son regard rivé dans son dos et il lança sans se retourner :

— Danielle, seriez-vous en train de fixer mon postérieur, par hasard ?

— Non ! se récria-t-elle d'un ton embarrassé. Qu'est-ce qui a pu vous donner une idée pareille ?

Ils s'arrêtèrent devant les écuries et il sauta à bas de sa selle pour s'approcher de la jument de Danielle.

— Menteuse ! dit-il en souriant. Avez-vous besoin d'aide ?

— Pas de la vôtre, répliqua-t-elle. Vous venez de me traiter de menteuse.

— Parce que vous reluquiez mon derrière et nous le savons tous les deux, observa-t-il en lui tendant sa main. À présent, laissez-moi vous aider. Je ne voudrais pas que vous fassiez une chute disgracieuse à la dernière minute.

— Bah ! fit-elle d'un air moqueur.

Mais, lorsque ses doigts effleurèrent les siens, il eut l'impression qu'un arc électrique jaillissait entre eux. Il choisit de l'ignorer. Parce qu'aucune raison au monde ne pouvait justifier que le simple contact des doigts d'une femme contre les siens le mette dans un tel état d'excitation sexuelle.

Il l'aida à descendre de sa selle, la serrant contre lui à l'instant où ses pieds touchèrent le sol. Puis il renonça à lutter.

Il en avait assez de prétendre que ce qu'ils faisaient n'était pas un long prélude à l'instant où il l'embrasserait de nouveau. C'en était fini de faire semblant de croire que ces quelques derniers jours n'avaient pas été les préliminaires de l'amour et d'essayer d'ignorer que, chaque fois que l'un ou l'autre pensait à leur baiser, ils ne se rapprochaient pas davantage de l'inévitable.

Elle le désirait, il le savait. Il le lisait clairement dans sa réponse à ses caresses. Elle résistait peut-être encore à ce désir, et lui aussi avait ses propres freins. Mais ces considérations n'étaient rien face à la force du sentiment qui grandissait entre eux à chaque seconde et qui devenait impossible à ignorer.

Il était à deux doigts de poser sa bouche sur la sienne lorsqu'elle se haussa sur la pointe des pieds et lui glissa une main derrière la nuque.

Et ce fut elle qui l'embrassa, lui donnant un baiser d'une douceur hésitante. En quelque sorte une question, alors que le sien eût été un ordre. Mais ce baiser n'en était que plus divin. Elle était venue à lui. Elle avait encore un problème avec leur situation, mais elle s'était trouvée incapable de résister plus longtemps.

Il posa une main sur la douceur de sa joue, faisant un vaillant effort pour rassembler tout ce qui lui restait de self-control. Il désirait lui permettre de continuer à mener le jeu, la laisser libre de poursuivre son exploration. Sa jolie bouche butinant ses lèvres avait une maladresse charmante, sa langue testait timidement la sienne.

Il brûlait d'envie de lui faire l'amour sans attendre, avec passion, comme si sa vie en dépendait. S'emparer de ses hanches et la repousser contre le mur de l'écurie, baisser son jean et glisser à nouveau la main entre ses jambes magnifiques, sentir une nouvelle fois sa chair secrète, brûlante et humide.

Il désirait la pénétrer lentement, sentir combien elle le désirait aussi.

Mais il n'en fit rien.

Ce fut l'effort le plus gigantesque qu'il ait jamais eu à fournir de toute sa vie. Attendre. Permettre à Danielle de mener le jeu. La laisser croire qu'elle contrôlait la situation. Il était prêt à tout pour éviter qu'elle prenne peur une nouvelle fois. S'il devait se montrer patient, ne rien brusquer, il en était capable. Il le fallait.

Pourvu qu'il puisse la posséder.

Elle devait être à lui. Il devait exorciser le démon qui s'était emparé de lui, et qui exigeait qu'il la prenne. Qui exigeait qu'il la fasse sienne.

Son cheval s'ébroua derrière eux à cet instant et, comme si elle sortait d'un rêve, Danielle s'écarta de lui.

Aïe.

— Accorde-moi un instant pour m'occuper des chevaux, dit-il d'un ton précipité. Je ne serai pas long.

Il allait expédier cette corvée en un rien de temps et revenir aussitôt se délecter du goût de sa bouche. Il dessella les chevaux, puis les étrilla rapidement, s'attendant à la voir détaler. Au lieu de cela, elle resta à l'observer avec des yeux immenses, une expression d'indécision totale sur son ravissant visage.

Parce qu'elle savait.

Elle savait que si elle restait là, il ne se contenterait pas d'un baiser. Qu'il la désirait tout entière.

Il poursuivit son travail, mais moins vite, s'obligeant à ralentir chaque geste. À faire durer l'opération, parfaitement conscient que c'était une torture pour eux deux. Il tenait à ce qu'elle le désire autant qu'il la désirait.

Il devinait qu'elle était tentée de s'enfuir, mais aussi que son corps le réclamait. Qu'elle désirait qu'il lui fasse l'amour. Elle vacillait entre sa peur et une irrésistible curiosité.

Et il espérait bien que la curiosité gagnerait la partie.

Au bout d'un moment interminable, elle toussota pour s'éclaircir la voix.

— Vas-tu avoir besoin de toute la journée pour faire cela ? remarqua-t-elle d'un ton impatient.

— Il faut bien soigner ses chevaux, Danielle. Je sais qu'une fille de la ville comme toi ne comprend pas l'importance de ces choses-là.

Elle le dévisagea attentivement une seconde, puis elle fit un pas en avant et, lui arrachant son Stetson, elle le posa sur sa propre tête.

— Tu me fais marcher, dit-elle. Tu te joues de moi.

— Pas encore, répliqua-t-il, incapable de réprimer son sourire. Mais j'en ai bien l'intention.

Après cet échange, il accéléra un peu le rythme. Il conduisit les chevaux dans leur box, puis, prenant la main de Danielle, il l'entraîna au fond des écuries, vers une échelle donnant accès au fenil.

— Puis-je te montrer quelque chose ?

Elle hésita un instant, visiblement songeuse, avant d'observer :

— Pourquoi ai-je le sentiment que ce n'est pas le fenil que tu désires me montrer ?

— Je vais te montrer le fenil, assura-t-il. Mais ce n'est pas tout ce que je voudrais te montrer, c'cst vrai.

Elle recula d'un pas, visiblement nerveuse, mais il glissa une main derrière sa nuque et écrasa ses lèvres sur les siennes pour l'embrasser comme il avait désiré le faire, tout à l'heure, lorsque sa petite bouche butinait la sienne. Il avait épuisé toutes ses réserves de patience et il n'était plus question de la laisser continuer à mener le jeu. Plus maintenant.

Il lui prit le visage entre ses mains, effleurant ses joues d'une caresse, et murmura tout contre ses lèvres :

— Ce que nous faisons maintenant n'a aucun rapport avec l'arrangement que nous avons conclu. Aucun rapport avec notre contrat, ni avec une quelconque petite annonce, celle de mon père ou la mienne. Le fait est que je te désire. Tu comprends ?

— Oui, répondit-elle dans un souffle.

Un flot d'adrénaline envahit son sang, accompagné d'un étrange sentiment de triomphe mêlé d'un soupçon de culpabilité. Il la désirait. Il savait qu'il ne la méritait pas. Mais cela ne l'empêcherait pas de la faire sienne.

Alors, il la prit par la main et l'aida à gravir l'échelle.

- 7 -

Le cœur de Danielle battait si fort qu'elle n'entendait plus que ses coups assourdissants dans ses oreilles, alors qu'elle grimpait les barreaux de l'échelle du fenil.

Le lieu était très différent de ce qu'elle avait imaginé. Il était propre. Un tas de foin occupait un coin de cet espace, mais le reste était immaculé. Tout était soigneusement rangé et organisé avec précision. Connaissant Joshua, cela n'était pas vraiment une surprise.

Néanmoins, elle ne put s'empêcher de sourire. Elle le connaissait, c'était vrai. D'une certaine façon, elle avait l'impression qu'il était la personne au monde qu'elle connaissait le mieux.

Ce qui, naturellement, en disait long sur toutes ses autres relations passées. Durant quelque temps, elle avait eu des amis, mais ils avaient disparu les uns après les autres lorsqu'elle avait dû s'occuper à plein temps de sa mère enceinte, tout en travaillant au magasin pour survivre. Par la suite, lorsqu'elle s'était retrouvée seule à s'occuper de Riley, aucun d'eux n'était revenu.

Au fond, elle ne leur en voulait pas. Leur vie était déjà suffisamment difficile sans qu'ils doivent y ajouter les problèmes d'une amie encore plus infortunée qu'eux.

Elle les comprenait, certes, mais cela ne l'empêchait pas de souffrir de sa solitude.

Elle se tourna vers Joshua et leurs regards plongèrent l'un dans l'autre. Il s'était confié à elle, lui avait parlé de son passé, tandis qu'elle continuait à lui dissimuler un énorme secret. Et elle persistait dans son silence, alors même qu'elle s'apprêtait à lui offrir son corps.

Elle prit une profonde inspiration et s'apprêtait à parler lorsque quelque chose dans son regard d'azur l'en dissuada. C'était le regard intense d'un prédateur, qui lui donnait l'impression d'être le centre de l'univers ou, tout du moins, de son univers à lui.

C'était un sentiment grisant. Et elle l'éprouvait pour la toute première fois de sa vie.

Elle désirait davantage. Elle désirait tout. Quelles que puissent en être les conséquences.

Et c'était une idée effrayante. Plus terrifiante que d'accepter de faire une chose inédite pour elle. Car elle venait enfin de comprendre comment sa mère avait pu renoncer à sa raison, à son estime d'elle-même, pour cet instant où un homme vous regarde comme si vous étiez tout pour lui.

Danielle avait vécu si longtemps avec le sentiment qu'elle n'était rien pour personne, à part un fardeau, qu'elle éprouvait une sorte de merveilleuse ivresse à être considérée comme la solution, au lieu d'être le problème. Elle savait qu'elle ne pourrait jamais revenir en arrière, quoi qu'il advienne.

Même si son bon sens avait tenté de s'imposer, elle l'aurait ignoré, parce qu'elle avait besoin de faire cette expérience. Son cœur exigeait ce baume bienfaisant pour effacer les profondes blessures qu'elle portait en elle.

Joshua traversa l'espace immaculé pour aller ouvrir un placard. À l'intérieur, plusieurs épaisses couvertures de laine à dessins géométriques d'inspiration tribale étaient soigneusement pliées. Il en sortit deux et étala la première sur le sol.

Elle fit de son mieux pour contrôler la panique qui commençait à s'emparer d'elle et se manifestait sous la forme d'un rire hystérique qu'elle sentait monter dans sa gorge.

— Je sais bien que ce fenil n'est pas une suite de palace, s'excusa-t-il.

— Cela ne me dérange pas du tout, assura-t-elle avec un sourire un peu contraint.

Il posa la seconde couverture, toujours pliée, au pied de leur couche improvisée et, s'emparant de sa main, il l'attira à lui. Puis il inclina la tête, et ses lèvres vinrent se poser sur les siennes.

Le cœur de Danielle battait si fort qu'il devait l'entendre et comprendre à quel point il la troublait.

Elle avait des révélations à lui faire concernant sa mère qui était aussi celle de Riley. Concernant sa virginité.

Mais elle n'avait pas les mots pour les exprimer.

Seuls les battements de son cœur pouvaient parler pour elle, ses membres tremblants. Elle pouvait lui montrer que ses yeux s'emplissaient de larmes et que, malgré ses efforts désespérés, elles continuaient à couler.

Elle savait manipuler une conversation, offrir des réponses naviguant habilement entre vérité et fiction.

Mais son corps ne connaissait que la vérité.

Elle espérait qu'il le comprenait. Plus tard, ils parleraient, se montreraient honnêtes l'un envers l'autre.

Parce qu'il lui poserait des questions. Beaucoup de questions. Mais, pour le moment, elle laisserait ses caresses – fussent-elles timides et maladroites – et les petits baisers pudiques qu'elle déposait sur ses joues exprimer à sa place ce qu'elle ne pouvait pas lui dire avec des mots.

— Je n'ai pas besoin de luxe, ajouta-t-elle d'une voix qu'elle ne reconnut pas elle-même.

— Tu y as droit, murmura-t-il. Mais, si je devais t'emmener dans ma chambre, il faudrait attendre jusqu'à ce soir, or je n'avais pas envie d'attendre.

— Ce n'est pas d'un cadre luxueux dont j'ai besoin, répondit-elle dans un souffle. Seulement de toi. Ici. Maintenant.

Il redressa la tête et prit une profonde inspiration, puis sa bouche vint se poser sur la sienne. Ce fut un baiser brûlant, ravageur, qui enflamma instantanément des zones de son corps trop longtemps négligées. Elle se cramponna à ses puissantes épaules pour maintenir son équilibre, parce que ses jambes ne la soutenaient plus.

Il la souleva dans ses bras sans effort apparent, la serrant contre sa poitrine comme si elle n'était qu'une enfant, puis il la porta jusqu'à la couverture et la reposa doucement sans cesser de l'embrasser.

Danielle était éblouie, hypnotisée par l'intensité de son regard et son air de farouche détermination. La proximité de leurs corps et sa fragrance masculine la bouleversaient.

Elle avait passé ces quelques derniers mois à s'occuper de son demi-frère, se consacrant tout entière à ce petit être humain qu'elle aimait plus que tout au monde. Mais, ce faisant, elle s'était oubliée elle-même. Elle avait donné continuellement, s'était sacrifiée sans rien espérer en retour.

Sauf que ceci, c'était bien plus qu'elle n'avait jamais eu ou espéré : être le centre d'attention d'un homme, l'objet de son désir.

Il avait besoin d'elle, mais pas à la manière d'un enfant. Ce besoin n'était pas entièrement égoïste. Le désir de Joshua lui offrait autre chose en retour quand il l'embrassait, caressait son corps, la tourmentait avec la promesse d'un désir qu'elle n'avait jamais éprouvé auparavant.

Avant de se rendre compte de ce qu'elle faisait, elle glissa les mains sous l'ourlet de sa chemise, effleurant avec délectation son ventre aux muscles durs. Sa peau était brûlante sous ses doigts et, tout à coup, ce qu'elle avait pu faire – ou ne pas faire – par le passé lui sembla sans importance. Sa virginité était un détail secondaire.

Le feu du désir avait réduit à néant sa raison. Rien ne comptait plus, hormis le besoin de sentir sa peau contre la sienne. Sans aucune barrière pour les séparer.

Soudain, ses années de solitude, de glaciale distance avec les autres étaient un fardeau qu'elle ne pouvait simplement plus porter. Elle avait besoin de sentir son corps sur elle, en elle, quel que soit l'ordre dans lequel cela se produirait. À cet instant, cela lui était indifférent.

Parce que son désir balayait les conséquences possibles, comme une fringale désespérée que seules pouvaient apaiser ses caresses. Son désir d'elle.

Elle releva sa chemise avec des doigts tremblants et elle l'aida à la faire passer par-dessus sa tête. La gorge sèche, les lèvres entrouvertes, elle le détailla tout à loisir. Il avait de larges épaules, un torse sculptural aux muscles parfaitement dessinés, couverts d'une légère toison dorée qui allait en se rétrécissant avant de disparaître sous la ceinture du jean qu'il portait bas sur ses hanches.

Elle n'avait jamais vu aucun homme qui lui ressemble, en tout cas jamais en chair et en os. Et elle ne s'était jamais non plus trouvée aussi près d'un homme. Elle posa les paumes sur ses pectoraux, se délectant de leur chaleur, de leur fermeté, des battements précipités de son cœur qu'elle sentait sous ses doigts, aussi forts que les siens.

Elle écarta les jambes et il s'allongea sur elle. Malgré les vêtements qui les séparaient encore, elle sentait distinctement son érection presser contre cette partie de son corps où brûlait un feu liquide. Alors elle se perdit tout entière dans son baiser, dans l'oscillation de ses hanches contre les siennes. Cet instant, cette expérience étaient tout ce qu'elle avait manqué en grandissant. Des années d'adolescence gâchées, durant lesquelles elle aurait dû découvrir le flirt, se rouler dans le foin avec les garçons en espérant de ne pas se faire attraper. Au demeurant, sa mère n'aurait rien trouvé à y redire.

Ce qu'elle vivait maintenant était une réhabilitation. Plus encore, c'était une découverte de désirs dont elle ignorait jusqu'à l'existence. Sans compter qu'elle n'aurait jamais imaginé désirer un homme comme Joshua.

Ils formaient un couple invraisemblable. Un brillant homme d'affaires trentenaire, propriétaire d'un ranch et qui semblait fuir tout engagement émotionnel, et elle, jeune femme pauvre ayant tout juste dépassé la vingtaine, s'accrochant désespérément à chaque lien qu'elle pouvait établir avec les autres, parce que chacun d'eux était rare et précieux.

Malgré tout, sans qu'elle sache trop comment l'expliquer, ils s'accordaient parfaitement lorsqu'ils s'embrassaient, se caressaient. Pour une raison mystérieuse, il était le seul homme qui ait jamais eu cet effet-là sur elle.

C'était peut-être parce qu'il l'avait initiée à l'équitation. Ou peut-être parce qu'il leur offrait, à Riley et à elle, une occasion d'échapper à la pauvreté. Peut-être parce qu'il était si beau. Quoi qu'il en soit, elle avait le sentiment que le lien qui s'était tissé entre eux transcendait toutes ces catégories.

Mais, alors que la bouche de Joshua traçait un chemin sinueux de baisers sur son cou, ces questions s'éloignèrent de son esprit. Elle n'avait pas besoin de donner un nom à ce lien. Elle n'en avait même pas envie.

Elle cessa de respirer lorsqu'il fit passer son chemisier par-dessus sa tête avec une dextérité bien supérieure à la sienne, puis la débarrassa de son soutien-gorge. Les pointes de ses seins avaient durci, lui rappelant que la nature n'avait pas été très généreuse avec elle, pour ce qui était de leur taille.

Si ce détail l'embarrassait un peu, Joshua, lui, ne sembla pas s'en formaliser.

Au lieu de cela, il inclina sa tête pour recueillir un bouton rose entre ses lèvres. Cette sensation fut si soudaine, si choquante et si inattendue, qu'elle laissa échapper un gémissement et cambra le dos pour aller à la rencontre de sa bouche.

Levant les yeux vers les siens, il lui adressa un sourire

insolent qui aurait dû l'irriter. Tout au contraire, elle s'abandonna totalement à la chaleur de son corps et à l'incendie qui s'était allumé entre eux, à sa bouche magique qui dessinait une carte du plaisir sur sa peau, descendant jusqu'à la frontière délimitée par la ceinture de son jean. Sa bouche gourmande butinait à présent son ventre, juste au-dessus du bouton de laiton, et cette nouvelle sensation était si délicieusement choquante qu'elle s'entendit gémir de plaisir une nouvelle fois.

Elle appuya son poing fermé contre sa bouche pour s'empêcher de devenir trop bruyante et de se couvrir de ridicule en révélant la profondeur de son inexpérience. Les sons qu'elle produisait annonçaient clairement qu'elle découvrait ces sensations pour la première fois. Et, naturellement, elle se sentait un peu trop vulnérable.

Elle était habituée à garder les gens à distance. Transparente aux yeux des autres, elle utilisait son insignifiance comme un bouclier pour protéger ses sentiments et ses secrets.

Mais, ici, aucune mise à distance n'était possible. Et moins encore lorsqu'il défit le bouton et tira lentement la fermeture à glissière de son jean avant de faire glisser le tissu un peu rugueux le long de ses jambes, entraînant sa culotte dans le même mouvement.

Elle s'était sentie vulnérable quelques instants plus tôt, mais ce n'était rien comparé à ce qu'elle ressentait à présent. Elle se sentait fragile, douloureusement exposée, alors qu'il repoussait gentiment son genou pour se régaler les yeux du spectacle de sa féminité offerte.

Elle avait envie de resserrer les jambes, de se couvrir, mais elle était comme paralysée, totalement captive de l'attente de ce qui pourrait se produire ensuite. Elle brûlait de le découvrir et, en même temps, désirait désespérément y échapper.

Les doigts doux mais vigoureux de Joshua effleurèrent l'intérieur de sa cuisse, se rapprochant dangereusement de sa chair palpitante et humide. Puis elle le sentit. Là. Sa main se referma sur elle. Ce contact n'était ni doux ni hésitant. Sa paume appliquait une pression ferme sur son clitoris, tandis que ses doigts agiles l'entrouvraient pour se glisser en elle.

Ses intentions devinrent claires lorsqu'il inclina la tête pour poser sa bouche au centre de sa féminité. Elle souleva les hanches, sans même se donner la peine d'essayer d'étouffer le gémissement qui s'échappait de ses lèvres.

Il changea alors de position, agrippant ses hanches pour la soumettre à un impitoyable assaut. L'extrême tension qu'elle ressentait dans son sexe augmentait avec chaque caresse de sa langue agile sur le bouton ultrasensible. Et, lorsqu'il y appuya simultanément son pouce, elle enfonça les ongles dans les muscles de son dos sur un geste convulsif.

Son pouce glissa le long de la fente humide et brûlante, agaçant l'entrée de son corps, et elle se mit à onduler des hanches presque sans s'en rendre compte, désirant désespérément qu'il aille plus loin, soudain incapable de supporter plus longtemps le vide douloureux qu'elle ressentait en elle pour la première fois.

Il glissa un doigt en elle et cette invasion étrangère lui coupa le souffle. Mais la sensation d'étrangeté passa très vite, sous l'action bienfaisante de sa bouche. Le second doigt qui se glissa en elle le fit sans aucune difficulté.

Lorsque ses doigts commencèrent à se mouvoir plus vite, elle sentit qu'un tremblement de terre était sur le point de se produire dans son corps. Une secousse lente qui gagna progressivement tout son être, faisant trembler ses membres. Entre-temps, la pression continuait à augmenter en son centre et, lorsque son pouce vint s'y appuyer, ce fut l'explosion. Vague après vague, un tsunami de sensations déferla sur elle, la laissant abasourdie, anéantie, longtemps après le premier choc.

Puis il se leva et se débarrassa en même temps de son jean et de son boxer, les faisant glisser lentement sur ses jambes musculeuses.

Elle n'avait jamais vu un homme nu, en tout cas pas en chair et en os. Et la preuve évidente de son désir, dressée devant lui comme une énorme colonne de chair, vint lui rappeler, s'il en était besoin, qu'ils n'en avaient pas terminé, tous les deux, même si elle se sentait merveilleusement satisfaite après cet orgasme cataclysmique.

Satisfaite, mais pas rassasiée. Elle désirait davantage. Il avait bien plus à lui donner. Elle désirait se sentir proche de lui. Parce qu'elle voulait lui rendre le plaisir qu'il lui avait offert, dans la limite de ses modestes moyens.

Il s'agenouilla et, tirant son jean à lui, il en sortit son portefeuille. Lorsqu'il en retira un préservatif, elle lui fut reconnaissante de sa présence d'esprit. Elle n'était pas imprudente au point d'accepter une relation sexuelle sans protection et ce, pour mille raisons, mais elle n'y aurait pas songé toute seule s'il ne l'avait pas fait.

Dieu merci, l'un d'eux, au moins, continuait à réfléchir. Elle-même était trop bouleversée pour rester aussi lucide, trop abasourdie par son récent orgasme et par l'énormité de ce qui était sur le point de se produire.

Lorsqu'il se positionna entre ses jambes et qu'il pressa son épais pénis contre l'entrée de son sexe brûlant, elle en eut le souffle coupé.

Cela faisait mal, très mal. Ses doigts ne l'avaient pas préparée à recevoir cette colonne de chair.

Il remarqua son hésitation et ralentit, poursuivant sa progression avec une lenteur frissonnante. Elle s'accrocha à ses épaules et, fermant les yeux, elle enfouit son visage au creux de son cou alors qu'il finissait d'entrer en elle d'un ultime coup de hanches.

Elle faisait de son mieux pour continuer à respirer, mais son esprit flottait dans une sorte de brouillard diffus. Joshua était en elle et elle venait de perdre sa virginité. En réalité, elle n'avait pas l'impression d'avoir perdu quoi que ce soit. Au contraire, il lui semblait qu'elle y avait gagné. Énormément gagné.

La douleur commençait déjà à s'atténuer et, lorsqu'elle leva les yeux vers son visage, elle nota son expression d'extrême concentration, sa mâchoire serrée, les veines de son cou saillantes.

— Ça va ? s'enquit-il d'une voix un peu étranglée.

Elle acquiesça en silence, puis elle contracta ses muscles internes pour voir l'effet que cela produisait.

Ce fut au tour de Joshua de laisser échapper un gémissement. Il inclina la tête, pressant son front contre le sien, avant de l'embrasser. Puis il se remit en mouvement.

Bientôt, la merveilleuse tension qu'elle avait ressentie tout à l'heure réapparut au centre de son corps et le feu du désir vint remplacer la douce plénitude dans laquelle elle baignait. Comment pouvait-elle brûler de ce désir fou, quelques instants à peine après s'être sentie aussi comblée ?

C'était ce qui se produisait pourtant.

Rien n'exista plus, hormis le rythme de leurs deux corps, la sensation excitante de cette douce invasion. La douleur avait disparu et il ne restait plus que le plaisir. C'était une sensation totalement inédite, unique, fabuleuse. Elle aurait souhaité qu'elle ne s'arrête jamais.

Mais, plus encore que de son propre plaisir, elle jubilait de voir Joshua perdre sa belle assurance.

Car il l'avait changée de tant de façons qu'elle ne savait plus si elle pourrait jamais redevenir elle-même. Il n'était que justice qu'il perde un peu pied, lui aussi.

Le front de Joshua s'était couvert de transpiration, qui ruisselait aussi dans son dos, et elle se délectait de sentir sous ses doigts la preuve éclatante de l'effet que ce corps-à-corps sensuel avait sur lui.

Sa respiration s'était faite saccadée. Il tremblait, les assauts de ses hanches devenaient des coups de boutoir. Or, loin d'en être effrayée, elle lui rendait passionnément coup pour coup, son propre plaisir accompagnant le sien pas à pas.

Tremblant de tous ses membres, il enfouit le visage dans son cou avec un gémissement rauque, puis il s'enfonça en elle une dernière fois, déclenchant une vague géante dans tout son corps, puis ils basculèrent ensemble dans un abîme insondable de plaisir.

Il tenta de se retirer, mais elle le retint fermement, resserrant les bras autour de lui pour le garder tout contre elle. Car, plus vite leurs corps se sépareraient, plus vite ils devraient parler. Et elle n'était pas sûre d'être prête pour une telle conversation.

Néanmoins, lorsqu'il releva la tête, l'étincelle qu'elle vit luire au fond de ses yeux bleus suggérait que le moment était venu de parler, que cela lui plaise ou non.

Il se laissa rouler de côté, s'écartant d'elle, puis il se redressa en position assise, avant de lâcher :

— Tu comptes m'expliquer ce qui s'est passé ou je vais devoir le deviner tout seul ?

— Quoi donc ? s'enquit-elle d'un air trop innocent pour être sincère.

— Danielle, je vais te poser une question et j'ai besoin que tu me répondes honnêtement. Étais-tu vierge ?

Joshua sentait encore son sang bouillonner dans ses veines et le feu du désir qui couvait juste sous la surface de sa peau. La question qu'il venait de poser était probablement absurde. La douleur qu'il avait cru deviner chez elle pendant l'acte pouvait s'expliquer par le fait qu'elle n'avait plus fait l'amour avec un homme depuis qu'elle avait mis au monde son enfant.

Mais il avait le pressentiment que l'explication était ailleurs. Car, si Danielle était vierge, tout s'expliquait. Sa façon de répondre à son baiser. Sa première réaction lorsqu'il l'avait caressée.

Sa réaction allait bien au-delà du désir, au-delà du

simple plaisir des sens. Il avait senti une sorte d'émerveillement chez elle. Le sentiment d'une découverte.

Mais cela signifierait alors que Riley n'était pas son fils. Et qu'elle lui avait menti effrontément.

— Voyons, Joshua, se défendit-elle, Riley devrait être la preuve que…

— Ne me mens pas, Danielle, coupa-t-il en lui saisissant le poignet pour la faire asseoir face à lui.

— Pourquoi vas-tu penser une chose pareille ? protesta-t-elle faiblement.

— Pour de nombreuses raisons. Mais, principalement, parce qu'il m'est déjà arrivé de faire l'amour avec une vierge. Ou, plus exactement, Sadie Miller et moi nous sommes mutuellement déniaisés dans les bois, il y a dix-huit ans de cela. On n'oublie pas ces choses-là. Bien sûr, j'en conviens, l'étroitesse de ton sexe pourrait s'expliquer par d'autres raisons.

Il la vit rougir jusqu'aux oreilles, mais il poursuivit impitoyablement :

— Toutefois, je n'y crois pas du tout. Alors, que se passe-t-il vraiment, Danielle ? Qui est la maman de Riley ?

— Je suis sa mère, insista-t-elle d'un ton colérique, une larme roulant sur sa joue. En tout cas, c'est comme si je l'étais. Je devrais l'être.

— Mais ce n'est pas toi qui l'as mis au monde.

— Non, c'est vrai, reconnut-elle, essuyant une seconde larme sur sa joue.

— Tu fuis quelqu'un ? Y a-t-il quelque chose que je devrais savoir ?

— Non, ce n'est pas du tout cela. Je ne me cache pas. Je n'ai pas volé ce bébé. Je suis la tutrice légale de Riley. Mais je me trouvais dans une position problématique. C'était en tout cas l'avis des services sociaux. J'ai perdu mon emploi à cause de problèmes de baby-sitting et j'ai besoin d'argent.

Soudain, elle paraissait si incroyablement jeune, tellement vulnérable… Et il avait l'impression d'être le roi des imbéciles.

Certes, elle lui avait menti. Elle lui avait fait croire que son histoire était totalement différente de celle qu'il découvrait maintenant. Pourtant, c'était surtout contre lui-même qu'il était furieux.

Parce que la situation qu'elle lui dévoilait était encore plus désespérante que celle qu'elle avait tenté de lui montrer. Parce qu'elle était vierge et qu'il l'avait traitée avec une indifférence monstrueuse.

Elle avait été désespérée, totalement à court de solutions, et elle avait répondu à son annonce uniquement parce qu'elle n'avait pas d'autre choix. Il se voyait obligé de remettre en question tout ce qu'il avait cru savoir à son sujet. Et, dans ce nouveau récit, il devait reconnaître qu'il tenait le rôle du méchant.

— À qui est ce bébé ?

Elle demeura un instant silencieuse, ses genoux ramenés contre sa poitrine, dissimulant sa nudité, avant de répondre d'une voix sans timbre :

— Riley est mon demi-frère. Ma mère s'est présentée à ma porte, il y a un an de cela, enceinte et totalement désespérée. Elle avait besoin de quelqu'un pour l'aider. Ce jour-là, elle semblait sincèrement disposée à s'occuper de lui. Elle lui a même donné un prénom. Elle m'a juré qu'elle serait une meilleure mère pour lui qu'elle ne l'avait été pour moi. Qu'elle en avait fini avec les hommes et tout le reste. Mais elle n'a tenu aucune de ses promesses. Peu de temps après, elle a rencontré un autre type. Au début, je l'ignorais. Je ne m'étais pas rendu compte qu'elle laissait très souvent le bébé seul dans l'appartement lorsque j'étais à mon travail. Lorsque je l'ai découvert, je n'ai pas hésité, poursuivit-elle d'une voix tremblante, après avoir pris une profonde inspiration. Je n'ai pas attendu qu'elle décide elle-même de l'abandonner. J'ai contacté les services sociaux. Et j'ai ainsi obtenu d'être temporairement nommée tutrice légale de Riley. Ma mère a disparu avec son nouvel ami. Malheureusement, j'ai ensuite été licenciée de mon travail et je me suis trouvée incapable de payer le loyer. Et c'est alors que je suis tombée sur ta petite annonce.

— Tu aurais dû me dire tout cela avant, observa-t-il, jurant entre ses dents.

— Peut-être. Mais j'avais besoin de cet argent, Joshua. Je ne pouvais pas prendre le risque que tu retires ton offre. Je voyais bien que tu n'étais pas très content que j'aie amené un bébé avec moi. Aujourd'hui, je comprends pourquoi. Mais, à ce moment-là, je ne voulais rien faire qui puisse compromettre notre arrangement.

Il avait l'impression de s'être conduit comme un imbécile, ce qui était sûrement vrai. Il comprenait tout à coup qu'il lui avait fait vivre un véritable enfer. Quels que soient ses liens généalogiques avec Riley, elle était désespérée et il en avait profité. C'était un peu moins vrai lorsqu'il s'abstenait de la toucher. Au moins, il pouvait alors prétendre que leur arrangement était une transaction équitable.

Mais, à présent ?

À présent, il lui avait fait l'amour et il lui était

impossible de continuer à prétendre qu'elle n'était rien pour lui.

Et, très franchement, il n'en avait pas envie.

Il luttait contre ce sentiment depuis la seconde où ils étaient partis chevaucher dans les collines, ou peut-être même depuis qu'ils étaient repartis de la maison de ses parents, la semaine précédente.

Mais, aujourd'hui, lorsqu'il avait posé les yeux sur elle, lorsqu'il l'avait vue sourire et qu'il avait remarqué qu'elle avait repris des couleurs, depuis qu'elle vivait dans un environnement où elle se sentait en sécurité…

Il avait désiré lui offrir cela, et bien davantage, lui faire plus de bien que de mal, réparer et non briser.

Pour Shannon, il était trop tard. Mais il pouvait encore aider Danielle. Il pouvait faire en sorte qu'elle se sente toujours en sécurité. Qu'elle et Riley soient toujours protégés.

L'idée aurait pu lui paraître comique si la situation elle-même n'avait pas été aussi dramatique. La petite annonce de son père l'avait irrité et lui avait donné envie de lui donner une leçon. Mais il n'avait pas prévu Danielle.

Il n'avait pas envisagé les sentiments qu'elle éveillait en lui, ni qu'elle ramènerait à la vie une partie de lui-même qu'il croyait endormie pour de bon.

Ce n'était pas seulement une question d'alchimie, ni une simple attirance sexuelle. C'était un profond désir de la rendre heureuse et la couvrir de présents. De réparer ce qui était cassé.

Il savait que la solution ne viendrait pas de lui personnellement, mais son argent pouvait certainement régler certains de ses problèmes. De plus, l'alchimie existait réellement entre eux, une alchimie extraordinaire allant bien au-delà de tout ce qu'il avait pu ressentir par le passé.

— La vérité ne change rien, lâcha-t-elle d'une voix étouffée, laissant tomber la tête sur ses bras. Rien du tout.

Il tendit une main et lui saisit doucement le menton pour l'obliger à relever les yeux vers lui, avant de répliquer :

— Si, au contraire, elle change tout, même si cela ne doit pas être le cas. Au fond, ce n'est peut-être pas Riley qui l'a changée, mais seulement nous deux.

— Il n'est pas obligatoire qu'elle change quoi que ce soit, insista-t-elle.

— Danielle, je ne peux pas…

Elle sursauta et, s'agrippant à son bras, une expression de terreur dans ses grands yeux, elle murmura :

— Joshua, je t'en prie, j'ai besoin de cet argent ! Je ne peux pas retourner là d'où nous venons. Les services sociaux me soumettent à des obligations plus sévères que si j'étais sa mère biologique. Je ne peux pas risquer de perdre Riley.

Il lui souleva à nouveau le menton et, plongeant le regard tout au fond de ses grands yeux bruns brillants de larmes retenues, il répondit d'une voix douce :

— Danielle, pour rien au monde je ne voudrais que tu risques de le perdre. Je désire vous protéger tous les deux.

— Vraiment ? répondit-elle d'un ton soupçonneux, évitant son regard.

— J'ai beaucoup réfléchi. J'y réfléchissais déjà tout à l'heure, pendant notre promenade à cheval, mais à présent que je connais toute votre histoire… Je voudrais que Riley et toi restiez vivre avec moi.

— Quoi ? fit-elle, éberluée.

— Danielle, accepterais-tu de m'épouser ?

- 8 -

Danielle ne parvenait pas à assimiler ce qu'elle venait d'entendre.

Elle s'attendait à ce qu'il se mette en colère, à ce qu'il soit furieux parce qu'elle lui avait menti, mais certes pas à ce qu'il lui propose de l'épouser.

Tout du moins, c'était ce qu'elle avait cru comprendre.

— Tu veux… m'épouser ? M'épouser pour de vrai ?

— Oui, confirma-t-il d'un ton sans réplique. L'idée de berner ma famille te met mal à l'aise et elle m'indispose, moi aussi. Tu as besoin d'argent et de sécurité et, après tout, je peux facilement te les offrir. Il existe une alchimie indéniable entre nous. Et… Je ne veux pas te renvoyer affronter le monde toute seule. Tu ne sais même pas où tu iras habiter.

Il n'avait pas tort, à ce sujet. Et c'était une proposition fichtrement alléchante. Ils étaient nus, tous les deux, et il était beau comme un dieu. Elle désirait l'embrasser à nouveau, le caresser, mais, plus que tout, elle désirait qu'il la serre une nouvelle fois dans ses bras vigoureux.

Elle désirait se sentir proche de lui. Soudée à lui. Elle désirait désespérément ne plus se sentir seule.

Mais il y avait forcément un « mais ».

Il y avait toujours un « mais ». Il pouvait lui raconter tant qu'il voudrait que ceci n'était pas une simple transaction commerciale, qu'il l'avait emmenée faire une promenade à cheval sans arrière-pensée, ce qui était sûr, c'était qu'ils avaient fait l'amour et qu'il avait un préservatif tout prêt dans son portefeuille.

Donc, il s'y était préparé.

Cette idée lui serra la gorge.

— Avais-tu prévu ce qui s'est passé ? s'enquit-elle. La séduction après l'équitation ?

— Non, j'ai toujours un préservatif dans mon portefeuille parce que j'aime être toujours prêt pour le sexe. On ne sait jamais. Tu peux m'en vouloir pour cela si cela te chante, mais, dans la mesure où nous l'avons utilisé ensemble, ce serait quelque peu hypocrite de ta part.

— Essaies-tu de me tendre un piège ? s'enquit-elle, au bord de la panique. Parce que je ne comprends pas quel profit tu pourrais retirer de devenir mon mari, ou de nous garder ici, Riley et moi. Tu n'as aucune affection pour Riley. Tu ne supportes même pas de te trouver dans la même pièce que lui.

— J'ai brisé Shannon, rétorqua-il d'un ton coupant. Je l'ai ruinée, je le sais. Mais toi, je ne te briserai pas. Je désire faire exactement le contraire. Te réparer.

— Je ne suis pas un robinet qui fuit, répliqua-t-elle d'une voix tremblante. On ne peut pas tout réparer dans ma vie en me glissant une bague au doigt.

— Je n'ai pas dit cela, se défendit-il. Mais tu as besoin de quelque chose que je peux t'offrir, et moi… j'ai besoin de toi, Danielle. Ce que je t'offre, ce n'est pas l'amour, mais je sais être fidèle, ajouta-t-il d'une voix tendue, après une brève pause. Je suis prêt à devenir un mari depuis des années, et cette partie-là ne me gêne pas du tout. Je peux m'occuper de toi, assurer votre sécurité. Et si je te renvoyais dans le monde extérieur avec rien d'autre qu'une somme d'argent et que quelque chose vous arrivait, à Riley et à toi, je ne me le pardonnerais jamais. Alors, reste avec moi. Épouse-moi.

C'était fou. Il était fou.

Et elle aussi était folle de rester là à l'écouter, à réfléchir sérieusement à tout ce qu'il lui offrait.

Pourtant, elle imaginait ce que serait sa vie ici, pour elle, comme pour Riley, dans le ranch de Joshua et sa belle maison.

Et elle savait – avec une certitude absolue – que ce qu'elle avait ressenti physiquement avec lui, ce qui venait de se produire, expliquait en grande partie la teneur de cette conversation.

Plus encore que le plaisir, c'était la sensation d'être proche de lui qu'elle trouvait la plus tentante. En fait, c'était la partie la plus dangereuse de sa proposition. La possibilité d'avoir un homme à ses côtés durant toute sa vie. D'élever Riley avec l'appui de cet homme si fort.

Elle sentit sa gorge se serrer. *Riley.* Riley pourrait avoir une figure paternelle en grandissant. Naturellement, elle n'était pas certaine du rôle que Joshua jouerait effectivement dans sa vie. Aujourd'hui, il était mal à l'aise avec le bébé, mais elle savait que Joshua était un homme juste et qu'il n'exclurait jamais Riley intentionnellement. Et surtout pas maintenant, alors qu'il venait de leur offrir de vivre avec lui.

— Et Riley ? s'enquit-elle, la bouche sèche.

— Que veux-tu dire ?

— Ta proposition le concerne, lui aussi. Et… Je ne parle pas seulement du gîte et du couvert. Mais…

Serais-tu prêt à l'élever comme un fils ? Ton père serait-il un grand-père pour lui ? Tes frères ses oncles, et ta sœur sa tante ? Je comprends qu'avoir un enfant dans ta maison doit te sembler douloureux, après avoir été privé une fois de la possibilité d'être père. Et je comprends aussi que tu désires me réparer, me sortir d'une situation difficile. Et c'est une offre tentante, Joshua. Extrêmement tentante. Mais j'ai besoin de savoir si elle concerne aussi Riley.

Joshua la considéra une seconde en silence, d'un visage de pierre, avant de répondre :

— Je ne suis pas certain de faire un bon père, Danielle. Je suis prêt à essayer, mais je ne peux pas te garantir que je serai le meilleur. Cela étant, tu as raison, je pourrai toujours compter sur ma famille pour me seconder en cas de besoin. Et, surtout, Riley t'a, toi.

Et il n'en fallut pas davantage pour la décider.

C'était pour cette raison qu'elle ne pouvait pas refuser. Parce que si elle se détournait de Joshua maintenant, Riley n'aurait qu'elle. Elle l'aimait, mais elle n'était qu'une femme seule. Si elle restait ici avec Joshua, Riley aurait des grands-parents, des tantes et des oncles, une famille. Des personnes qui savaient ce qu'était une vraie famille. Elle-même faisait de son mieux, mais les seuls modèles familiaux qu'elle connaissait étaient le cauchemar de la froide indifférence et de l'abandon ou les familles hystériques des séries de télévision.

La famille Grayson savait – Joshua savait – ce que signifiait le mot « famille ». Si elle acceptait sa proposition, Riley le saurait aussi.

— Je suppose… Je suppose que je ne peux pas

vraiment repousser une pareille offre, répondit-elle, la gorge serrée.

Toujours nue, mais nullement embarrassée, elle se redressa. Ce qui se passait ici, à cet instant, était autrement important que le fait qu'il voie ses seins.

— D'accord, Joshua, murmura-t-elle. Je veux bien t'épouser.

- 9 -

Le plus grand problème, avec ce brusque changement de plans, c'était que Joshua avait tout fait pour que sa famille déteste Danielle. Et à présent, il allait réellement l'épouser.

Certes, ses efforts n'avaient rencontré qu'un succès limité et sa famille ne l'avait pas franchement haïe. Cette situation avait certainement dû leur sembler suspecte, mais sa famille était tout simplement trop juste, trop chaleureuse, pour détester une femme comme elle.

Il n'en demeurait pas moins qu'il se sentît coupable. Et il savait qu'il allait devoir agir sans délai pour corriger la situation. C'était précisément pour cette raison qu'il se trouvait dans les bureaux de la Gray Bear Construction, plutôt que d'être resté travailler chez lui. Il savait que Faith et Isaiah seraient là, et il avait besoin de parler aux membres de sa fratrie.

Le siège de leur société se trouvait dans un petit immeuble construit sur le modèle d'une cabane de rondins. Il était situé à l'entrée de la ville, près de l'ancien emplacement de Rona's Diner, un restaurant bon marché qui avait fait place aux boutiques branchées qu'appréciaient les touristes de passage à Copper Ridge.

C'était un magnifique ensemble de bureaux avec

une superbe vue sur l'océan, mais Joshua préférait travailler tranquillement dans sa propre maison isolée dans les montagnes.

Son frère faisait de même, et il était d'autant plus remarquable qu'il soit ici aujourd'hui. Mais, comme il avait un autre rendez-vous en ville, il avait consenti à se traîner hors de son ermitage. Il portait même une chemise décente et un jean propre pour l'occasion.

Faith, brillante et efficace, venait chaque jour au bureau, toujours vêtue de différentes variations de son uniforme personnel : pantalon noir et haut noir – auxquels elle avait ce jour-là ajouté un petit pull de cachemire, car il faisait frisquet.

— Que fais-tu ici ? s'enquit-elle en lui lançant un regard scrutateur.

— Je suis venu pour parler avec toi, répondit Joshua.

— Je vais préparer du café, annonça une voix derrière lui.

Joshua se retourna et vit Poppy plantée à quelques pas. Étrangement, il n'avait pas remarqué sa présence. Mais, bien sûr, Poppy savait se fondre dans le décor. Aussi loin qu'il s'en souvienne, elle avait toujours été là avec eux : elle était comme un équipement de bureau indispensable, mais qu'on ne remarque que lorsqu'il ne fonctionne plus. Et Poppy fonctionnait toujours à merveille.

— Merci, Poppy, lança Faith.

— Quoi de neuf ? s'enquit Isaiah, s'adossant à son fauteuil, les bras croisés.

— Je me marie dans deux semaines.

— Avec la gosse avec qui tu sors ? s'enquit Faith d'un ton sarcastique.

— Elle a le même âge que toi, observa-t-il. Et, oui, c'est bien elle que je vais épouser.

— Si tu me permets une question : pourquoi te crois-tu obligé de nous annoncer ton futur mariage une seconde fois ? s'enquit Isaiah.

— Parce que la première fois, je vous avais menti, expliqua Joshua d'un ton embarrassé. Papa avait placé une petite annonce dans le journal pour me trouver une épouse et j'avais choisi Danielle uniquement pour lui donner une bonne leçon. Mais, au bout du compte, ma plaisanterie s'est retournée contre moi. Je désire réellement l'épouser.

— Mon Dieu, Joshua ! s'exclama Faith. Tu es vraiment un âne ! Je savais que tu mijotais quelque chose, mais j'étais loin de soupçonner que tu avais l'intention de jouer un tel tour à maman et à papa.

— Et que soupçonnais-tu ?

— Que ton… machin avait pris la place de ton cerveau, précisa-t-elle. Et, visiblement, cette première conclusion était juste. Car, franchement, pour quelle autre raison épouserais-tu cette femme que tu connais à peine ?

— Elle compte beaucoup pour moi. Et, croyez-moi, sa vie n'a pas été rose.

— As-tu couché avec elle ?

Cette question totalement dénuée de tact provenait d'Isaiah. Mais, bien sûr, son frère n'avait jamais eu aucune finesse. Voilà pourquoi ses fonctions dans l'entreprise concernaient les finances et pas les contacts avec la clientèle.

— Oui, reconnut Joshua.

— Elle doit être formidable, dit son frère en se levant sans décroiser ses bras. Mais je ne crois pas que cela puisse convaincre l'un de nous que tu penses encore avec ton brillant cerveau.

— Eh bien, tu es un crétin, rétorqua Joshua. Le sexe n'a rien à voir dans cette histoire. Je pourrais obtenir cela ailleurs sans aucune difficulté.

Faith poussa un soupir excédé et Joshua se tourna vers elle, les sourcils froncés.

— Et toi, tu peux arrêter de soupirer, ajouta-t-il. C'est toi qui as mentionné le sexe la première. Je ne fais que clarifier la situation. Tu sais ce que j'ai vécu avec Shannon et ce que je lui ai fait vivre. Si je renvoie Danielle et son bébé là d'où ils viennent et qu'il leur arrivait quelque chose, je ne me le pardonnerais jamais.

— Tu vis déjà dans un état d'auto-flagellation constante, ironisa Faith.

— Aimerais-tu vérifier si cela peut encore empirer ?

— Non, convint Faith. Mais épouser une femme au hasard, une femme rencontrée par les petites annonces, me paraît être une manière extrême d'expier tes fautes passées. Tu ne pourrais pas te contenter de réciter quelques *Ave Maria*, par exemple ?

— Si c'était aussi simple, je l'aurais fait depuis longtemps, répondit-il en soupirant. Je n'ai pas l'intention de raconter la totalité de l'histoire à papa et à maman, mais, à toi, je te dirai tout. Parce que je compte sur toi pour ne pas te montrer trop dure avec Danielle, quoi que tu aies pu penser d'elle quand je l'ai présentée à la famille. C'est moi qui l'ai entraînée dans ce guêpier et, à présent, c'est à moi de l'en faire sortir.

— Tu es vraiment une tête de mule, observa Isaiah, secouant la tête d'un air incrédule.

— En principe, c'est ton rôle, marmonna Joshua.

Je me suis dit que c'était mon tour d'essayer, pour une fois.

La porte du bureau s'ouvrit à cet instant, livrant passage à Jonathan Bear, leur associé, qui dirigeait la branche construction de la société. Il jeta un coup d'œil à la ronde, visiblement étonné de les voir tous réunis.

— Est-ce une réunion secrète dont je n'aurais pas été informé ? remarqua-t-il.

— Joshua va se marier, expliqua Faith d'un air morose.

— Toutes mes félicitations, dit Jonathan en souriant – fait rarissime chez cet homme taciturne. Le mariage est une institution formidable, vous verrez.

Leur associé avait récemment épousé Hayley Thompson, la fille du pasteur, dans la plus stricte intimité. Avant son mariage, Jonathan ne souriait jamais, comme si le monde entier était ligué contre lui. Mais, depuis qu'il avait rencontré Hayley, il était devenu un autre homme. Après tout, le mariage avait peut-être du bon. Et cette façon d'expier ses fautes n'était peut-être pas aussi terrible qu'il l'avait initialement pensé.

— Vous voyez ? observa Joshua. Jonathan le recommande. Vous devriez cesser de me fixer de cet air soupçonneux, tous les deux.

Jonathan se contenta de hausser les épaules et, traversant la pièce, se dirigea vers son bureau au fond des locaux, laissant Joshua seul face à son frère et à sa sœur.

— Je serai de ton côté quoi que tu décides, crois-moi, déclara Faith. C'est seulement que je ne voudrais pas te voir souffrir.

— Et je t'en suis reconnaissant, assura-t-il. Mais la réalité, c'est qu'on ne peut souffrir que lorsqu'on aime. Et je ne suis pas amoureux de Danielle.

Faith le dévisagea comme s'il avait dit une énormité.

— Dans ce cas, quel besoin as-tu de te marier ? Je ne cherche pas à te critiquer, mais je ne comprends pas.

— L'amour n'est pas le début et la fin de tout, Faith. Quelquefois, s'engager à veiller sur une personne peut suffire. J'aimais Shannon et, pourtant, je n'ai pas su la protéger. Depuis, j'ai mûri. Et je comprends mieux ce qui est vraiment important dans la vie. Je désire veiller sur Danielle et sur Riley. Qu'y aurait-il de plus important que cela ? Je suis certain que Shannon aurait préféré cette attitude à tous les serments d'amour.

— Très bien, déclara Faith. Tu m'as convaincue. Je te soutiendrai.

— Alors, tu ne vas pas me harceler comme une sale gosse ?

— Je n'ai pas dit cela, objecta Faith, réprimant visiblement un sourire. J'ai dit que je te soutiendrais. Mais, étant ta jeune sœur, je me dois de te rappeler que ce que tu considères comme du harcèlement est quelquefois une autre façon de veiller sur tes intérêts.

— Et toi ? s'enquit Joshua, se tournant vers son frère. Tu vas continuer à te conduire comme un casse-pieds ?

— Bien entendu.

Joshua s'autorisa enfin à sourire. C'était le mieux qu'il pouvait espérer de la part de sa fratrie. Mais il tenait absolument à ce que Danielle sente qu'elle avait sa place dans la famille, qu'elle n'était pas une étrangère pour eux.

Et si l'intensité de son besoin de veiller sur elle n'était

pas strictement normale, il n'avait pas l'intention de trop y réfléchir. Il n'avait jamais prétendu être normal et il n'allait pas commencer aujourd'hui.

Danielle attendait que Joshua rentre à la maison et elle commençait à se sentir nerveuse. Ce sentiment d'attente était une expérience toute nouvelle pour elle. Cela faisait une éternité qu'elle n'avait pas attendu le retour d'une personne avec une telle impatience. Durant son enfance, elle se souvenait d'avoir souvent souffert de la solitude, mais elle ne désirait pas vraiment non plus que sa mère rentre à la maison. Car elle serait encore ivre et Danielle aurait la lourde tâche de s'occuper d'elle, d'une manière ou d'une autre.

C'était l'histoire de sa vie. N'être plus seule signifiait seulement devoir s'occuper de quelqu'un. Durant ses heures de solitude, au moins elle était libre de son temps.

Mais Joshua était différent. Être auprès de lui ne signifiait pas devoir tout gérer à sa place.

Elle songea aux instants qu'ils avaient vécus ensemble, dans le fenil des écuries, et ce souvenir la fit frissonner. Elle avait dormi dans sa propre chambre, la nuit passée, et, depuis sa proposition de mariage, Joshua avait soigneusement gardé ses distances. Elle avait le pressentiment que cette hésitation était liée à son inexpérience.

Mais elle était à nouveau prête pour lui. Prête à apprendre.

Entre-temps, elle se sentait fébrile. Et un tout petit peu anxieuse.

Il était si facile de le désirer, de rêver qu'elle le serrait dans ses bras chaque soir lorsqu'il rentrait à la maison, qu'elle l'embrassait. Elle pourrait peut-être même apprendre à cuisiner afin de lui préparer de savoureux dîners et de lui servir autre chose que des tartelettes aux fruits réchauffées.

Mais Joshua les adorait, se rappela-t-elle. Et elle aussi.

Ils devraient peut-être les inclure au menu de leur mariage, songea-t-elle. Cela se faisait chez certains couples. Une sorte de clin d'œil aux origines de leur relation au moment de se marier.

Elle réprima un gémissement. Que lui prenait-il ? Elle était en train de tomber follement amoureuse de lui. Amoureuse d'un homme. Ce qu'elle s'était juré de ne jamais faire. Mais comment ne pas être folle de lui ? Il lui avait offert son soutien, une famille pour Riley, un toit au-dessus de sa tête. Il était devenu son amant et il lui avait proposé de devenir son mari.

Au cours de ces quelques brefs instants, la façon dont elle envisageait le reste de sa vie s'était radicalement modifiée. Un avenir plus doux, plus paisible qu'elle ne l'avait jamais espéré s'était entrouvert devant elle. Et, même si elle l'avait voulu, elle n'aurait pas été assez forte pour le refuser.

À vrai dire, elle ne connaissait aucune femme qui aurait repoussé une telle proposition. Joshua était sexy et extrêmement charmant. Il lui arrivait quelquefois de se conduire comme un idiot, bien sûr, mais il avait un bon fond, et il aimait les tartelettes aux fruits.

De bons mariages avaient prospéré sur des fondations encore moins solides.

Elle entendit la porte de l'entrée s'ouvrir et se refermer en claquant, alors son cœur manqua un battement.

Joshua entra, beau à couper le souffle dans une

chemise bleue aux manches retroussées jusqu'aux coudes. Pour la première fois de sa vie, elle fut à deux doigts de s'évanouir d'émotion.

— Crois-tu qu'il soit possible de fabriquer un gâteau de mariage avec des tartelettes aux fruits ? s'enquit-elle.

Elle n'aurait su dire pourquoi c'était la première phrase qui lui était venue à l'esprit. Il aurait peut-être été plus logique qu'elle lui déclare simplement qu'elle était impatiente de lui arracher tous ses vêtements.

Mais, non. Elle lui parlait de pâtisseries.

— Je n'en sais rien, répondit-il. Mais nous nous marions dans deux semaines. Alors, si tu trouves un moyen d'empiler des tartelettes et d'en faire un gâteau de mariage, je suppose que nous économiserions du temps et de l'argent.

— J'en serais probablement capable, assura-t-elle. Je te jure que cette idée ne m'a pas obsédée toute la journée, mais, pour une raison mystérieuse, ce sont les premiers mots qui sont sortis de ma bouche.

— Je connais un meilleur moyen d'occuper ta bouche, murmura-t-il en se rapprochant, ses yeux d'azur brillant rivés aux siens, pour lui enlacer la taille.

Puis il l'embrassa.

Ce fut un baiser profond, d'une merveilleuse douceur, qui la fit se sentir… totalement en sécurité dans le cercle magique de ses bras, entourée de sa force. Et quelle importance si tout ceci n'était qu'un rêve ? Ce serait la première fois. Elle n'avait jamais eu le luxe de rêver d'hommes comme lui, d'une passion aussi intense.

Il lui semblait juste de pouvoir profiter de ce bonheur, ne serait-ce qu'un petit moment. Pouvoir rêver d'un mariage et d'un gâteau, d'un homme qui l'embrasse dès son arrivée, qui la désire comme Joshua la désirait en ce moment même.

— Janine est-elle à la maison ? s'enquit-il, interrompant leur baiser juste le temps nécessaire pour lui poser la question.

— Non, murmura-t-elle d'une voix essoufflée.

Elle n'eut pas le loisir d'en dire davantage, car il la souleva dans ses bras et l'emporta jusqu'au salon, où il la déposa sur le canapé. Et, comme par magie, il réussit à faire passer simultanément son chemisier par-dessus sa tête.

— Tu fais cela avec beaucoup d'habileté, observa-t-elle, levant les yeux vers lui alors qu'il se débarrassait de sa propre chemise. Je suppose que c'est le résultat d'une longue pratique ?

— As-tu réellement envie d'en parler ? répliqua-t-il, ses mains sur la boucle de sa ceinture.

— Je ne sais pas, répondit-elle, plus impressionnée que jalouse. J'étais seulement curieuse.

— Je me suis attiré pas mal d'ennuis lorsque j'étais adolescent. Je crois que je t'ai déjà raconté l'épisode de ma première expérience dans les bois, non ?

— Oui, c'est vrai. Mais comme j'ai moi-même perdu ma virginité dans une écurie, je suis mal placée pour te juger.

— Probablement, convint-il. Ensuite, je suis parti m'installer à Seattle. Et, là-bas, cela a été pire encore, parce que, tout à coup, je me suis retrouvé entouré de femmes que je n'avais pas connues depuis la petite enfance.

— Je comprends que cela ait pu être un problème, répondit-elle, hochant la tête d'un air faussement grave.

Il lui sourit. Puis il acheva de déboucler sa ceinture et ôta son pantalon, le laissant tomber négligemment sur le sol avant de se planter devant elle, magnifiquement nu, la preuve de son désir dressée devant lui.

— Plus tard, poursuivit-il, je me suis installé dans une relation à long terme. Et j'ai découvert que j'avais un certain talent pour cela. Tout du moins en ce qui concerne la fidélité.

— Je suppose que tu as dû te sentir soulagé.

— Je dois tout de même reconnaître que, sur le chapitre de la promiscuité sexuelle, au cours de ces cinq dernières années, mon comportement a été affligeant. Mais j'ai acquis des compétences très particulières.

— Je suppose que c'est mieux que rien, commenta-t-elle, plissant le nez.

— C'est toi qui m'as posé la question.

— Et j'avais envie de savoir.

Il passa les mains derrière elle, dégrafa prestement son soutien-gorge et le lança quelque part, dans le même geste.

— Eh bien, maintenant, tu sais, murmura-t-il, posant les mains contre le dossier du canapé, l'enfermant dans la cage de ses bras. Acceptes-tu toujours de m'épouser ?

— Le facteur m'a fait la même proposition en me livrant un colis, ce matin. Je suppose que cela devient assez sérieux, entre nous.

— Je ne pense pas que le facteur puisse te faire ressentir ceci, répliqua-t-il d'une voix suave, en posant à nouveau sa bouche sur la sienne.

Il la repoussa contre les coussins, la fit basculer et, avant de comprendre ce qui lui arrivait, elle se retrouva allongée sous son grand corps. S'emparant de ses poignets, il tira ses bras au-dessus de sa tête avant de se pencher pour couvrir son cou, puis ses seins, d'une pluie de baisers.

Lorsqu'il prit l'une des pointes dans sa bouche, elle cambra les reins pour se presser contre lui. Il changea légèrement de position pour glisser une main à l'intérieur de son jean, sous le tissu de sa culotte, pour découvrir qu'elle était déjà humide et brûlante, prête pour lui.

Ondulant des hanches contre ses doigts au rythme de ses caresses, elle croyait déjà voir des éclairs éblouissants derrière ses paupières, lorsqu'un orgasme monta en elle avec une rapidité embarrassante.

Elle prit une profonde inspiration, faisant de son mieux pour retarder l'explosion. Quelle femme ne se sentirait pas embarrassée d'avoir joui d'un simple baiser ? De quelques brèves attentions dispensées à ses seins et du contact d'une main entre ses jambes ?

Mais elle ouvrit alors les yeux et rencontra son regard. Elle le vit esquisser un sourire diabolique, puis le sentit glisser un doigt profondément en elle et entreprendre de caresser simultanément son clitoris avec son pouce.

Et elle n'eut alors d'autre recours que de se laisser porter par l'explosion, en se cramponnant à lui comme si sa vie en dépendait. Et, malgré tous ses efforts, il lui fut impossible de détacher son regard du sien.

Une sensation trop intense, trop crue, et beaucoup trop intime, dont elle était prisonnière. Elle s'y noyait, totalement impuissante à la faire cesser. Elle ne pouvait que s'y soumettre.

Alors qu'elle se remettait encore de ce cataclysme

orgasmique, Joshua la débarrassa rapidement de son jean, qui alla rejoindre son soutien-gorge sur le sol.

Puis, sans la quitter un instant du feu de son regard, il entreprit de la caresser à travers le mince tissu de sa culotte, agaçant sa chair, rendue hypersensible par ses caresses précédentes.

Il glissa alors un doigt sous l'élastique au niveau du pli de la cuisse, effleurant sa moiteur brûlante, puis il lui ôta sa culotte d'un geste vif et la jeta négligemment de côté. Et elle se retrouva nue comme la première fois, totalement exposée, vulnérable devant lui. À sa merci.

Au demeurant, ce n'était pas du tout déplaisant. D'une certaine façon, c'était même assez exaltant. Elle adorait les attentions dont il l'entourait, elle se délectait de sentir qu'elle était son unique centre d'intérêt.

Mais elle désirait déjà davantage. Elle désirait devenir son égale, au moins dans un domaine.

Il avait l'expérience pour lui, et beaucoup d'imagination. Il avait eu de nombreuses amantes. Elle supposait même qu'il en avait oublié le nombre exact.

À l'inverse, elle-même n'avait aucune expérience. Personne ne lui avait jamais enseigné les subtilités de l'art d'aimer. Mais elle désirait les acquérir.

Si l'intensité du désir équivalait à l'expérience, elle pouvait rivaliser avec n'importe laquelle des femmes qu'il avait connues. Parce qu'elle était portée par un désir si profond, une passion si brûlante qu'ils avaient révélé des zones de son corps dont elle avait jusque-là ignoré l'existence.

Elle s'assit sur les coussins et lut la surprise dans les yeux de Joshua. Tendant un bras pour poser une main sur son torse athlétique, elle se délecta de sentir la chaleur de ses muscles sous ses doigts, la légère toison masculine qui caressait délicieusement sa paume.

— Danielle ! murmura-t-il d'un ton d'avertissement.

Elle décida de l'ignorer. Elle allait épouser cet homme. Il allait être son mari. Cette idée l'emplissait d'une étrange euphorie.

Il avait tout le pouvoir. Il avait l'argent, cette magnifique maison. Ce qu'il lui offrait s'apparentait presque à de la charité. Si elle devait un jour sentir que sa place était réellement ici – que cette maison était vraiment la sienne –, ils devaient être égaux au moins dans un domaine.

Il fallait qu'elle lui donne quelque chose, elle aussi.

Et, le mieux, c'était de commencer tout de suite.

Elle se pencha vers lui, posant sa bouche sur son cou, traçant un chemin de baisers jusqu'à la pointe d'un sein. Elle le sentit tressaillir à ce contact et cette réaction lui procura une satisfaction bien au-delà du simple plaisir physique.

Il était si magnifique qu'elle prenait un plaisir infini à l'explorer, à suivre du bout de ses doigts les contours de chacun de ses muscles parfaitement définis. Mais elle ne comptait pas s'arrêter là. Non, elle était loin d'en avoir terminé avec lui.

Il l'avait bouleversée. Il l'avait fait frissonner. Il lui avait fait perdre la tête. Et elle allait lui rendre la pareille.

Prenant une profonde inspiration, elle posa ses lèvres sur ses abdominaux durs. Un seul baiser léger, la partie la plus facile avant de passer à ce qu'elle désirait vraiment faire, même si cela l'effrayait un peu.

Elle releva la tête, rencontrant son regard alors

qu'elle refermait les doigts sur son sexe pour le serrer doucement.

Ses yeux étincelèrent comme la glace sur le feu et il ne dit pas un mot. Il resta là, mâchoires serrées, une expression de concentration absolue sur son visage.

Puis, détournant le regard de son visage, elle concentra son attention sur la partie la plus masculine de son anatomie. Elle avait littéralement faim de lui. Il n'y avait pas d'autre mot pour exprimer ce qu'elle ressentait.

Elle brûlait de le goûter. Et cette faim oblitérait tout le reste.

Elle le goûta d'abord prudemment du bout de sa langue. Sa peau était brûlante et salée. Mais ce qu'elle trouva le plus érotique, ce fut sa réponse. Il laissa retomber sa tête en arrière, la respiration sifflante, les dents serrées. Et il tendit les bras, glissant les mains derrière son dos pour l'attirer contre lui.

Elle était peut-être inexpérimentée, mais il éprouvait quand même du plaisir. Et cette idée l'emplissait d'un merveilleux sentiment de puissance féminine. Elle se sentait désirée.

Elle glissa les doigts plus bas sur la colonne de chair, puis le prit plus profondément dans sa bouche. Il laissa échapper un gémissement rauque, sauvage, un gémissement de plaisir venu du fond des âges. Danielle était au paradis.

Car Joshua était un homme de contrôle. Il avait tout contrôlé dès la seconde où elle l'avait rencontré.

Après tout, la situation se résumait à cela. Depuis la petite annonce dans le journal jusqu'à sa proposition de mariage, il n'avait jamais cessé d'essayer de plier la situation à sa volonté, de plier les gens autour de lui à sa volonté, de leur montrer qu'il avait raison, que sa manière d'agir était la meilleure.

Mais, à cet instant précis, il était en train de perdre le contrôle. C'était lui qui était à sa merci, lui qui tremblait. Et, tout cela, c'était à elle qu'il le devait.

Même si c'était elle qui lui donnait du plaisir, elle ressentait une immense satisfaction en continuant à le goûter. En continuant à le faire trembler.

Il avait besoin d'elle. Il la désirait. Après toute une vie passée à se sentir totalement insignifiante, c'était la sensation la plus grisante de l'univers.

Elle avait entendu ses amies relater des situations comme celle-ci. Elles en riaient. D'autres disaient que c'était horrible ou alors que c'était un excellent moyen de contrôler leur partenaire.

Aucune n'avait jamais mentionné le plaisir que l'on ressentait à faire transpirer et trembler un grand mâle dominant. Elles n'avaient jamais suggéré que, dans cet acte, une femme pouvait se sentir extrêmement désirée, aimée. Ou que donner du plaisir pouvait être plus excitant encore que d'en recevoir.

Elle le prit plus profondément dans sa bouche et les mains de Joshua se glissèrent dans ses longs cheveux.

— Doucement, gémit-il.

— Pourquoi ?

— Parce que si tu continues ainsi, je ne vais pas tenir très longtemps, expliqua-t-il sans se donner la peine de chercher une formule plus élégante.

— Et alors ? Lorsque c'était toi qui le faisais, c'est ce qui s'est passé avec moi.

— Oui, mais tu es une femme. Et tu peux enchaîner autant d'orgasmes que j'aurai la force de te procurer sans avoir besoin d'une pause pour souffler. Je ne voudrais pas que ceci se termine tout de suite.

Elle s'apprêtait à protester lorsqu'il la saisit par les épaules et l'attira à lui pour l'embrasser passionnément, l'empêchant non seulement de prononcer la moindre parole, mais aussi de penser de façon cohérente.

Il s'éloigna d'elle à peine un instant pour récupérer son portefeuille, puis, convenablement protégé, il l'allongea à nouveau sur le canapé.

— Attends ! l'arrêta-t-elle d'une voix qu'elle reconnut à peine elle-même. Je voudrais… être au-dessus.

— Comment dire « non » à une si aimable requête ? observa-t-il en inversant leurs places respectives, la positionnant au-dessus de lui.

Il était fabuleusement dur sous elle, elle le sentait, et elle ondula des hanches de façon aguichante, frottant sa féminité brûlante et liquide contre lui avant de le positionner à l'entrée de son corps.

Puis, millimètre par millimètre, elle se laissa descendre sur lui, se délectant de chaque seconde de cette douce invasion, jusqu'à ce qu'il soit tout entier en elle.

— Je ne sais pas du tout ce que je fais, lâcha-t-elle dans un souffle.

— Fais seulement ce qui te procure du plaisir, suggéra-t-il d'une voix rauque, les yeux fermés.

Elle souleva ses hanches, puis elle se laissa redescendre lentement sur lui. Après quoi, elle répéta le mouvement, encore et encore, cherchant le bon rythme, celui qui le ferait gémir de plaisir, le meilleur angle, la pression la plus efficace, pour que son plaisir soit égal au sien.

Les premières ondes d'une explosion annoncée commencèrent à irradier dans son corps et elle se remit à onduler des hanches, augmentant la pression exactement là où elle en avait besoin.

Alors, lui saisissant le menton, Joshua l'embrassa. Un baiser passionné, brûlant, désespéré.

Et il n'en fallut pas davantage. Elle rendit les armes. Une éblouissante explosion de plaisir secoua tout son être : alors, resserrant ses muscles internes autour de lui, elle bascula dans un orgasme aux proportions monumentales.

Elle sentit qu'il l'allongeait sur le dos pour poursuivre ses furieux assauts, atteignant sa propre délivrance avec une férocité qui lui donna la sensation que tout son corps avait pris feu sous l'effet de sa passion.

Il était vaincu. Totalement vaincu. Et c'était elle qui l'avait terrassé.

Étouffant un gémissement, il agrippa ses hanches pour la serrer convulsivement contre lui, l'obligeant à ressentir toute la force de chacun de ses coups de boutoir. Et elle eut alors la preuve qu'il avait dit vrai, tout à l'heure. Il n'y avait aucune limite au nombre d'orgasmes qu'elle pouvait ressentir.

Elle capitula à son tour, frissonnant de tout son corps alors qu'elle basculait une nouvelle fois dans un abîme de plaisir tandis qu'il explosait en elle, le visage enfoui contre son cou, contractant tous ses muscles.

Il demeura immobile un moment, les lèvres contre sa gorge. Danielle glissa les doigts dans ses cheveux, un sourire comblé aux lèvres, laissant les dernières vagues de plaisir bercer son corps.

— Il est l'heure d'aller au lit, murmura-t-il, plongeant le regard dans le sien, effleurant ses lèvres d'un doux baiser.

Elle sentit alors qu'il la soulevait dans ses bras.

Blottie contre son large torse, elle se laissa emporter vers l'escalier sans protester.

Il la déposa sur son grand lit, sur la couverture d'une douceur merveilleuse. Cette chambre serait la leur, celle où ils dormiraient ensemble.

Pour une raison inconnue, cette idée fit monter des larmes brûlantes à ses paupières. Elle avait vécu seule durant si longtemps qu'une telle intimité lui semblait presque effrayante. Mais cela ne l'empêchait pas de la désirer avec une intensité presque physique.

Joshua vint la rejoindre sur le lit et elle ressentit un irrésistible besoin de se blottir dans ses bras, de se délecter de cette proximité. Cependant, il était nu. Et elle aussi. Alors, ce désir de proximité céda momentanément la place à celui de jouer encore un peu avec lui.

La grande main de Joshua vint se poser au bas de son dos, puis elle glissa encore pour se refermer sur l'une de ses fesses. Il lui sourit. Et une sensation d'une violence presque douloureuse l'envahit lentement.

Elle était heureuse.

En un éclair, elle comprit qu'elle n'avait jamais été vraiment heureuse avant ce jour-là. Tout du moins, pas sans que ce bonheur ne soit accompagné d'autres soucis qui viennent l'annihiler en lui rappelant que, derrière un moment de bonheur, la tragédie n'était jamais loin.

Mais celle-ci était bien au-delà de ses préoccupations actuelles. Elle ne voyait que Joshua, ne pensait qu'à lui. Et – dans l'immédiat – tout n'était qu'harmonie dans son univers.

Elle ne voulait pas que cet instant magique soit gâché par la moindre pensée négative. Alors, elle cessa de réfléchir, refoula toutes ses incertitudes et l'embrassa à nouveau.

En se réveillant, Joshua constata que la chambre était plongée dans la pénombre. Une femme était blottie dans ses bras. Et il ne savait pas trop ce qui l'avait arraché à son profond sommeil.

Danielle dormait paisiblement, ses cheveux sombres étalés sur son visage comme une toile d'araignée. Comme il tendait une main pour les écarter, elle tressaillit à ce contact et se blottit plus étroitement contre lui, resserrant les bras autour de sa taille.

Elle était épuisée. Probablement parce qu'il l'avait prise comme un sauvage, trois ou quatre fois, avant qu'ils ne finissent tous deux par s'endormir.

Il l'observa un instant et son désir resurgit aussitôt, violent, viscéral. N'essayait-il pas de se berner lui-même en prétendant qu'il faisait tout ceci uniquement pour elle ? Qu'il était motivé par une noble cause ? Car quelle cause servait-il, sinon celle de prendre du plaisir avec elle ?

Puis il comprit ce qui l'avait réveillé.

La porte de la chambre était restée ouverte et il entendait, à peine audibles, les pleurs désespérés d'un bébé.

Riley.

Il tourna le regard vers Danielle et vit qu'elle était encore profondément endormie. Devinant qu'elle serait contrariée qu'ils aient oublié d'emporter le moniteur pour bébé avec eux, il sortit précautionneusement du lit et enfila un jean sur sa peau nue.

Il n'avait pas la moindre idée de ce qu'on était censé faire pour calmer un bébé. Mais Danielle était morte de fatigue – à cause de lui – et il ne souhaitait pas la réveiller.

Les pleurs devenant plus forts dans le couloir, il se hâta jusqu'à la chambre de Danielle. Dans son berceau, Riley hurlait en agitant ses petits membres. Pour une raison inconnue, le bébé était extrêmement mécontent.

Planté devant le berceau, Joshua fronça les sourcils. S'il allait épouser Danielle, cet enfant était aussi sous sa responsabilité.

Riley serait son fils.

À cette idée, il sentit sa gorge se serrer. Tant d'autres événements s'étaient produits depuis que Shannon avait perdu son bébé qu'il ne lui arrivait pas très souvent de réfléchir à ce qui aurait pu être. Toutefois, en cet instant, il ne pouvait s'empêcher d'y penser.

Son fils aurait eu cinq ans.

Il s'efforça de refouler la vague d'émotion qui déferlait sur lui. C'était cette émotion qui lui faisait éviter tout contact avec Riley, il en était conscient.

Mais son fils n'était pas ici. Il n'avait jamais eu la chance de naître. Riley, en revanche, était bien présent. Et Joshua pouvait être là pour lui.

Il se pencha pour poser doucement la main sur la poitrine du bébé. Son petit corps tressaillit, mais il s'arrêta de pleurer.

Joshua était totalement ignorant des besoins d'un bébé. Et il n'avait jamais eu besoin d'apprendre, faute d'avoir eu l'occasion de tenir son fils dans ses bras. Il n'avait jamais affronté une nuit blanche parce que son bébé pleurait.

Soulevant le petit garçon hors de son berceau, il

l'installa contre sa poitrine, une main soutenant sa petite tête couverte de duvet.

Au cours de sa vie, il s'était très rarement trouvé dans des circonstances qui le fassent douter de lui-même, principalement parce qu'il prenait grand soin d'éviter toute situation qu'il ne contrôle pas parfaitement. Mais, en serrant cette petite créature dans ses bras, il se sentit perdu. Il craignit que sa force ne soit un handicap plutôt qu'un avantage. Car, à cet instant précis, il avait le pressentiment de l'extrême fragilité de ce petit être. Il craignait de lui faire du mal par maladresse ou par ignorance.

Mais – et c'était là l'un des bons côtés des bébés – Riley ne semblait pas exiger de lui qu'il soit parfait. Il avait uniquement besoin qu'il soit présent. Et cela, il savait le faire.

Il alla jusqu'au fauteuil à bascule, dans un coin de la chambre, et il s'y assit, berçant Riley contre sa poitrine.

— Tu as peut-être faim, murmura-t-il.

Riley secoua la tête, laissant une petite traînée de bave sur sa peau. Joshua imaginait facilement les moqueries de son frère s'il le surprenait dans cette position. Mais, bien sûr, l'idée même d'Isaiah avec un bébé semblait totalement incongrue. Devlin oui, mais seulement depuis qu'il avait épousé Mia qui l'avait totalement changé. Elle avait fait de lui un homme plus serein, meilleur.

Il songea à Danielle, profondément endormie dans sa chambre, à son insatiable désir d'elle, tout à l'heure, à l'impasse dans laquelle elle se trouvait. Elle était plus ou moins à sa merci.

Pouvait-elle faire de lui un homme meilleur, après

tout ? Dans un sens, il avait déjà fait un pas dans cette direction en l'accueillant chez lui avec Riley.

Il devait être l'homme qui prendrait soin d'eux, puisqu'il désirait tout réparer autour de lui. Et eux aussi pouvaient peut-être le réparer, lui.

Joshua était seul dans la chambre, mais il secoua la tête. Il aurait été injuste de leur faire porter un tel fardeau.

— Joshua ?

Il releva les yeux et vit Danielle plantée sur le seuil. Elle portait l'un de ses T-shirts, qui ne la couvrait que jusqu'en haut des cuisses. Dans la pénombre de la chambre, il ne parvenait pas à lire son expression.

— Je suis ici, répondit-il sans élever la voix.

— Tu as pris Riley dans tes bras ? s'enquit-elle en s'avançant dans la chambre pour venir s'arrêter devant lui, son profil éclairé par un rayon de lune.

Avec ses longs cheveux sombres tombant en cascade autour de ses épaules et la pâle lueur argentée qui baignait son visage, elle avait l'air d'une créature d'un autre monde. Comment avait-elle pu lui faire pitié ? Comment avait-il pu ne pas voir tant de beauté ?

— Je l'avais entendu pleurer, expliqua-t-il.

— Je peux le reprendre.

Pour une raison mystérieuse, il n'avait pas du tout envie de renoncer à cet instant et il secoua la tête.

— Non, répondit-il, cela ira.

— Très bien alors, répliqua-t-elle, esquissant un sourire. Dans ce cas, je vais lui préparer un biberon.

— Bonne idée.

Il la vit s'affairer un moment près de la table à langer, où il supposait qu'elle avait rangé tout l'attirail nécessaire, puis elle revint vers lui, un biberon à la main. Elle versa quelques gouttes de lait à l'intérieur de son poignet, et elle hocha la tête, satisfaite qu'il soit à la bonne température. Puis elle le lui tendit.

— Aimerais-tu lui donner le biberon toi-même ? proposa-t-elle.

— Euh… Oui, bien sûr.

— Tu as beaucoup d'expérience avec les bébés ? s'enquit-elle.

— Aucune, avoua-t-il.

— Je ne m'en serais jamais douté, observa-t-elle. Mais, bien sûr, moi non plus je n'avais quasiment aucune expérience avant la naissance de Riley. Et je ne pensais pas en connaître une un jour.

— Vraiment ?

— Non, assura-t-elle. Car je n'avais pas l'intention de me marier. Je savais déjà tout des hommes, vois-tu. Ma mère est tombée enceinte de moi alors qu'elle n'avait que quatorze ans. Inutile de préciser que ma vie n'a pas commencé sous les meilleurs auspices. Je n'ai jamais connu mon père et j'ai été élevée dans une atmosphère… d'instabilité. Ma mère n'était simplement pas prête à mettre au monde un enfant. Comment aurait-elle pu l'être ? Elle-même n'avait pas eu une enfance heureuse et elle était très jeune… Je pense qu'elle désirait me garder, qu'elle désirait être une bonne mère, mais que c'était trop difficile pour elle. Elle rêvait toujours d'autre chose. Elle cherchait le véritable amour.

— Mais je suppose qu'elle ne le cherchait pas du bon côté.

— C'est le moins qu'on puisse dire, convint Danielle en soupirant. Ma mère a eu beaucoup de petits amis et quelques-uns ont habité avec nous. Parfois, c'était un mieux, quand ils étaient financièrement plus à l'aise que nous et qu'ils vivaient dans de plus belles maisons. Plus je grandissais, plus ma mère m'apparaissait immature. J'ai commencé à comprendre à quel point elle était jeune, en réalité. Lorsqu'elle avait le cœur brisé, je la réconfortais, plus comme une amie que comme sa fille. Lorsqu'elle sortait et qu'elle rentrait ivre, c'était moi qui la mettais au lit comme si j'étais l'adulte, et pas elle. Je savais seulement que je ne désirais pas vivre comme elle, poursuivit-elle après un profond soupir. Je ne voulais pas dépendre d'une autre personne ou qu'une autre personne dépende de moi. Et, en grandissant, je n'ai jamais connu une relation qui échappe à cette règle.

— Mais tu es ici, observa-t-il, le cœur serré. Et tu vas m'épouser.

— Je ne suis pas sûre que tu puisses réellement comprendre ce que je ressens, répondit-elle avec un petit rire nerveux. Je n'avais jamais rien espéré de mieux que ce qu'on avait et je retrouve soudain l'espoir. Je n'avais jamais espéré me marier, mettre au monde des enfants, vivre dans une magnifique maison avec un grand jardin… Puis il y a eu Riley, reprit-elle après une pause, la voix tremblante d'émotion. Il y a eu ta petite annonce. Et il y a eu toi. Et, tout à coup, je désire des choses différentes, j'ai des attentes différentes. Je recommence à espérer et cela, c'est une sorte de miracle.

Il était tenté de l'avertir qu'elle n'avait pas de miracles à attendre de lui. Que si elle plaçait ses espoirs en lui, elle serait presque certainement déçue. Mais il en fut incapable, parce que ce qu'elle lui décrivait se rapprochait trop de sa propre réalité.

Lui aussi avait renoncé à l'idée d'avoir une épouse et des enfants. Il avait décidé que cette tranche de vie n'était pas pour lui. Et cependant, il était là en train de donner le biberon à un bébé à 3 heures du matin, face à une femme qui venait de quitter son lit et portait sa bague à son doigt.

Il désirait s'accrocher à cette nouvelle réalité. Il désirait s'assurer qu'elle était vraiment réelle et qu'elle durerait. La féroce intensité de ce désir le laissa abasourdi.

Un instant plus tard, il entendit un étrange bruit de succion et s'aperçut que le biberon était vide.

— Suis-je censé l'aider à faire son rot ?

— Oui, confirma Danielle en riant. Mais je vais m'en charger.

— Pourquoi pas moi ? Je peux y arriver.

— Il va sûrement régurgiter son biberon sur ton torse follement sexy. Il vaut mieux qu'il le fasse sur mon T-shirt.

Elle lui prit Riley des bras et il se rassit pour admirer le spectacle de sa tranquille assurance, tandis qu'elle s'occupait du petit garçon. Elle le berça sur son épaule, lui tapotant gentiment le dos jusqu'à ce qu'il émette un son qui suggérait qu'il venait de rendre une partie de son biberon sur le T-shirt qu'elle portait.

La première fois qu'il avait posé les yeux sur elle, Joshua avait songé qu'elle était une étrange créature. Tendue. Nerveuse. Fragile. Mais elle était en fait solide comme le roc. Il s'en rendait compte, en cet instant.

Personne n'avait été là pour elle lorsqu'elle grandissait. Et cependant, elle était énergiquement intervenue pour s'assurer que son demi-frère recevrait toute l'attention dont il avait besoin. Renonçant à tous ses projets d'avenir, elle avait décidé de devenir maman à l'âge de vingt-deux ans sans avoir jamais connu l'amour.

— Qu'y a-t-il ? s'enquit-elle, étonnée par son silence, le ramenant brusquement au présent.

— Tu es une femme extraordinaire, Danielle Kelly. Et si personne ne te l'a jamais dit, il est grand temps que quelqu'un le fasse.

Elle était brillante, ravissante, sans peur.

Jusque-là, elle avait été comme une flamme que personne ne s'était donné la peine de remarquer. Mais elle était venue vers lui. En répondant à sa petite annonce, elle avait allumé un incendie ravageur dans sa vie.

La façon dont le monde les jugeait, elle et lui, lui paraissait injuste. Pour les autres, il était un homme d'affaires respecté, et elle… Mais ne l'avait-il pas justement choisie parce qu'il savait que sa famille ne verrait en elle qu'une mère isolée sans le sou ?

Pourtant elle en valait dix comme lui.

Elle battit rapidement des cils, sans pouvoir empêcher une larme de rouler sur sa joue.

— Pourquoi… Pourquoi penses-tu cela ?

— Peu de gens en auraient fait autant que toi. Assumer la responsabilité de ton demi-frère, ce n'est pas rien. Surtout après tout ce que ta mère t'a fait subir. Toute une vie à t'occuper d'une personne qui aurait dû veiller sur toi et, ensuite, répondre à mon annonce et te présenter ici.

— Certains seraient d'avis que c'était la solution de facilité.

— Peut-être. Sauf que j'aurais pu être un tueur en série.

— Ou tu aurais pu exiger que je me déguise en oursonne sexy, observa-t-elle avec un sérieux pince-sans-rire. À vrai dire, je crois cette dernière possibilité était la plus crédible.

— Vraiment ?

— Les amateurs de déguisements sexy sont bien plus nombreux que les tueurs en série, raisonna-t-elle. Dieu merci.

— Heureusement pour toi, je ne suis ni l'un ni l'autre.

Il n'était pas très sûr d'être à la hauteur des espoirs qu'elle plaçait en lui, mais, à cet instant, il désirait ardemment ne pas la décevoir.

Elle alla jusqu'à la table à langer et changea prestement la couche de Riley avant de le replacer dans son berceau. Puis elle se redressa et lui fit face d'un air hésitant.

— Je suppose que je pourrais… Je peux simplement rester ici. Ou bien…

— Va chercher le moniteur du bébé, coupa-t-il. Tu vas revenir dans mon lit.

Elle lui sourit et fit exactement ce qu'il avait suggéré.

Le lendemain, en entrant dans sa chambre, Danielle y trouva des robes de mariée. Pas une ou deux, mais une bonne dizaine. Toutes à sa taille.

Elle contemplait d'un regard ébahi les housses à vêtements laissant deviner en transparence de somptueux satins, des perles et des soieries, lorsque Joshua entra dans la pièce et vint se planter devant elle.

— Qu'est-ce que c'est que tout cela ? s'enquit-elle en désignant la collection de robes occupant une bonne partie de l'espace de la chambre.

— Nous allons nous marier dans deux semaines, lui rappela-t-il. Tu as besoin d'une robe.

— Une robe de princesse à porter en dégustant mon gâteau de mariage aux tartelettes de supermarché, remarqua-t-elle en riant pour essayer de ne pas fondre en larmes.

À cause du geste merveilleux de cet homme qui lui avait fait livrer tout un assortiment de robes dans sa chambre afin qu'elle puisse choisir sans se déranger. Et aussi parce que, si elle avait été une personne normale, elle aurait des amies avec qui elle pourrait célébrer cet événement. Ou sa mère. Au lieu de cela, elle était dans cette chambre, près de son bébé endormi, et son fiancé était l'unique spectateur de son bonheur.

— En revanche, tu n'es pas censé voir ces robes avant la cérémonie, observa-t-elle.

— Je suis incapable d'imaginer de quoi elles auront l'air lorsqu'elles seront sorties de ces housses, rassure-toi. J'ai fait appel à une boutique spécialisée en ville. Je leur ai décrit ta silhouette et leur ai demandé de nous livrer quelques robes susceptibles de te convenir.

Danielle ouvrit de grands yeux.

— Tu leur as décrit ma silhouette ?

— Oui, bien sûr, répondit-il sans se troubler. Pour leur donner une idée de ce qui t'irait.

— Et… Comment as-tu décrit ma silhouette, Joshua ? s'enquit-elle prudemment.

— Un elfe, précisa-t-il.

Elle fut d'autant plus surprise qu'il ne semblait pas plaisanter. Et une description aussi pleine de fantaisie était particulièrement étonnante, venant de sa part.

— Un elfe ?

— Oui, confirma-t-il, esquissant un sourire. Tu me fais penser à un elfe. Ou à une nymphe des bois.

— Une nymphomane, peut-être. Et c'est toi le responsable.

— Danielle, je suis sérieux, répliqua-t-il en l'enlaçant par la taille pour l'attirer à lui.

— Très bien, répondit-elle en lui offrant un sourire, faute d'une meilleure repartie.

— Tu es très désirable.

Ces mots lui causèrent une étrange émotion et, soudain, elle sentit sa vue se brouiller de larmes.

— Tu n'es pas obligé de dire cela, murmura-t-elle.

— Crois-tu que je sois en train de te mentir ? protesta-t-il, s'emparant de sa main pour la poser sur la preuve tangible de sa passion. Les hommes ne peuvent pas simuler le désir.

— Suis-je censée croire ton pénis ? Il est de notoriété publique que le désir physique d'un homme n'est pas la preuve de son attachement sincère.

— Je le sais d'autant mieux que je l'ai souvent constaté par moi-même. Mais c'est une raison supplémentaire de me croire, car je connais parfaitement la différence entre une simple attirance sexuelle pour une femme et la sensation qu'elle a touché quelque chose, tout au fond de moi, dont j'ignorais jusqu'à l'existence. Je te l'ai dit, je n'aime pas les complications. J'évite soigneusement les situations difficiles et les gens difficiles. C'était mon principal défaut. Un énorme défaut. Je ne sais pas encore si je pourrai me le pardonner un jour, mais ce que toi et moi avons ici me laisse espérer qu'il m'est encore possible de rattraper mes erreurs.

C'étaient de très jolis mots, des sentiments très élevés, mais teintés de quelque chose qui lui donnait l'impression qu'elle tombait dans la catégorie des gens difficiles auxquels il faisait allusion.

Toutefois, l'intensité de son regard, ces magnifiques robes de mariée qui l'entouraient de toutes parts, le diamant étincelant à son doigt lui soufflaient de ne pas analyser de trop près ces sentiments négatifs. Elle en avait plus qu'assez des sentiments négatifs.

Joshua était comme un rêve éveillé. Tout ici l'était. Et elle désirait continuer à rêver le plus longtemps possible. Était-ce mal ? Après toutes les épreuves qu'elle avait traversées, elle ne le pensait pas.

— Eh bien, en attendant, je vais demander à ton pénis et au reste de ta personne de sortir. Je vais essayer quelques robes.

— Et je n'ai pas le droit de regarder ?

— Je reconnais que rien dans notre relation n'a été conventionnel jusqu'ici, mais j'aimerais te surprendre avec la robe que j'aurai choisie.

— C'est un désir légitime. Que dirais-tu de me confier Riley un petit moment ?

— Janine devrait bientôt être ici.

— Je m'occuperai de lui jusqu'à ce qu'elle arrive, répondit-il avec un haussement d'épaules nonchalant.

Il traversa la pièce et souleva le bébé dans ses bras. Riley lui offrit un sourire édenté qui n'était peut-être qu'un réflexe, mais qui produisit un curieux petit pincement dans son cœur.

Joshua prenait de l'assurance avec Riley et il faisait

un gros effort pour anticiper les besoins de l'enfant lorsqu'il s'occupait de lui.

Le spectacle de cet homme magnifique devant elle, le bébé dans ses bras, acheva de balayer toutes ses pensées négatives. Et, lorsqu'il quitta la pièce et qu'elle se tourna vers la collection de robes étalée devant elle, elle avait refoulé ses derniers doutes.

Joshua n'était peut-être pas parfait, il restait quelques problèmes à régler entre eux, mais ce qu'elle vivait maintenant avec lui était infiniment plus désirable que tout ce qu'elle avait connu auparavant. Et une fille comme elle ne pouvait pas se permettre d'être trop exigeante.

Prenant une profonde inspiration, elle tira la fermeture à glissière de la première housse.

- 10 -

Le jour du mariage approchait, et Danielle était au bord de la crise de nerfs. D'une certaine façon, elle était heureuse. Lorsque Joshua l'embrassait, lorsqu'il lui faisait l'amour, lorsqu'il la serrait toute la nuit dans ses bras vigoureux, tout était parfait.

C'était durant les heures creuses, dans le silence juste avant l'aube, qu'elle était confrontée à elle-même et que ses sentiments négatifs refaisaient surface, l'obligeant à les examiner.

Le mariage devait avoir lieu deux jours plus tard et sa robe avait été professionnellement retouchée à ses mesures exactes. C'était une robe splendide de lourd satin, au dos profondément échancré, absolument ravissante et, ne serait-ce que pour cette seule raison, il lui était désormais impossible de reculer.

L'idée de lui dire « non » à ce stade provoquait dans son cœur une sourde souffrance qui la paralysait, qui s'irradiait dans tout son corps. Non, elle ne désirait pas quitter Joshua. Malgré l'étrangeté de leur relation, quelle que soit l'asymétrie de leurs sentiments l'un pour l'autre, elle désirait rester avec lui. Elle le désirait avec une sorte de désespoir.

Elle tourna le regard vers lui alors qu'il arrêtait sa voiture, le véhicule le plus luxueux dans lequel elle soit jamais montée, devant la maison de ses parents.

Quelquefois, le simple fait de poser les yeux sur lui était une souffrance. Et, en d'autres occasions, c'était lorsqu'elle se détournait de lui qu'elle souffrait. Sa souffrance était presque continuelle. Elle avait besoin de sa présence auprès d'elle. Et, en même temps, elle avait besoin de prendre ses distances.

La vérité, c'était peut-être qu'elle avait perdu la raison.

Il lui fallut un instant pour se rendre compte qu'elle était restée figée sur le siège du passager et que Joshua avait déjà extrait Riley de son siège pour bébé à l'arrière, afin de le prendre dans ses bras, enveloppé dans sa couverture.

Et cette scène éveilla en elle une autre sorte de souffrance.

Joshua était follement sexy, cela ne faisait aucun doute. Jour et nuit. Mais sa façon d'être avec Riley… N'importe quelle femme qui l'aurait observé lorsqu'il tenait Riley dans ses bras serait instantanément tombée folle amoureuse de lui.

Comme elle-même à cet instant.

Elle le suivit jusqu'à l'entrée de la maison, s'efforçant de baisser les yeux et de se concentrer sur le crissement de ses jolies bottes toutes neuves sur le gravier, afin de ne pas se laisser submerger par sa nervosité.

La mère de Joshua avait insisté pour leur préparer un dîner prénuptial. C'était une seconde chance pour Danielle de faire une bonne impression. Cette fois-ci, elle ne pouvait pas simplement se conformer aux plus basses attentes que la famille de Joshua pouvait avoir d'une personne comme elle. Danielle se sentait tenue de donner la meilleure image possible d'elle-même.

Lorsqu'elle tourna le regard vers Joshua, elle constata qu'il l'observait.

— Tu t'en sortiras très bien, la rassura-t-il.

Puis il se pencha pour l'embrasser. Fermant les yeux, elle s'abandonna tout entière à son baiser.

Et, comme de bien entendu, ce fut justement à cet instant que la porte s'ouvrit en grand.

— Ah, vous voilà, tous les deux !

Nancy Grayson paraissait sincèrement heureuse de les voir. Et plus encore de les avoir surpris en train de s'embrasser sous le porche.

— Merci de nous recevoir, bredouilla Danielle, encore toute tremblante de ce baiser, mais s'efforçant désespérément de faire bonne figure.

— Bienvenue dans la famille, répondit la vieille dame. Et maintenant, laissez-moi tenir mon petit-fils dans mes bras.

Ces paroles la figèrent. Soudain, elle avait envie de pleurer. En fait, elle pleurait vraiment. Les larmes ruisselaient sur ses joues sans qu'elle puisse les arrêter.

— Qu'y a-t-il, ma chère ? s'enquit la mère de Joshua, fronçant les sourcils.

— Je n'avais jamais espéré que Riley aurait des grands-parents, répondit Danielle, la gorge serrée. Qu'il aurait une famille. Et… Cela compte énormément pour moi.

Nancy prit Riley des bras de Joshua, puis elle se tourna vers elle et posa une main sur son épaule.

— Il n'est pas le seul à avoir une famille, désormais, dit-elle d'une voix douce. Vous aussi.

Durant toute la soirée, Danielle ne cessa de s'étonner de l'accueil chaleureux qu'elle recevait de la part de tous les membres de cette famille. Mia, sa belle-sœur, fit de sincères efforts pour mieux la connaître et Faith, la plus jeune sœur de Joshua, ne lui manifesta pas la moindre hostilité.

Mais, celui qui la surprit le plus, ce fut le père de Joshua, lorsqu'il vint s'asseoir à côté d'elle sur le canapé au moment du dessert. À ce moment-là, Joshua était en pleine conversation avec ses frères à l'autre bout de la pièce, tandis que Mia, Faith et la mère de Joshua étaient très occupées à jouer avec Riley.

— Je savais que vous seriez parfaite pour lui, déclara M. Grayson.

— Comme épouse, voulez-vous dire ? s'enquit-elle en levant les yeux vers lui.

Elle ignorait les raisons qui l'avaient poussée à poser cette question au lieu de se contenter d'accepter son compliment, mais elle savait parfaitement qu'elle n'était pas l'épouse qu'il aurait choisie pour son fils et elle ne voulait pas qu'il fasse semblant de croire le contraire.

— Je ne parlais pas de la petite annonce, précisa-t-il. Je suis au courant de ce qu'il a fait. Je sais qu'il a placé une seconde annonce pour trouver quelqu'un qui lui servirait à me donner une leçon. Mais, à la seconde où je vous ai vue, j'ai su que vous étiez exactement la femme dont il avait besoin : une rencontre inattendue, une femme capable de le faire sortir de sa zone de confort. Maintenant, tout cela est bien réel, n'est-ce pas ?

Tout cela est bien réel.

Ces mots résonnèrent un instant dans son esprit.

Réel ? songea-t-elle. *Vraiment ?* Certes, ils allaient réellement se marier, mais leur relation était-elle réelle ?

Il n'était pas amoureux d'elle. Il désirait la réparer.

Et, ce faisant, il était convaincu qu'il se réparerait lui-même.

Tout cela n'était peut-être pas moins réel que ce qu'avaient la plupart des autres gens. C'était peut-être seulement plus honnête.

— Oui, répondit-elle dans un souffle. Tout est réel.

— Je sais que ma manie de m'occuper de ses affaires l'irrite, poursuivit M. Grayson. Je ne suis pas stupide. Et je sais qu'il avait le sentiment de ne pas être écouté. Mais il était tellement enlisé dans sa douleur… et je devinais qu'il avait besoin d'aimer à nouveau. Il a toujours pensé que je ne connaissais rien à la vie, en dehors de mon cadre familier. Un petit intérieur douillet, le stéréotype de la famille rurale heureuse, précisa-t-il en désignant le salon d'un geste circulaire. Mais il se trompe. Quel que soit son style de vie, un homme a besoin d'amour. Et cet homme-là a besoin d'amour plus encore que la plupart. Joshua a toujours été têtu, d'un caractère difficile. Je n'ai jamais pu le convaincre de vraiment me parler. C'est de cela dont il a besoin : d'une personne à qui il peut parler, qui voie ce qu'il y a de bon en lui, pour qu'il puisse recommencer à l'accepter, lui aussi.

« Besoin d'amour », murmura Danielle en retournant ce mot dans son esprit.

C'était la révélation qu'elle avait essayé d'éviter. Voilà pourquoi elle souffrait lorsqu'elle posait les yeux sur lui, lorsqu'il était à ses côtés, lorsqu'elle se détournait de lui, lorsqu'il était absent.

C'était la source de cette tension qui la déchirait, chaque jour plus douloureuse, plus insupportable. Et aussi du merveilleux sentiment d'espoir qu'elle éprouvait depuis qu'elle l'avait rencontré.

Elle aimait Joshua.

Et lui ne l'aimait pas. Il se servait seulement d'elle comme d'un substitut à la petite amie qu'il croyait avoir trahie.

— Un homme, qu'il soit riche ou pauvre, a besoin d'amour, observa Todd. Croyez-moi, c'est ce qui fait tourner le monde. C'est ce qui vous permet de continuer à vivre lorsque la récolte a été mauvaise. C'est la lumière qui vous guide hors des ténèbres dans les pires moments de la vie. Je suis heureux que mon fils l'ait enfin trouvée.

Ce n'était pas tout à fait vrai, songea-t-elle. C'était elle qui avait trouvé sa lumière. Pour lui, elle n'était qu'un pansement qu'il appliquait sur une blessure qui s'avérerait fatale s'il ne la traitait pas.

— Je ne…

— Prête à rentrer à la maison ?

Danielle leva les yeux et vit Joshua planté devant elle. Et ces mots…

Il voulait dire : dans « sa » maison. Avec lui. Comme si cette maison était également la sienne. Comme si lui aussi était à elle.

En tout cas, sa question lui permit de balayer tous les doutes qui l'avaient assaillie et de se replonger dans le conte de fées qu'elle vivait depuis qu'elle avait accepté sa demande en mariage.

— Oui, bien sûr, répondit-elle en se levant.

Elle l'observa tandis qu'il prenait congé de sa famille, puis qu'il soulevait Riley dans ses bras et jetait le sac à langer sur son épaule. Oui, elle l'aimait.

Elle l'aimait à la folie. Comme elle avait cru ne jamais être capable d'aimer. Le seul problème, c'était que Joshua ne l'aimait pas.

*
* *

C'était le jour de son mariage.

Heureusement, seule sa famille y assisterait. Un mariage discret dans une petite église de Copper Creek déjà décorée pour Noël, ce qui avait fait gagner du temps à tout le monde, et évité des soucis inutiles.

Et cela tombait bien, car Joshua avait déjà gravement éprouvé la patience de la boulangère avec sa commande spéciale d'un gâteau de mariage confectionné uniquement avec des tartelettes aux fruits.

Cela avait été la seule requête de Danielle et, même s'il savait que ce n'était qu'une plaisanterie, il avait bien l'intention de réaliser son vœu.

Il adorait lui faire plaisir, qu'il s'agisse de lui enseigner l'équitation, de la combler au lit ou de lui préparer de savoureux repas. Et sa réponse était une gratitude douce et sincère que personne avant elle ne lui avait jamais manifestée.

Cette approbation le touchait. Il ne pouvait pas le nier.

Il entra dans l'église déserte, avec ses hauts plafonds aux poutres apparentes incurvées pour former des arches. La nef était déjà entièrement décorée de houx.

Tout semblait prêt. Il ne restait plus qu'à attendre l'heure de la cérémonie.

Soudain, les portes conduisant à la salle paroissiale s'ouvrirent en grand et Danielle fit une entrée éblouissante. Si elle lui était apparue comme une créature éthérée en d'autres occasions, le terme était trop faible pour la décrire à cette seconde précise. Sa longue chevelure était coiffée en un chignon lâche sur sa nuque et tressée de gypsophiles. Quelques mèches folles encadraient son joli visage.

Et la robe…

Le corsage ajusté soulignait sa silhouette mince et la jupe tourbillonnait autour de ses jambes à chacun de ses pas avec des reflets chatoyants. Elle tenait à la main un bouquet de roses pourpres, du même ton que son rouge à lèvres rouge sombre.

— Je croyais que je n'étais pas censé te voir avant la cérémonie, remarqua-t-il.

— Oui, je sais, convint-elle en soupirant. J'étais ici, en train de me préparer, et j'avais l'intention de rester cachée jusqu'au moment propice, mais j'ai besoin de te parler.

— Ah ? fit-il, étonné. Alors, je t'écoute.

— D'accord, murmura-t-elle, triturant nerveusement les tiges du bouquet de fleurs qu'elle tenait entre ses mains. Accorde-moi une seconde.

— Danielle Kelly, tu es arrivée dans ma maison comme une tornade et tu as pratiquement refusé de partir avant que je ne t'aie donné ce que tu désirais, observa-t-il d'un ton incrédule. Ne fais pas semblant d'avoir peur de moi maintenant.

— C'était différent, alors, se défendit-elle. À ce moment-là, je n'avais pas peur de te perdre. Maintenant, j'ai peur, avoua-t-elle d'une voix tremblante, en levant ses grands yeux sombres vers les siens.

— Toi ? s'étonna-t-il, ne parvenant pas à croire qu'une femme aussi merveilleusement forte puisse avoir peur de quoi que ce soit.

— Je n'ai jamais rien eu que je tienne à conserver, expliqua-t-elle. Tout du moins, pas avant Riley. Lorsque j'ai obtenu sa garde, l'idée de le perdre m'est devenue insupportable. C'était la première fois que j'éprouvais ce genre de sentiment. Et, aujourd'hui…

je l'éprouve à nouveau avec toi. Sais-tu quel est votre point commun, à Riley et à toi ?

— Mes caprices occasionnels ? suggéra-t-il, la gorge serrée.

Il savait que ce n'était pas la chose à dire, qu'il avait tort de prendre la situation à la légère alors que le sujet tenait visiblement à cœur à Danielle. Car elle tremblait.

Elle le dévisagea un instant, puis elle prit une profonde inspiration, avant de déclarer :

— Je t'aime. C'est ce que tu as en commun avec Riley. C'est pour cela que j'ai peur de te perdre. Parce que tu es important à mes yeux. Et c'est même beaucoup plus que cela. Tu es… tout pour moi.

— Danielle ! murmura-t-il, le souffle coupé.

Il était le roi des imbéciles. Elle croyait être amoureuse de lui et comment s'en étonner ? Il était son premier amant, le premier homme qui lui ait jamais procuré un orgasme, lui ait offert un foyer et promis une certaine sécurité financière. Il était compréhensible qu'une femme aussi vulnérable et aussi solitaire puisse confondre son sentiment de gratitude avec de l'amour.

— Ne prends pas ce ton-là avec moi, coupa-t-elle en fronçant les sourcils. Je sais que tu t'apprêtes à jouer les vieux sages, que tu vas m'expliquer que je ne sais pas de quoi je parle. Je me souviens que tu m'as déclaré qu'étant toi-même un coureur de jupons tu connaissais la différence entre le sexe de consommation et…

— Danielle ! gémit-il. Le pasteur pourrait t'entendre !

— Et alors ? répliqua-t-elle. Quelle importance ? Il s'agit de nous. Cela fait partie de la vie, et je n'en ai pas honte. Ce que j'essaie de dire, ajouta-t-elle avec un air de défi, c'est que je n'ai pas besoin que tu m'expliques ce que tu crois être mes sentiments. J'ai vécu seule longtemps, très longtemps, privée d'amour. Et j'ai eu tout loisir d'imaginer ce que je ressentirais. Ce que cela signifierait pour moi.

— Danielle, murmura-t-il en se rapprochant d'elle, se sentir protégée n'est pas la même chose qu'aimer.

— Je sais cela ! rétorqua-t-elle dans le silence de l'église. Crois-moi, si j'avais pensé qu'avoir quelqu'un pour s'occuper de moi était la même chose que d'aimer, j'aurais probablement suivi le même chemin que ma mère. Mais je ne l'ai pas fait. J'ai attendu. J'ai attendu d'avoir trouvé un homme qui mérite qu'on fasse des folies pour lui. Et me voici, vêtue d'une magnifique robe de mariée, en train d'invectiver l'homme que je suis censée épouser dans une heure. D'essayer de lui faire comprendre que je l'aime. On peut difficilement être plus idiote, Joshua.

— Si tu m'aimes, ce n'est pas un problème, assura-t-il, la gorge serrée. Mais j'ignore ce que tu attends de moi en me faisant cette révélation.

— Que tu m'aimes aussi, bon sang ! répondit-elle en tapant du pied sur le sol, réveillant des échos sous les voûtes.

Il eut la sensation qu'une main géante lui serrait le cœur et il mit un instant à répondre :

— Danielle, je ne peux pas t'aimer. C'est impossible. Et, en toute honnêteté, il vaudrait mieux que tu n'éprouves pas de tels sentiments pour moi. Je pense que nous pouvons être d'excellents partenaires. C'est la relation qui me convient. Je sais négocier des accords, serrer des mains, respecter ma part d'un contrat. Mais, pour ce qui est des sentiments… Je te suggérerais bien d'appeler Shannon pour qu'elle t'explique elle-même ce qu'elle pense de moi, mais je ne pense pas qu'elle ait le téléphone en ce moment.

— Tu ne peux pas te sentir responsable des erreurs qu'elle a commises, répliqua-t-elle. Mais, au fond, si. Je suppose que tu y arrives très bien. C'est exactement ce que tu as fait ces cinq dernières années. Tu as perdu un enfant, je le sais. Ensuite, tu as aussi perdu ta fiancée, la femme que tu aimais. Et tu t'accroches à cette souffrance pour essayer d'éviter qu'elle ne se répète.

— Ce n'est pas cela du tout, répondit-il en soupirant. Il serait irresponsable de ma part de prétendre que j'ignore ce que je lui ai fait. De ne pas tenir compte de l'effet que ma fréquentation peut avoir sur une femme. Elle avait besoin de quelque chose que je ne pouvais pas lui donner, poursuivit-il après avoir toussoté pour s'éclaircir la voix. Je l'aimais – tu as raison. Mais ce n'était pas assez.

— Tu te trompes à ce sujet-là aussi, observa-t-elle. Tu l'aimais suffisamment, Joshua. Mais il faut être deux pour aimer. On peut aimer une personne de tout son cœur, mais si l'autre ne sait que faire de cet amour, ce sentiment s'étiole, comme une jeune pousse qu'on a négligé d'arroser. C'était à elle de soigner l'amour que tu lui donnais. Tu ne pouvais pas le faire à sa place.

— Je n'en ai pas assez fait, insista-t-il, les mâchoires serrées.

— Tu t'es peut-être montré trop intransigeant. Tu as peut-être commis des erreurs. Mais, dans ce cas, elle aurait dû t'en parler. Or, elle n'a rien dit. Elle s'est enfermée dans son silence. L'amour doit être à double sens. L'autre doit l'accepter. On ne peut pas combler une personne, la faire se sentir entière, rien qu'en l'aimant. Elle doit d'abord s'aimer suffisamment elle-même pour désirer cette complétude. Et elle doit t'aimer suffisamment pour oublier sa douleur et son égoïsme, et changer, elle aussi. Même si c'est difficile.

— Je ne peux pas prétendre qu'elle a été égoïste, grogna-t-il. Je ne peux pas affirmer qu'elle a fait quoi que ce soit de critiquable.

— Ma mère aussi avait de très bonnes excuses, observa-t-elle. Elle n'a pas eu une vie facile, c'est vrai. Je ne peux pas imaginer me retrouver enceinte à quatorze ans. Elle a vécu un enfer, mais le fait est qu'elle a choisi de s'y replonger, aujourd'hui encore. Elle a passé toute sa vie à chercher inutilement un amour que ses enfants lui auraient donné volontiers, sans aucune condition. Je l'aimais plus que tout, et Riley est un bébé, totalement dépendant de la personne qui s'occupe de lui. Aurions-nous pu l'aimer davantage ? Aurions-nous pu la convaincre de rester ?

— C'est différent.

— Absolument pas ! s'insurgea-t-elle, haussant la voix.

— Je comprends que tout ceci est nouveau pour toi, dit-il en s'efforçant de rester calme. Et j'avoue qu'il est agréable – d'une manière un peu égoïste – de voir que tu m'attribues toutes ces qualités. Je serais presque tenté de te mentir, Danielle. Mais j'en suis incapable. Ce que je t'ai offert est tout ce que j'ai. Tu as le choix : accepter notre partenariat ou partir.

Elle ne pouvait pas partir, il le savait. Elle avait trop besoin de lui. C'était cette dépendance qui lui donnait l'impression d'être un monstre. Il savait qu'il détenait tout le pouvoir entre ses mains et qu'elle finirait par capituler devant ses arguments. Elle y serait bien obligée.

Et ensuite, quoi ? se demanda-t-il. Se fanerait-elle à ses côtés comme une plante négligée, en désirant inutilement une chose qu'il refusait de lui offrir ?

C'était une situation douloureusement familière. Serrant les dents, il se prépara à entendre sa réponse.

Ce qu'il n'avait pas prévu, c'était qu'elle lui jetterait son bouquet de fleurs au visage.

Il le rattrapa au vol, tandis qu'elle se plantait devant lui, tremblante de fureur.

— Félicitations, cracha-t-elle d'une voix chargée de toute l'amertume du monde. C'est toi qui as attrapé le bouquet. Je suppose que tu seras le prochain de la famille à te marier.

— J'y compte bien, gronda-t-il, serrant les roses dans son poing, ignorant la piqûre des épines. Nous nous marions dans une heure.

Ses yeux s'emplirent de larmes et elle secoua lentement la tête. Puis elle tourna les talons et sortit de la pièce en courant, ne s'arrêtant qu'une seconde pour se débarrasser de ses escarpins, les abandonnant dans sa fuite comme Cendrillon.

Et il resta là, les fleurs à la main, une goutte de sang sur le doigt, là où une épine l'avait piqué, à regarder s'éteindre le premier rayon de lumière, la première lueur d'espoir qui soit entrée dans sa vie depuis des années. Et à les voir disparaître pour toujours.

Naturellement, sa fuite ne l'empêcha pas de rester près de l'autel et de l'attendre. Ni de continuer à se comporter comme si le mariage allait avoir lieu comme prévu.

Il savait qu'elle n'avait pas pu aller très loin, principalement parce que Janine était encore quelque part dans l'église avec Riley. Même si les actions de Danielle lui paraissaient incompréhensibles à cet instant et si elles le mettaient au supplice, il savait qu'elle ne partirait jamais en laissant Riley.

Toutefois, lorsque les premiers accords de la musique résonnèrent dans la nef, Danielle n'avait pas réapparu. Et il était là, comme le roi des crétins, à attendre une femme qui ne viendrait pas.

Les membres de sa famille échangeaient des regards chargés d'un mélange de pitié et de colère. Mais ce fut son père qui prit la parole le premier :

— Que diable lui as-tu fait, mon garçon ?

C'était une excellente question dont il connaissait malheureusement la réponse.

— Pourquoi rends-tu Joshua responsable ? protesta Faith, sa petite sœur, accourant comme toujours à sa rescousse, même lorsqu'il ne le méritait pas.

— Parce que cette jeune femme l'aime, répliqua son père. Et elle ne l'aurait pas laissé planté là si elle n'avait pas eu une bonne raison pour cela.

— S'il subsiste le moindre doute au sujet de ce mariage, intervint le pasteur d'un ton apaisant, il vaut beaucoup mieux que chacun prenne le temps de réfléchir. Le mariage est une union sacrée, censée durer toute la vie.

— Danielle était sûre de ses sentiments, assura le père de Joshua. Ce qui signifie que c'est mon fils qui a mis la pagaille.

— Lorsque deux personnes s'aiment…

Le reste de la phrase du pasteur John fut noyé par les remarques de la famille, mais ces quelques mots touchèrent Joshua jusqu'au fond de l'âme.

Lorsque deux personnes s'aiment.

Deux personnes. Un même amour.

Un amour partagé. Donnant-donnant.

Et il les comprenait. Il les comprenait réellement.

Il comprenait pourquoi elle ne pouvait pas accepter une relation qu'elle estimait à sens unique. Parce qu'elle en avait déjà fait l'expérience et qu'elle en avait souffert. C'était exactement le type de relation qu'elle avait eu avec sa mère.

Danielle était prête à tourner le dos à tout ce qu'il lui avait offert, à sa maison, à son argent, à la sécurité et même à sa famille. Parce que, pour une raison qui lui échappait, son amour comptait davantage pour elle que tout cela.

Il avait cru cet amour insuffisant, destructeur. Et lorsqu'elle se tenait devant lui, le suppliant de l'aimer en retour, il avait cru son amour sans importance.

Mais, pour elle, il était tout.

Comment avait-il osé mettre en doute les sentiments qu'elle éprouvait pour lui ? Pour Danielle, l'amour signifiait bien davantage qu'un ranch et des relations sexuelles satisfaisantes. Et elle l'avait prouvé, car elle était visiblement prête à sacrifier le ranch et le sexe pour qu'il consente à lui rendre son amour.

— Tout est ma faute, s'entendit-il déclarer. Elle m'a dit qu'elle m'aimait. Et je lui ai répondu que ce n'était pas réciproque.

— Alors, là, même moi je ne peux plus te défendre, maugréa Faith en levant les yeux au ciel. Tu es vraiment un âne.

Sa mère paraissait bouleversée, son père furieux. Seuls ses frères ne semblaient pas du tout surpris.

— Mais la réalité, c'est que tu l'aimes, déclara

son père d'un ton posé. Pourquoi diable es-tu allé lui déclarer le contraire ?

En cet instant, bien sûr, Joshua comprit que Danielle avait vu juste à propos d'autre chose : il était terrifié.

Terrifié de désirer la vie dont il avait toujours rêvé, mais à laquelle il avait renoncé parce que sa première tentative s'était soldée par une catastrophe. Et parce que cet horrible échec avait été extrêmement douloureux.

— Parce que j'ai été lâche, répondit-il. Mais il n'est pas question que je continue à l'être.

Tournant le dos à l'autel, il alla ramasser le bouquet de fleurs abandonné sur un siège au premier rang.

— Je vais la chercher, annonça-t-il. Je sais qu'elle ne peut pas être très loin, vu que Riley est encore ici.

Il croyait déjà savoir exactement où il pouvait la trouver.

— Mon Révérend, avez-vous d'autres mariages prévus aujourd'hui ?

— Non, répondit le pasteur John. Celui-ci était le seul pour aujourd'hui. Il est rare que les gens se marient un jeudi.

— Avec un peu de chance, et si je ne gâche pas tout une nouvelle fois, nous aurons peut-être besoin de vous.

- 11 -

Danielle avait froid et ses pieds nus commençaient à lui faire mal. Mais il lui aurait été impossible de courir avec ses hauts talons. Elle se serait brisé le cou.

Dans ce cas, bien sûr, elle n'aurait plus rien senti du tout. Hélas, un cœur brisé n'obéissait pas à ces règles. Elle ressentait une douleur profonde, persistante, qui naissait au creux de sa poitrine et irradiait dans tout son corps.

Elle devait avoir l'air pathétique, allongée sur la couverture indienne dans le fenil des écuries, là où Joshua lui avait fait l'amour pour la première fois. Son refuge secret.

Tôt ou tard, elle allait inévitablement se retrouver face aux autres, à commencer par Joshua. Elle devait retourner récupérer Riley et faire ses bagages.

Elle se débrouillerait pour vivre sans l'argent de Joshua. Elle retrouverait un job de caissière dans un supermarché, se battrait à nouveau avec les problèmes de garde d'enfant.

Elle avait craint de se sentir terrorisée par cette perspective, profondément attristée par ce retour à la pauvreté. Curieusement, il n'en était rien.

Tout cela lui était indifférent.

Bien sûr, cela changerait certainement lorsqu'elle y serait plongée jusqu'au cou, mais, pour le moment, tout ce qui lui importait, c'était qu'elle allait perdre Joshua.

S'il avait été aussi pauvre qu'elle, elle aurait été heureuse de lutter à ses côtés pour leur survie. Avec ou sans argent, dans l'aisance ou dans la pauvreté, elle avait besoin qu'il l'aime. Autrement…

Fermant les yeux, elle respira profondément l'air froid et piquant du fenil.

Elle s'était efforcée d'ignorer les avertissements de son cœur, concernant leur relation, mais, au bout du compte, elle en avait été incapable.

Elle ne savait que trop bien ce que l'on ressentait lorsqu'on aimait sans être aimée en retour. Et, durant quelque temps, il lui avait été facile de faire semblant de croire qu'en prenant soin d'elle matériellement et en lui faisant l'amour, il lui rendait ce qu'elle lui offrait.

Mais la passion entre eux s'éteindrait avec les années et, si l'amour était absent de leur relation, si l'amour n'était pas son unique fondation, ce qu'ils avaient ensemble ne pouvait pas durer.

Elle s'épargnerait un chagrin encore plus déchirant dans l'avenir en taillant dans le vif aujourd'hui.

Elle secoua lentement la tête. À cette seconde précise, elle se demandait ce qui la motivait réellement.

L'orgueil ?

Au diable, l'orgueil ! gémit-elle.

Au même instant, la porte des écuries s'ouvrit et elle entendit un bruit de pas au niveau inférieur. Elle se recroquevilla sur la couverture, le visage enfoui au creux de son coude comme une enfant. Comme s'il lui suffisait de se cacher les yeux pour que la personne qui venait d'entrer dans les écuries ne la voie pas non plus.

Puis elle entendit que quelqu'un grimpait à l'échelle. Elle savait qui. Mais, après tout, elle s'était déjà couverte de ridicule devant lui tout à l'heure. Qu'il la voie prostrée sur la couverture en un tas pitoyable ne pouvait pas donner une pire image d'elle-même que celle qu'elle lui avait offerte tout à l'heure, à l'église.

— Je pensais bien que je te trouverais ici.

Elle ne leva pas la tête en entendant sa voix. Au lieu de cela, elle se recroquevilla davantage sur la couverture.

Elle sentit qu'il se rapprochait, ce qui était absurde. Elle savait qu'elle ne pouvait pas réellement sentir la chaleur qui irradiait de son corps.

— J'ai commandé le gâteau de mariage que tu m'avais suggéré, murmura-t-il. Et je dois te dire qu'il a un aspect répugnant. Alison, la pâtissière, a fait du très bon travail, mais je n'arrive pas à imaginer que cette horreur soit comestible.

— Au diable ce gâteau ! gronda-t-elle en se redressant brusquement, prise d'un soudain accès de rage. Laisse-moi tranquille, Joshua.

— Je pensais que tu aimais ces tartelettes aux fruits.

— Oui, mais je n'aime pas qu'on me mente. Et tes tartelettes auraient le goût du mensonge.

— Tu m'as dit beaucoup de vérités, tout à l'heure, Danielle. Je suis un lâche. Et la culpabilité est bien plus facile à supporter que le chagrin.

— Que suis-je censée comprendre ? s'enquit-elle, essuyant ses larmes d'un revers de main coléreux. Ne me torture pas. Ne me parle pas par énigmes. Je suis prête à m'en aller s'il le faut, mais je ne le désire pas. Alors, s'il te plaît, ne me tente pas de…

— Je t'aime, l'interrompit-il d'une voix rauque. Et,

si je te le dis seulement maintenant, ce n'est pas parce que je te prenais pour une aventurière. D'ailleurs, tu m'as prouvé le contraire en te détournant de moi. Ne crois pas cela, s'il te plaît. Je ne peux pas te reprocher d'avoir eu besoin de mon soutien financier pour assurer à Riley une vie meilleure. Et, cependant, tu étais prête à tourner le dos à ce que j'aurais pu t'offrir, uniquement parce que je refusais de prononcer ces quelques mots que tu attendais. Comment puis-je prétendre ne pas avoir besoin de ton amour, alors que tu m'as démontré que tu avais davantage besoin de lui que de la sécurité financière que je pouvais t'apporter ? Comment puis-je douter de toi, de la force de tes sentiments ? Comment puis-je excuser mon refus de t'ouvrir mon cœur ?

Il s'agenouilla devant elle et prit ses mains entre les siennes, et elle remarqua, un peu hors de propos :

— Tu... Tu vas salir ton beau costume.

— Ta robe est déjà toute sale, répliqua-t-il.

Elle baissa les yeux vers sa robe de mariée de satin blanc et, constatant qu'elle était toute poussiéreuse, poussa un soupir.

— Oh ! zut !

— Cela m'est égal, assura-t-il en lui relevant gentiment le menton pour l'obliger à le regarder en face. Je t'épouserais même en jean déchiré et même dans cette écurie. Et je t'épouserais avec joie dans cette robe poussiéreuse. Tu... Tu avais raison sur tous les points. Me blâmer moi-même pour la douleur de Shannon était une échappatoire, une solution de facilité. Cela me permettait de ne plus jamais prendre le risque d'aimer pour être sûr de ne pas souffrir à nouveau. Les vieilles souffrances sont plus supportables. La mienne n'a pas disparu, mais c'est une douleur sourde qui ne se réveille qu'occasionnellement. Lorsque je regarde Riley, il me rappelle un fils qui n'a jamais pu voir un jour et, dans ces moments-là, oui, je ressens une profonde souffrance. Mais je sais que si je te perdais, si je perdais Riley… ce serait une douleur toute fraîche, un enfer au présent. Et j'ai une assez bonne idée de ce que je ressentirais, parce que j'en ai déjà fait l'expérience. De plus, je sais que, cette fois-ci, ce serait pire, poursuivit-il après une pause. Et… j'essayais de m'en protéger. Mais, désormais, je ne crains plus la souffrance, ni l'angoisse d'aimer. Je les accueille à bras ouverts. J'ai besoin de toi, Danielle. Je t'aime. Quoi que l'avenir puisse nous réserver, je t'aimerai toujours. Et je suis prêt à tous les sacrifices pour toi.

Il y avait une telle intensité émotionnelle dans l'expression de son beau visage, une sincérité si totale dans sa voix, qu'elle ne put que le dévisager en écoutant ces paroles qu'elle n'avait jamais imaginé entendre un jour.

— J'étais jeune et stupide, la dernière fois que j'ai cru à l'amour, poursuivit-il. J'étais égoïste. J'ai commis des erreurs, même si je ne suis pas entièrement responsable de ce qui est arrivé. La destinée y avait sa part. Et les choix personnels que Shannon a faits ont compté tout autant. Mais, cette fois-ci, si les choses se gâtent, je te promets que je ne t'abandonnerai pas. Je ne te laisserai pas m'exclure de ta vie. Si tu me fermes ta porte, je la défoncerai. Parce que ce qui existe entre nous est spécial, réel. C'est l'espoir. Et je lutterai de toutes mes forces pour m'y accrocher.

Elle se précipita pour nouer les bras autour de

son cou et cet élan les fit basculer ensemble sur la couverture.

— Je ne t'exclurai jamais de ma vie, gémit-elle en serrant les paupières, des larmes brûlantes ruisselant sur ses joues. T'avoir rencontré est la chose la plus merveilleuse qui se soit jamais produite dans ma vie. Je ne me sens plus seule, Joshua. Peux-tu seulement comprendre ce que cela signifie pour moi ?

— Je le comprends parfaitement, murmura-t-il en déposant un baiser sur ses lèvres. Parce que j'erre seul dans mon désert émotionnel depuis un bon bout de temps, moi aussi. Et tu es la première personne qui m'ait donné envie d'en sortir.

— Je t'aime, lâcha-t-elle dans un souffle.

— Je t'aime de tout mon cœur, moi aussi, assura-t-il. Acceptes-tu toujours de devenir ma femme ?

— Mille fois oui !

— Parfait.

Il l'aida à se redresser et l'entraîna aussitôt vers l'échelle. Ils redescendirent dans l'écurie et, main dans la main, Danielle dansant d'un pied sur l'autre sur le ciment froid, ils se dirigèrent ensemble vers les grandes portes restées ouvertes.

Et soudain, elle se figea, stupéfaite. Toute sa famille était là à les attendre dans l'allée gravillonnée devant les écuries, ainsi que Janine, Riley et le pasteur John.

La mère de Joshua, qui tenait le bouquet de roses entre ses mains, le tendit à Danielle. Puis Joshua s'approcha de Janine, lui prit Riley des bras et l'installa fièrement au creux de son coude avant de retourner auprès de Danielle.

— J'ai l'air totalement dépenaillée, observa-t-elle alors qu'il prenait doucement sa main dans la sienne.

— À mes yeux, tu es parfaite.

Un sourire de bonheur aux lèvres, elle contempla sa nouvelle famille et la nouvelle vie qui s'offrait à elle.

Puis son regard retourna se poser sur l'homme qu'elle aimait de tout son cœur.

— Très bien alors, murmura-t-elle. Épouse-moi, cow-boy.

Épilogue

5 décembre 2017

TROUVÉ UNE ÉPOUSE

Todd Grayson, éleveur local, et Nancy, son épouse, sont heureux de vous annoncer le mariage de leur fils, Joshua Grayson, millionnaire et ancien célibataire, et de Danielle Kelly, native de Portland, aujourd'hui résidente de Copper Ridge et fille de leur cœur. M. Grayson savait que son fils avait besoin d'une compagne forte et déterminée à ses côtés, une femme capable de tenir tête à un caractère de cochon, ce qu'elle réussit parfaitement. Mais, le plus important, c'est qu'elle l'aime de tout son cœur. Et c'est exactement ce que ses parents désiraient pour lui, l'unique seule raison de leurs ingérences continuelles dans sa vie.

Retrouvez en janvier 2020,
dans votre collection

Passions

Vengeance et plus si affinité, de Cat Schield - N°839

La mission de Zoe pour honorer le pacte qu'elle a conclu avec deux amies : faire souffrir le sulfureux Ryan Dailey en sabotant la campagne politique de sa sœur jumelle. Aussi Zoe est-elle troublée lorsque Ryan l'invite au restaurant, alors qu'ils viennent à peine de se rencontrer dans l'antichambre du quartier général du parti de sa sœur. Refuser ferait échouer son plan, mais risquer d'être séduite ne serait-il pas pire encore ?

Une affaire d'amour, de Rochelle Alers

Fermer temporairement son bed & breakfast ? Viviana ne décolère pas en apprenant de la bouche si tentatrice de Noah Wainwright que son avenir est compromis. Si elle s'est résolue à vendre une partie de son domaine à ce promoteur immobilier, c'était parce qu'elle avait urgemment besoin d'argent. Et non pour que ce fils à papa pourtant si charmant lui dicte sa loi.

Un bébé dans le Colorado, de Michelle Major - N°840

Alors qu'elle s'était préparée à haïr de tout son être Shep Bennett, l'homme à qui sa mère a vendu l'hôtel familial qu'elle voulait restaurer, Paige est décontenancée par le marché qu'il lui propose. Emménager sous le même toit durant un mois pour lui apprendre à s'occuper de Rosie, sa fille d'un an, dont il vient de découvrir l'existence. En échange de quoi, Paige pourrait continuer à gérer l'hôtel familial, même s'il ne lui appartient plus…

Retrouvailles mouvementées, de Joss Wood

Vivi manque de faire un malaise en apercevant Camden McNeal à son chevet. Comme si survivre à un accident de voiture au cœur d'une tempête ne suffisait pas… Bien sûr, Vivi n'avait d'autre choix que de le désigner comme contact en cas d'urgence. Mais, désormais qu'il lui fait face, comment peut-elle lui annoncer après trois ans de silence, qu'il est le père de son enfant ?

Impossible adieu, de Catherine Mann - N°841

Naomi tient pour la première fois ses adorables jumelles dans ses bras. Un sentiment inédit gonfle son cœur. Tout cela, elle le doit à Royce Miller, l'éminent scientifique qui l'a aidée à accoucher dans sa voiture alors qu'elle était bloquée au cœur d'une tempête en Alaska. Royce, l'homme torturé avec qui elle a vécu une passion dévastatrice quelques mois plus tôt. Un impossible amour, alors qu'elle le voudrait pour époux et père de ses petites filles.

Sulfureux arrangement de Joanne Rock

Lorsque James Harris, le président du club des éleveurs du Texas, lui a proposé un accord, Lydia n'était pas en mesure de refuser. Pour effacer l'ardoise de sa sœur – qui a enchéri 100 000 dollars pour passer la soirée avec un homme lors d'une vente caritative organisée par ce club –, elle accepte de garder à titre gracieux le bambin dont James est devenu tuteur. Un marché qui lui permettra d'annuler la note familiale tout en côtoyant le séduisant célibataire…

Un héros pour elles, de Sarah M. Anderson - N°842

Jeannie est abasourdie. Non seulement le Dr Robert Wyatt – un client régulier du bar où elle exerçait – vient de lui dérober un baiser, mais encore semble-t-il déçu par cette parenthèse voluptueuse. Comment a-t-il trouvé son adresse et pourquoi, alors qu'elle le connaît à peine, se propose-t-il de l'aider à assumer la garde de sa nièce, depuis peu orpheline ?

Leçon de séduction, de Marie Ferrarella

Bourru, têtu, désagréable, Clint Washburn a tout pour déplaire au point que leur première rencontre est explosive. Car, de son côté, Wynona est déterminée à protéger son élève contre le cow-boy qui lui sert de père. Peut-être pourrait-elle aussi mettre à profit ses compétences pour sauver Clint des démons qui semblent l'habiter, même s'il s'en défend ?

Un patron pour amant, de Teri Wilson - N°843

SÉRIE: IDYLLES À NEW YORK

Entre luxe et volupté, l'incroyable destin d'une famille…

Oublie ta nuit de passion avec Ryan. Evangeline n'a de cesse de se le répéter en passant l'examen pour devenir sommelière dans l'hôtel de luxe Bennington. Pourtant, être de nouveau sous le regard de Ryan, directeur financier de l'établissement, la déstabilise au plus haut point. Décrocher ce travail serait pour elle salvateur même si cela implique d'avoir Ryan pour nouveau patron, alors qu'elle lui cache un terrible secret…

Un Fortune pour espoir, de Nancy Robards Thompson

Felicity doit partir. Remettre sa démission aujourd'hui. Pour son propre bien, elle ne peut plus fantasmer sur son séduisant patron, Austin Fortune, et gaspiller ainsi son temps. Cela fait cinq ans qu'elle le seconde et met sa vie en pause en espérant secrètement qu'il la considère davantage que comme une simple secrétaire. Alors, quoi qu'Austin puisse lui proposer, sa décision sera sans appel…

La tentation d'un homme, de Emily McKay - N°844

Cooper Larson pensait ne jamais plus avoir affaire aux Cain – en tant que fils illégitime de cette illustre et richissime famille, il n'y a jamais été le bienvenu. Pourtant, quand Portia, son ex-belle-sœur, sollicite son aide pour tirer au clair un secret de famille, il accepte de lui prêter secours. Non pas en raison de son attachement pour les Cain, mais bien de l'intérêt qu'il porte à Portia, cette reine de glace de la haute société qui, depuis qu'ils se sont rencontrés, éveille en lui un désir brûlant…

Le plus précieux des secrets, de Tracy Madison

Nous nous marierons, que tu le veuilles ou non. Face à la colère de Seth Foster, Rebecca frémit. Certes, elle n'avait pas imaginé revoir celui à qui elle s'est offerte, quelques mois plus tôt, et encore moins recevoir une telle injonction de sa part. Mais, au fond, comment pourrait-elle lui en vouloir ? Si Seth s'est présenté chez elle aujourd'hui, c'est qu'elle a brutalement rompu tout contact avec lui. S'il lui en veut tant, c'est qu'elle lui a caché son précieux secret…

OFFRE DE BIENVENUE !

Vous êtes fan de la collection Passions ?
Pour prolonger le plaisir, recevez gratuitement

◆ **1 livre Passions gratuit** ◆
et 2 cadeaux surprises !

Une fois votre colis de bienvenue reçu, si vous souhaitez continuer à recevoir nos romans Passions, cela se fera automatiquement. Vous recevrez alors chaque mois 3 volumes doubles inédits de cette collection au tarif unitaire de 7,70€ (Frais de port France : 1,99€).

➡ LES BONNES RAISONS DE S'ABONNER :

Aucun engagement de durée ni de minimum d'achat.
◆
Aucune adhésion à un club.
◆
Vos romans en avant-première.
◆
La livraison à domicile.

➡ ET AUSSI DES AVANTAGES EXCLUSIFS :

Des cadeaux tout au long de l'année.
◆
Des réductions sur vos romans par le biais de nombreuses promotions.
◆
Des romans exclusivement réédités notamment des sagas à succès.
◆
L'abonnement systématique et gratuit à notre magazine d'actu ROMANCE.
◆
Des points fidélité échangeables contre des livres ou des cadeaux.

➡ REJOIGNEZ-NOUS VITE EN COMPLÉTANT ET EN NOUS RENVOYANT LE BULLETIN !

N° d'abonnée (si vous en avez un) ☐☐☐☐☐☐☐☐ R0ZEA3

Mme ☐ Mlle ☐ Nom : .... Prénom : ....

Adresse : ....

CP : ☐☐☐☐☐ Ville : ....

Pays : .... Téléphone : ☐☐☐☐☐☐☐☐☐☐

E-mail : ....

Date de naissance : ☐☐ ☐☐ ☐☐☐☐

☐ Oui, je souhaite être tenue informée par e-mail de l'actualité d'Harlequin.

☐ Oui, je souhaite bénéficier par e-mail des offres promotionnelles des partenaires d'Harlequin.

Renvoyez cette page à : Service Lectrices Harlequin – CS 20008 – 59718 Lille Cedex 9 - France

Date limite : **31 décembre 2020**. Vous recevrez votre colis environ 20 jours après réception de ce bon. Offre soumise à acceptation et réservée aux personnes majeures, résidant en France métropolitaine. Prix susceptibles de modification en cours d'année. Vous pouvez demander à accéder à vos données personnelles, à les rectifier ou à les effacer. Il vous suffit de nous écrire en nous indiquant vos nom, prénom et adresse à : Service Lectrices Harlequin - CS 20008 - 59718 LILLE Cedex 9. Harlequin® est une marque déposée du groupe HarperCollins France – 83/85, Bd Vincent Auriol – 75646 Paris cedex 13. Tél : 01 45 82 47 47. SA au capital de 3 120 000€ - R.C. Paris. Siret 31867159100069/APE5811Z.

Composé et édité par HarperCollins France.

Achevé d'imprimer en novembre 2019.

CPI
BLACK PRINT

Barcelone

Dépôt légal : décembre 2019.

FSC
www.fsc.org
MIXTE
Papier issu de sources responsables
FSC® C108412

Pour limiter l'empreinte environnementale de ses livres, HarperCollins France s'engage à n'utiliser que du papier fabriqué à partir de bois provenant de forêts gérées durablement et de manière responsable.

Imprimé en Espagne.